U0504517

故译新编

许钧　谢天振　主编

鲁迅译作选

鲁迅 译

王友贵 编

商务印书馆

主编的话

2019 年，是五四运动一百周年。最近一段时间，我们一直在思考与翻译有关的一些问题：在五四运动前后，为什么翻译活动那么活跃？为什么那么多学者、文人重视翻译、从事翻译？为什么围绕翻译，有那么多的争论或者讨论？

五四运动涉及面广，与白话文运动、新文学运动乃至新文化运动之间有着深刻的互动性和内在一致性。考察翻译活动对于五四运动的直接与间接的影响，首先引起我们关注的，是一个"新"字。新文学运动与新文化运动自不必说，"新"是其追求与灵魂。而白话文运动，虽然没有一个明确的"新"字，但相对于文言文，白话文蕴涵的就是一种"新"的生命——语言与文字的崭新统一，为新文体、新表达、新思维的产生拓展了新的可能性。

"新"首先意味着与"旧"的决裂，在这个意义上，五四运动所孕育的启蒙与革命精神体现在语言、文学、文化等各个层面。追求新，有多重途径。推陈出新，是其一，著名的文艺复兴运动具有这样的特征，拿鲁迅的话说，"在意大利文艺复兴的意义，是把古时好的东西复活，将现存坏的东西压倒"。但是，五四运动不能走这条路，鲁迅最反对的就是把旧时代的"孔子礼教"拉出来。此路不通，便只有开辟另一条道路，那就是在与孔孟之道决裂，与旧思想、旧道德决裂的同时，向域外寻求新的东西，寻求新的思想、新的道德。这样一来，翻译便成了必经之路。

如果聚焦五四运动前后的翻译，我们可以发现以下事实：一是翻译受到了前所未有的重视；二是众多学者做起了翻译工作；三是刊物登载的很多是翻译作品；四是西方的各种重要思潮通过翻译涌入了中国。就文学而言，梁启超的"欲新一国之民，不可不先新一国之小说"之思想受到了普遍认同。而要"新"中国之小说，翻译则为先导，其影响深刻而广泛。首先，借助翻译之道，中国的文人与学者有了观念的革新；其次，在不同的文学体裁的内在结构与形式方面，翻译为投身新文学运动的作家提供了可资借鉴的新路径；最后，翻译在为新文学运动注入了具有差异性的外国文学因子的同时，也给新文学运动的积极参与者开拓了进一步认识中国文学传统、反思自身，在借鉴与批判中确立自身的可能性。

一谈到五四运动前后的翻译，我们会想到梁启超、鲁迅、陈望道，还会想到戴望舒、徐志摩、郭沫若……这一个个名字，一想到他们，我们就会感觉到中外文学与文化交流史仿佛拥有了生命，是鲜活的，是涌动的。五四运动前后的这些翻译家就像是一个个重要的精神坐标，闪烁着启蒙之光，引发我们对中华文明的发展与中华民族的伟大复兴作深层次的思考。

创立于维新变法之际的商务印书馆，素有翻译之传统，是译介域外新思潮、新观念、新思想的先行者，一直起着引领的作用。在纪念五四运动一百周年之际，商务印书馆决定有选择地推出五四运动前后翻译家独具个性的"故译"，在新的时期赋予其新的生命、新的价值，于是便有了这套"故译新编"。

"故译新编"，注重翻译的开放与创造精神，收录开风气之先、勇于创造的翻译家之作。

"故译新编"，注重翻译的个性与生命，收录对文学有着独特的理解与阐释、赋予原作以新生命的翻译家之作。

"故译新编"，注重翻译的思想性，收录"敞开自身"，开辟思想解放之路的翻译家之作。

阅读参与创造，翻译成就经典，我们热切地希望，通过读者朋友具有创造性的阅读，先辈翻译家的"故译"，能在新的时期拥有新的生命，绽放新的生命之花。

许钧　谢天振

2019 年 3 月 18 日

编辑说明

1. 本丛书所收篇目多为 20 世纪上半叶刊布，其语言习惯有较明显的时代印痕，且译者自有其文字风格，故不按现行用法、写法及表现手法改动原文。

2. 原书专名（人名、地名、术语等）及译名与今不统一者，亦不作改动；若同一专名在同书、同文内译法不一，则加以统一。如确系笔误、排印舛误、外文拼写错误等，则予径改。

3. 数字、标点符号的用法，在不损害原义的情况下，从现行规范校订。

4. 原书因年代久远而字迹模糊或残缺者，据所缺字数以"□"表示。

5. 编校过程中对前人整理成果多有借鉴，谨表谢意。

目录

前言 / 001

前言

鲁迅（1881—1936）先生，出生于浙江省绍兴府会稽县东昌坊口新台门周家。最初学名叫周樟寿，初字豫山，后改字豫才，18岁上往南京求学时堂叔祖周椒生替他把学名易为周树人。1918年作第一篇白话小说《狂人日记》发表之际，他为之取了一个笔名"鲁迅"。这是周树人自取的140多个笔名中的一个，可人们牢牢记住的唯有这一个。

他最早把自己写的字变成铅字者，是在留日时期应挚友许寿裳主编留学生刊物《浙江潮》约稿，仅用一日便译成的《斯巴达之魂》；去世之前仍在孜孜编校瞿秋白的译文集《海上述林》以及移译俄国果戈理的长篇小说《死魂灵》。作为思想家、文学家的鲁迅，早已为国人熟知；作为翻译家的鲁迅，20世纪50—70年代几乎被人遗忘，后来经我国学术界近20年的努力，才重新为国人认识。

为什么蔡元培先生1938年编选的头一个《鲁迅全集》有一半是译文？

何以思想家、文学家之前，还有一个翻译家的头衔？

这是因为，19世纪前半期到20世纪前半期，中国的文化人出现了整整一个世纪的"失语"；这是因为，当初新文化运动的主将们，泰半都是作译并举；这是因为，"……彼既博览而又虚衷，对于世界文学家之作品，有所见略同者，尽量的迻译"（元培先生语）。这是生于 20 世纪 50 年代之后的国人难以理解的。他们以为中国从来都是这么新，他们以为中国从来都是这么强，他们以为中国的强大毋须翻译。可 20 世纪前半期，国人对翻译的理解跟 20 世纪后半期判然有别。他们（20 世纪前半期之人）视翻译为师，他们拜翻译为师，他们将翻译看作"蹊径"。

他们对翻译投入如此巨大的精力，因其觉得那里有许许多多中国没有的东西。另辟蹊径在当时首先体现于翻译。同样，因了他们自己需要学习，自己有所得、有所知之后，再以翻译将其"拿过来"，为我所用。

于是有了十卷集的《鲁迅译文集》，于是有了十卷集的《巴金译文全集》，于是有了十卷集也不能尽收的《周作人译文全集》。

我曾经在拙作《翻译家鲁迅》中说道：

　　鲁迅一生翻译，创下了好些个"第一"。譬如在近现代中国最早提倡严格的直译，最先将波兰文学介绍到中国，最先同周作人、茅盾一道将芬兰、荷兰、罗马尼亚等国文学译介到中国，最早关注翻译域外短篇小说，最早编选域外多国别作家短篇小说合集，中国第一个出版"翻译文学丛书",等等。

这就是上文说到的"蹊径"。

单单拿鲁迅的直译来说。在今天的翻译理论家看来,直译主要指翻译的方法,意译的对面是直译。可在鲁迅那里,它可不单单指翻译的方法那么简单。而是指整个翻译,指整个翻译的输入方对翻译抱持的态度。易言之,小的一面,直译可指翻译的方法;大的一面,指整个对外来文化的态度,就像两千年前译佛经这种外来文化的态度一样。我把鲁迅的这个观念称作"译经意识"。后来研究发现,举凡具备"译经意识"的翻译家,所译作品跟没有这种意识的翻译家不大一样。前者如周作人、巴金等,后者如林纾、郭沫若、徐志摩等。

唯有从大和小两个层面理解鲁迅的直译,才能真正把握其提倡的真髓。

《鲁迅译作选》按其翻译的年代顺序编选。以一卷之微量收罗十卷之庞杂,砍削是迫不得已的;舍弃是必然的。

不仅如此,本"译作选"的语言也随着翻译的不同分为两种:前面是鲁迅最早使用的文言文;后面是占据"译作选"大部分的新文化运动兴起之后的白话文。因此之故,截止到鲁迅与二弟、三弟合译《现代小说译丛》第一集时，选集中的鲁迅译文出现"她"时，译者便用了当时的一种方言"伊"。这是因为，新文化运动初起，因了汉语里最初没有"他她它"的等同语，新文化运动的主将们便讨论如何表达"他她它"。结果之一，便是鲁迅译本采用"伊"表示"她"，用"伊们"表示"她们"。换句话说，"伊们"完全是翻译的结果。汉语创作自古以来一直没见过"伊们"，更别说尊重"伊们"。

"译作选"里选用的部分小说，用的正是这种鲜活的白话文在其发展过程中的语言。

鲁迅最初用文言文翻译时还对作品做了区分：当觉得翻译对象严肃时，他的语言变得沉重、严肃，例如《哀尘》《造人术》《四日》等；当觉得翻译的是偏于通俗的作品时，他的"文言文"变得轻松，易读易懂，如《月界旅行》和《地底旅行》。因此之故，读他所译《域外小说集》里边的小说，一点儿也不轻松。

倘若单单只看《域外小说集》里边的鲁译小说，文言文译现代小说似乎并不相宜。

然而到了新文化运动兴起之后，鲁迅改用白话文翻译，包括翻译小说、话剧，情形大变。譬如《域外小说集》时期，他译过俄国安特莱夫（鲁迅译作"安特来夫"）的小说《谩》（意为"欺骗"）和《沉默》，本来安特莱夫的小说就比较沉闷，20世纪后半期出生之人今日读来多半吭吭哧哧，颇为吃力；等到翻译《现代小说译丛》时改为白话文翻译，不单理解不成问题，就算译者特别看重的"文情"，译文也基本"不失"。不过，在鲁迅十卷集的译文里，无论是译小说、戏剧，还是译长篇大论的理论著述，或是译短小的诗，真正得心应手者，我个人读来读去，还是鲁迅译的日本近现代小说。

这就是为什么举凡先生译出的日语小说，无论长短，悉数收入的原因。

鲁迅译的日本小说，基本上是日本近现代一流作品，没有他译欧洲文学那种常见的"二流、三流的作品"。奇怪的是，一旦他的译笔触碰着日本近现代文学，他是如此驾轻就熟，轻车熟路，译文变得如此水乳交融，仿佛生来就是做日语小说翻译的。他的文笔译起淡淡的日本小说，那么自然，那么得体，那么相宜。没有一丝一毫的翻译腔，也没有译某些理论的那份佶屈聱牙。译文中的那份沉稳，那份不慌不忙，那份说一半留一半的话里有话，那份日本式的低调，那份老到，全在鲁译小说里。丝毫不让其二弟、著名日本通的周作人的译笔。

唯一可惜的是，鲁迅似乎该将全部精力用于译日本小说，如果要做翻译的话。

譬如，先生译的日本芥川龙之介的《鼻子》，把芥川龙之介的不紧不慢，看似平淡的文笔，以及日本式样的诙谐，传达得十分传神：

> 一说起禅智内供的鼻子，池尾地方是没一个不知道的。长有五六寸，从上唇的上面直拖到下颏的下面去。形状是从顶到底，一样的粗细。简捷说，便是一条细长的香肠似的东西，在脸中央拖着罢了。

明明是极度的夸张，却用平平实实的笔调来写："长有五六寸。"迄今为止，我还没看到谁的鼻子有五六寸长，跟一副脸蛋儿居然一样长？但因为芥川不笑，我们也不敢大笑，即便看到下文"……香肠似的东西，在脸中央拖着罢了"，也不敢捧着肚皮爆笑。就这样，带着这种浅浅的笑的情绪，带着这种想大笑却有些绷着的情绪，我们读完了《鼻子》。

王友贵

2019 年 10 月 6 日

鲁迅译作选

哀尘

〔法〕嚣俄[1]

惠克德尔·嚣俄既于前土曜日（礼拜六）举学士院会员，经两日，居辣斐的街之席拉覃夫人折简招嚣俄，而飨以晚餐。

球歌特亦与其列。尔时渠仅一将官，适任亚耳惹利亚大守，行将就任之际也。

球歌特者，龄既六十有五，精神矍铄，而颜色润泽，痘痕历历满面，觉有一种粗豪气，然决非粗野者。渠盖以戆拙兼意气，以古风杂今样者也。复无耄年长者自熹之癖，一机转之可人也。

席拉覃夫人令将官坐其右，嚣俄坐其左，而自处其中。于是此诗人与武人之间，乃生纵论。

将官于亚耳惹利亚一事，心滋不平，其论曰："法国取此，是使法国尔后无辞以对欧罗巴也。夫攻取之易者，莫亚耳惹利亚若。在亚耳惹利亚，其兵易于围击，捕其兵无以异捕鼠，其兵直可张口啖之耳。且欲殖民于亚耳惹利亚有綦难者，以厥土贫瘠故也。间尝躬历其地，见所艺黍，每茎相距者尺有半。"

嚣俄曰："诚然。古罗马人所视为太仓者，今乃若是欤？虽然，即信如君言，而余尚以此次之胜利为幸事，为盛事。盖灭野蛮者，文明也；先蒙昧之民者，开化之民也。吾侪居今日世界之希腊人也。庄严世界，谊属吾曹。吾侪之事，今方进步。余惟歌'霍散那'而已。君与余意，显属背驰。然君为武人，为当事者，故云尔。余为哲学者，为道理家，故云尔耳。"

未既，嚣俄辞席拉覃夫人以行。时方一月九日，雪花如掌，缤纷乱飞。嚣俄仅着薄半鞋，径出街上，知不能以徒步归也。乃往泰波的街，盖以素知街角有马车之憩场故。既至，则万径寥寂，绝无轮音。嚣俄遂鹄立路隅，以待马车之至。

嚣俄如受主命之仆，鹄立以俟。瞥见一少年，衣裳丽都，俯而握雪，以投立路角着短领衣之一女子之背。女子忽惊呼，奔恶少年而击之，少年亦返击，女子复答之。于是两人斗益烈。以其益烈也，瞬间而巡查至。

巡查皆竞执此女子，而不敢触少年。

彼不幸之女子见巡查之捕己也，乃力抗之，然终被捕。尔时渠乃宛转悲鸣。巡查各执其双手，曳令行。女子呼曰：

"余未为害，余可保必无。彼绅士实先击余者，余实无罪。乞就此释余。余实未为一害者也，实如是，实如是！"

巡查曰："其速行！依定律，请若尝试此六阅月间。"

闻斯言也，彼不幸之女子，乃解辩益力，乞哀再三。巡查任其悲鸣，漠然不稍动，终曳此女子至大剧场后之霞骇街之警署。

嚣俄恻恻悲此不幸之女子，惘然若有失。凡是等事起，例多旁观者。遂厕入喧笑之群众间，以随之行。

既达警署，嚣俄欲径入，为女子雪其罪。复自省曰："己之名，已多知者。且迩日报章亦遍揭之。因是等事而辄厕入其中，则物议所从生也。"要之，嚣俄毋入署。

拘此女子之警署，则在楼下，前临通衢。嚣俄欲悉其究竟，据窗窥之。见此女子以失望之余，惨然伏地而搔其发。嚣俄怦然心动，恻怛不堪。渠复深思，终而觉悟，曰："嚣俄应入署。"

嚣俄方入，有一明烛据案而书者，顾而发微弱之声曰："若何为者?"答之曰："贵官，余适所，起一事之证人也。余将以目击之次第，为此女子告足下，故敢来此。"言次，此女子凝视嚣俄，若惟惊且诧者。其人曰："即信如君言，有多少利害存其间，然终无益也。此女子犯大道击人之科，渠曾殴辱一绅士，渠应处以六月之禁锢。"

女子乃复悲泣，转辗于地。忽有数女子径至渠侧，谓渠云："我侪可来访君，愿君勿忧。我侪当鬻衣服以与君，可姑受之。"是等女子，尔时乃与以货币及食物。

嚣俄曰："设若知予名，恐若言动当不如是。若其听予言。"

其人曰："然则君何人乎？"

嚣俄早知无不告以名而事得释之理。

嚣俄告以名。警部（其人乃警部也）忽起，谢无状。其前之倨傲，倏一易而为足恭。且以椅进嚣俄，乞之坐。

嚣俄谓警部曰："吾以吾目亲见之。彼绅士握雪为丸，以投女子之背。此女子固未尝识绅士，因被击而发痛苦之声。渠固先奔绅士以击之，然渠之权利所应尔也。即不措问其暴乱，而雪丸之苦痛与激冷，此女子之蒙害固已甚矣。终当事其母，或育其儿之女子，而夺之食，则警部无宁科罚锾之为愈。是则在肇衅之绅士，盖应捕者，实非此女子，而绅士也。"辩护既毕，此女子惊喜与感激交见于面。渠惟曰："此绅士如何之善人欤？渠如何之善人欤？余未知有若斯之善人者。然余未曾遇渠，余未尝识渠。"警部谓嚣俄曰："余深信君言。然巡查已述始末，诉状既成矣。君之证言，当列

011

诸诉状内。君其安心。然终当审理，故余不能释此女子。"

嚣俄曰："噫！是何言欤！余今为君言者，事实甚明，实君所不能争者，而亦无可争者。而君尚欲加此女子以罪乎？则此审理乃大非理也。"

警部曰："欲释此事，兹惟一法耳，即君署名于君之证言是也。君署名否欤？"

应之曰："惟视此女子之释否，以定余之署名兹……"

而嚣俄遂署名。

女子惟再三曰："此绅士如何之善人乎？渠如何之善人乎？"

是等不幸之女子，待以亲切，不仅惊感而已。待以正理亦然。

译者曰：此嚣俄随见录之一，记一贱女子芳梯事者也。氏之《水夫传》叙曰："宗教、社会、天物者，人之三敌也。而三要亦存是。人必求依归，故有寺院；必求存立，故有都邑；必求生活，故耕地、航海。三要如此，而为害尤酷。凡人生之艰苦而难悟其理者，无一非生于斯者也。故人常苦于执迷，常苦于弊习，常苦于风火水土。于是，宗教教义有足以杀人者，社会法律有足以压抑人者，天物有不能以人力奈何者。作者尝于《诺铁耳谭》发其一，于《哀史》表其二，今于此示其三云。"芳梯者，哀史中之一人，生而为无心薄命之贱女子，复不幸举一女，阅尽为母之哀，而转辗苦痛于社会之陷阱者。其人也，"依定律，请若尝试此六月间"。噫嘻，定律！胡独加此贱女子之身！频那夜迦衣文明之衣，跳踉大跃于璀璨庄严之世界，而彼贱女子者，乃仅求为一贱女子而不可得。谁实为之，而令若是！老氏有言："圣人不死，大盗不止。"彼非恶圣人也，恶伪圣之足以致盗也。嗟社会之陷阱兮，莽莽尘球，亚欧同慨。滔滔逝水，来日方长！使嚣俄而生斯世也，则剖南山之竹，会有穷时。而《哀史》辍书，其在何日欤？其在何日欤？

注释：

1. 嚣俄，通译雨果。——编者注

造人术

——〔美〕路易斯托仑

疏林居中，与正室隔。一小庐，三面围峻篱。窗仅一，长方形，南向，垂青缟幔。光灼然，常透照庭面。内燃劲电，无间昼夜，故然。

此宅，为波士顿理化大学非职教授化学士伊尼他氏邸。此庐，婢仆勿俟言，即妻子亦不得入，为氏治化学之秘密地。

伊尼他氏，六年前辞教授，力避交际。二六时中，恒守此庐，如有所治。

世传伊尼他氏，乃造人芽，力冀发明，震耸世界。顾词支离甚，孰信？氏在公宴偶自信，皆大喝以摈。虽氏素心固未作斯想，终无和者。若戚友，则以氏长者故，意所执主的，将益人，将利世，曷效力欤。作如是想，劳心者亦非无有。

而实若何？

实则伊尼他氏，因以造人芽为毕生志，负大造之意气，以从事兹。往六年，二千一百九十日，未尝一日忘是事。

是故资产半罄，世事就荒，众笑嗤嗤然而不怒。验实垂数十百次，败而不挠。惟曰：此可就，吾竟能之。

自信如金石。

夫献身学术，悉谢欢娱之学者，尘俗喜怒不撄心，何待言说。不撄心则喜怒不形面，更何待言说。二十五龄之昔，三十八龄之今，瞻伊尼他氏面，容光绝无异其旧，两皆云然。

虽然，今竟何如？今日今时竟何如？彼之容止，将日冷淡耶？

视之！彼颊晕矣。呼翕暴，故彼肩低且昂。

彼握显镜之手，栗栗颤，彼视线所注，赫然横者何物？

此何物耶?!

伊尼他氏前，陈独立几，上有波黎器，弯曲有口似水注，正横卧。

有白色波，自横卧屈曲水注状器之口出，流以滞。端见玄珠，极黑，极微。伊尼他视线所注者此。

视之！视之！

此小玄珠，如有生，如蠕动，如形成，乃弥硼¹大，乃如呼翕，乃能驰张。此实质耶？实物耶？实在耶？幻视幻觉，罔我者非耶？我目非狂瞀耶？我脑非坏乱耶？

否否——重视之，重视之。

隆然者非颅欤？翘然者非腕欤？后萌双角，非其足欤？

呰呰！怪玄珠渐起，乃将离液，乃将遛回。

伊尼他氏，若觉有凉气来袭，未几愈，又觉欲狂。虽然，质学智力，使复故我。乃定脑平意，复注眸子，以检此怪玄珠。

检弥久，时弥进，怪珠之体，从而弥备。

视之！视之！视之！

其隆然者，倐生二纹，纹弥大。呰呰！裂矣，生罅隙矣。噫嘻！此非双眸子耶？

怪珠之目，眴而睫，如椒目。

于是伊尼他氏大欢喜，雀跃绕室疾走。噫吁唏，世界之秘，非爰发耶？人间之怪，非爰释耶？假世果有第一造物主，则吾非其亚耶？生命，吾能创作！世界，吾能创作！天上天下，造化之主，舍我其谁！吾人之人之人也，吾王之王之王也！人生而为造物主，快哉！

感谢之冷泪，累累然循新造物主頰……

载一九〇五年《女子世界》第二年第四、五期合刊，署索子译

注释：
1　硼，通"膨"。——编者注

谩

————————————————————————〔俄〕安特来夫

一

吾曰："汝谩耳！吾知汝谩。"

曰："汝何事狂呼，必使人闻之耶？"

此亦谩也。吾固未狂呼，特作低语，低极切切然，执其手，而此含毒之字曰谩者，乃尚鸣如短蛇。

女复次曰："吾爱君，汝宜信我。此言未足信汝耶？"遂吻我。顾吾欲牵之就抱，则又逝矣。其逝出薄暗回廊间，有盛宴将罢，吾亦从之行。是地何地，吾又安知者。惟以女祈吾莅止，则遂来，观彼舞偶如何婆娑至终夜。众不顾我，亦弗交言，吾离其群，独茕然坐室隅，与乐工次。巨角之口，正当吾坐，自是中发滞声，而每二分时，辄有作野笑者曰：呵——呵——呵！

白云馥郁，时复近我，则彼人也。吾不知胡以能辟除众目，来贡媚于吾一人。顾一刹那间，乃觉其肩与吾倚。一刹那间，吾下其目，乃见颈色皎洁，露素衣华缝中。上其目，乃见辅颊，其白如象齿，发亦盛制。计惟天神，屈膝幽垅之上，为见忘于世之人悲者，始有之也。吾又视其目，则美大而靖，憬于流光，目睛蔚蓝，抱黑瞳子。方吾相度时，其为黑常尔，为深邃不可彻常尔。特能视者又止一时，恐且不逾吾心一跃。惟所感至悠之久，至大之力，皆不前经。吾为之震栗痛苦，似全生命自化微光，见摄于眸子，以至丧我，——空虚无力，几死矣。而彼人复去，运吾生俱行。偕一伟美傲岸者舞，吾因得审谛其纤微，凡履之形，膊之广，以至卷发回旋同一之状皆悉。时是人忽目我，初不经意，而几迫吾入于壁。吾受目，亦自平坦无有，若室壁也。

众渐灭火，吾始进就之曰："时至矣，请导君归。"女愕然曰："第吾偕斯人往耳。"随指一高华美丽、目不瞬及吾辈者相示。次入虚室，乃复吻我。吾低语曰："汝谩耳。"而女对曰："今日尚当相见，君其访我矣。"

及吾就归路时，碧色霜晨，已见屋山之背，而全衢止二生物，其一御者，一我也。御者坐而沉思，首前屈，吾坐后，亦垂首至胸。御者自有其思，吾亦自有，而吾辈所过长衢垣后，睡者百千，又莫不自具所思，自见所梦。吾方思彼人，思彼人谩，复思吾死，时则若崇垣之浴曙色者，实已前见吾死，故其森然鹄立有如此也。吾殊不识御者何思，亦不识睡垣阴者何梦，而吾何思何梦，人亦弗能知。时经大道，既长且直，晨光登于屋脊，万物未动，其色皓然，有冷云馥郁，忽来近，我接耳则闻笑作滞声曰：呵——呵——呵！

二

彼人竟弗至，吾期虚矣，暮色降自旻天，而吾殊弗知如何自昏入夕，夕复入夜，一切特如一遥夜，思之栗然。吾惟运期人之步，反复往来，第又不敢近吾欢所居，仅往来相对地而止。每当面进，目必注琉璃小窗，退则又延伫反顾者屡。雪华如针，因刺吾面，而针复铦冷且长，深入心曲，以惩期之嗔恚苦恼，来伤吾心。寒风起于白朔，径趣玄南，拂负冰屋山，则挟雪沙俱下，乱打人首；复扑路次虚镫，针方有黄焰茕茕，负寒而伏。伤哉焰也！黎明而死耳。以是则得吾怜，念彼乃必以孤生留此道上，况吾亦且去矣。居孤虚凛冽中，焰颤未已，而雪华互逐，正满天下也。

吾待彼矣，而彼乃弗至，时思孤焰与我，殆有甚仿佛者，独吾镫未虚已耳。前此往来大道，已见行人。往往窃起吾后，渐过吾前，状巨且黯，次忽没入白色大宅之隅，旋灭如影。而隔次行人复见，益益密迤，终又入缁色寒空而隐。人悉重裹，弗辨其形，且寂然，甚与吾肖。意往来者十余人，盖无不类我矣。皆有待，皆寒冻，皆寂然，又方深思，悲哀而闷。

吾待彼矣，而彼乃弗至！

吾不知陷苦恼中，胡为不泣且呼也！

吾不知胡以时复大乐，破颜而笑，指则拳曲如鹰爪，中执一小者，毒者，鸣者，——厥状如蛇——谩也。谩蜿蜒夺手出，进啮吾心，以此啮之毒，而吾首遂眩。嗟夫，一切谩耳！——

既往方在，方在将来之界域泯矣。时劫之识，如吾未生，与吾生方始，其在我同然，无不似吾常生，或未生，或常生既者。——盖吾未生与吾生方始时，彼实已君我。而思之尤殊异者，乃以彼为有名与质，有始与终。然不也，彼安有名，彼特常谩，彼特常令人待而弗至耳。吾不知吾何忽破颜而笑，时雪镞方刺吾心，接耳则有笑作滞声者，曰：呵——呵——呵！

逮吾张目，乃见巨室明窗出青赤舌作微语曰："汝见诳矣。当汝孤行期待惆怅时中，彼方在是，妖冶谩诡，与伟美丈夫之侮汝者语。使汝能疾入杀之，则甚善，缘汝所杀，特谩而已。"吾力握匕首，莞尔答曰："诺，誓杀之。"而窗愀然目我，又愀然言曰："汝弗能杀，盖汝手中匕首，谩亦犹彼吻也。"时吾影已失,独小黄焰尚战栗于洌寒断望中,与吾并留道上。寺钟忽动,声泣且颤。雪华方狂踊,则排之直度皓气。吾计其数,乃哑然,钟凡十五击。盖萧寺已古,钟亦如之,其指时虽诚,击乃恒妄,每迫守伺者疾登,急掣其痉挛之槌止之。嗟此耆艾战栗悲凉之音,自且制于严霜,抑又为谁谩者? 如是徒谩,不甚愚且惨耶!

末击已,宅门随辟,有华美者降阶,吾仅见其背,顾立识之,此骄蹇之状,昨已视之审矣。吾又识其步,视昨益轻,且有胜态。因念昔者自出此门,步亦常尔。盖凡有男子,使方自善谩女子之唇,得其接吻,则步之为状皆然矣。

三

吾切齿迫之曰:"语我诚!"而面目依然如冰雪,惊扬其眉,顾盼亦复幽闷不可彻,曰:"吾尝谩耶?"彼知吾不能示之谩,则仅以一言,——以一新谩——摧破吾之覃思弘构,俾无孑遗。吾固期之,彼亦终尔。其外满敷诚色,而内乃暗然,曰:"吾爱君,——吾悉属汝,非耶?"

吾居遥在市外,大野被雪,进睇幽窗,环野皆幽黯,此外亦惟幽黯屹立,茂密无声。野乃白发清光,如死人面目之在深夜。——巨室盛热,一烛方燃,其红焰中,死野又投以

021

碧采。吾曰："求诚良苦，苟知此，吾其死矣。顾亦何伤，死良胜于罔识。今在汝拥抱吻咮中，独觉谩存，……吾且见诸汝眸子，……幸语我诚，则吾亦从此别矣。"顾彼默然，目眹眹直贯吾心，撕裂吾神魂，第以探奇之心视我。吾乃呼曰："答之，不者杀汝。"曰："趣杀我，吾生亦太久矣。特汝以迫拶求诚，误亦甚哉。"吾闻言长跽，握其手，泣祈相感，——并以求诚，彼则加手吾顶曰："可怜哉！"吾曰："幸柔汝心，吾但欲知诚耳。"遂视其额，思此薄壁之后，诚乃攸居，因不觉作异念，顿欲披其头颅，俾得见诚于此。而跃然隐胸次者，心房也，——又安得以此爪裂其胸，俾一观人心何状。时红焰突发悲光，下燃及跋，四壁渐入暗中，寂漠悲凉，怖人欲绝。

女低语曰："可怜哉！"

黄焰忽转作青赤光，一闪而灭，全室黯然，吾已不见彼人颜色，特觉有纤手触肤，遂亦并忘其谩。吾阖目，去想离生，只觉其手，而手乃诚甚。在幽靖中，独闻私语怅然曰："君拥我，吾甚怖也。"——次复幽靖，次私语怅然又继之，——曰："君求诚耶？顾我岂知诚者？吾岂自不欲知诚耶？幸护我，吾甚怖也。"逮吾张目，而微黯已苍皇离罘罳，渐集垣上，继乃自匿于屋角。有巨物作死色，临窗来窥，似死人二目，冷如坚冰，来相踪迹。吾辈乃战栗互抱，女则低语曰："吁，吾其怖也。"

四

吾杀彼矣。吾既杀彼，且目击其僵死，当窗横陈，白野外曜，则加足于尸上，笑屑屑然。

咄，此笑岂狂人耶！吾所为笑，以胸次朗然，呼吸顿适，且中心通彻，蛊之啮吾心者亦坠耳。吾乃屈身临彼人之上，观其目，此巨而憬于流光者，时已洞辟，既大且浊，状如蜡人，吾能以指开阖之，绝不生怖。盖此幽黑瞳子中，已无复药叉，司谩诞疑忌，且啜吾血者寓之矣。比人牵我行，吾复失笑，众遂恼惧，多毕瑟退去，或则先来相吓，顾其目一与吾目大欢喜光遇，辄又变色止立，足若钉于大地者。

曰："狂人也！"吾知众作是言，盖自谓已解幽隐之半，而一人独不然。其人肥壮和易，颊如渥丹，乃以他辞目我。顾此辞也，则沉我九渊，目亦弗睹光曜矣。曰："此可怜人也！"言时至有情，不为恶谑，盖吾已前言之，是人固肥壮而和易者耳。

曰："此可怜人也！"

吾呼曰："否否，汝不当以是名我！"吾不知胡为狂呼，

023

则自缘不欲令斯人怅恨耳。而众鳏生之谓吾狂者，乃又大怖而叫，吾视之哑然。

迨众牵吾出陈尸之室，吾即迹得此肥壮和易人，断断作大声曰："吾实福人！惟惟，福人也！"

而此诚甚……

五

吾幼尝见豹于动物苑中，致碍构思之力，且梗塞吾思久久。此豹甚异他兽，状不惘然，或怒目睨观者，特往来两隅间，由此涉彼，行迹反复相同，合于数术。胁黄金色，每行必触槛阑之一，不及他阑，其首下锐，俯而行，目不旁睐。槛前聚观者，或谈或笑，而豹往来自如，视众人蔑尔。众对此阴沉不可救之生象，哂者二三，其太半状乃甚虔，色甚闵，喟然径行，次复反顾而叹，若已悟世所谓自由人，阴实有类于柙兽者。迨吾长而读书，且闻人言无穷之事，则陡念此豹，似无穷暨其苦恼，吾已蚤识之矣。

而今者已亦往来石柙中，弗殊此豹矣。吾行且思，……行两隅间，由此涉彼，思路至促，所思亦苦不能申，似大千世界，已仔吾肩，而世界又止成于一字，是字伟大惨苦，谩其音也。时则匍匐出四隅，蜿蜒绕我魂魄，顾鳞甲灿烂，已为巴蛇。巴蛇啮我，又纠结如铁环，吾大痛而呼，则出吾口者，乃复与蛇鸣酷肖，似吾营卫中已满蛇血矣。曰："谩耳。"

吾行且思，足次缁色之地，俄乃化为深渊，其底不可极，吾足若蹈虚，身亦越烟雾昏冥，出于天外。胸作一息，则深处徐起反响，闻之栗然。响既徐且嘶，似本历劫相传，而每一刹那，辄留其力少许于烟雾质点中者。吾知其物固如迅风，能拔大木，顾入吾耳，乃不过一低语，曰："谩耳。"

低语怒我，顿足叱之曰："讵复有谩，吾杀之矣。"言已疾退，冀答不入吾耳，而答仍徐出深渊中，曰："谩耳。"

嗟夫，吾误矣！吾杀女手，而使谩乃弗死。吁，使未以祈求讯鞫，燃诚火于汝心，则慎毋杀女子矣！吾往来枰之两隅，由此涉彼，反复思且行。

六

彼人之判分诚谩也，幽暗而怖人，然吾亦将从之，得诸天魔坐前，长跪哀之曰："幸语我诚也！"

嗟夫，惟是亦谩，其地独幽暗耳。劫波与无穷之空虚，欠伸于斯，而诚不在此，诚无所在也。顾谩乃永存，谩实不死。大气阿屯，无不含谩。当吾一吸，则鸣而疾入，撕裂吾胸。嗟乎，特人耳，而欲求诚，抑何愚矣！伤哉！

援我！咄，援我来！

本文及《默》《四月》选自《域外小说集》，中华书局一九三六年版

默

〔俄〕安特来夫

一

五月之夜，仓庚和鸣枝上，月光皎然，牧师伊革那支时则居治事之室。其妇趋进，色至惨苦，持小镫，手腕战动，比近其夫，乃引手触肩际，呜咽言曰："阿父，盍往视威洛吉伽矣！"

伊革那支不顾，惟张目上越目镜，疾视久之。妇断望，退坐于榻，徐曰："汝二人……忍哉！"其语至末辞，声乃甚异，颜色亦益凄苦，似以表父女忍心何似者。牧师微笑，渐起阖书，去目镜，收之匣内，入思颇深，黑髯丰厚，星星如杂银丝，垂胸次作波状，应息而动。已忽曰："诺，然则行矣。"其妇亦疾起，惴惴语曰："汝盖知彼何如者，阿父，汝幸勿酷也。"

威罗楼居。木阶至不宽博，曲为弓形，且受伊革那支足音，声作厉响。伊革那支体本修伟，因必屡俯以避抵触，而阿尔迦·斯提斑诺夫那素衣拂其面，则辄复顰蹙，色至不平，盖已知今日之来，将不获善果如前此矣。

027

威罗袒其臂，引一手覆目，一则陈素衾之上，漫问曰："何也？"神气萧索，状亦漠然。母呼之曰："威洛吉伽，……"顾忽呜咽而止。父则曰："威罗。"言次力柔其声曰："告汝父母，汝今何如矣？"

威罗默然。

父复曰："威罗，今其语我，讵尔母及我，尚弗足见信于汝耶？汝试念之，孰则亲过我二人者？抑乃以爱汝未挚耶？汝其信我年齿阅历，直陈毋隐，……则忧思将立平。盍视尔母，其困顿亦已甚矣。"时母呼曰："威洛吉伽，……"而伊革那支仍曰："而我……"时声微战，似有物突然欲出者，曰："而我岂亦能堪者。汝有殷忧，顾殷忧何事，则乃父不之知，此当乎？"

威罗默然。

伊革那支轻拂其髯，用意至密，似恐不意中为指所乱者。既乃曰："汝逆吾意，自诣圣彼得堡，乃怨吾谯责太甚耶？汝不顺之子，或者以不畀汝多金，抑缘吾不喜汝，遂怅怅耶？汝胡乃默然者？吾知之矣，以汝圣彼得堡，……"伊革那支神思中，时仿佛见一博大不祥之市，飞灾生客，充实其间，而威罗又以是获疾，以是绝声，则立萌憎念，且又烈怒其女，盖以女终日湛默，而其默又至坚定也。

威罗恚曰:"彼得堡何干我者。"已乃阖其目曰:"不如睡耳,此何干我者,时晏矣。"母啜泣曰:"威洛吉伽毋置我,……"威罗似不能忍,叹曰:"嗟夫,母氏!"伊革那支就坐,微笑曰:"汝终无言耶?"威罗略举其身以自理,曰:"父,父盖知我尝挚爱父母,顾今兹已矣,不如归睡耳!……吾亦且睡,逮明晨或至后日,会当有时言之。"

牧师蹶起,撞几几触于壁,挈妇手曰:"去之!"妇尚延伫,曰:"威洛吉伽!"伊革那支遮之曰:"去之,诏汝!彼忘明神,吾侪其能救耶。"遂力牵之出,妇故迟其步,低语曰:"汝耳!父师,凡事悉起于汝,汝当自结此公案耳。嗟我苦人!"言已泪下,目几无见,临梯屡踬,如临深渊。

次日,伊革那支即不理其女,而女亦若弗知,时或独瞑,时或漫步,俱如往日,惟时必取帨拭其目,似是中满以尘埃者。其母性本乐易,嗜笑善谐,今遇默人,则大戚,左右不知所可。威罗平时好游眺,越七日,亦出游步如常,——顾其归也——乃不以生返,已自投铁轨之上,轹车轹之,碎矣。

伊革那支自治葬礼,妇则弗临,当死耗达其家,骇震几绝,手足劲直,舌强不能声。比伽蓝钟动时,方挺然卧于暗室,第闻人陆续出寺,且作挽歌,欲举手作十字,而臂不之

029

应，又进力欲呼曰："威罗别矣！"而舌亦重滞如凝铅。使人见其状，必谓妇方偃息，否者盖入睡也。时观者大集寺中，伊革那支识者强半，莫不伤威罗夭折，第见牧师无悲色，则怃然。众咸弗爱牧师，以其人少矜恕，憎罪人，而礼拜者来，则虽赤贫亦力汲其润，殊不自憎。故人闻变大悦，竞欲睹其凌夷，亦俾自悟二恶，为牧师酷，为父凶，缘此罪障，乃不能自保其骨肉。顾众目聚瞩，而伊革那支之立屹然，时盖绝不为殇女悲，特力护神甫威棱，使勿失坠已耳。

木工凯尔舍诺夫曰："铁牧师也！"是人盖尝为制画框，直五罗布而不获偿者。特伊革那支之立，则仍屹然，先就垅上，次过市而归家。比达其妇室外，始微屈，然此亦以户低，惧撞其首耳。入室发燧，见妇乃骇绝。其状靖谧无方，忧苦皆退，二目无泪，寂然默然，体则委顿无力，陈胡床之上。伊革那支进询之曰："若无恙耶？"而声亦寂然类其目。继抚额际，乃湿且寒，妇亦弗动，似绝不觉牧师之相抚者。比引手去，则无动又如故，惟二目厉张，是中更无人感。伊革那支渐怖而栗，曰："吾归吾室矣。"

伊革那支入客室，见全室整洁，弗殊平时，几衣纯白，卓立如死人临殓。呼其婢曰："那思泰娑。"则自觉声在虚室中，至复犷厉。窗外悬鸟笼，阑槛已启，其中虚矣。因复微呼曰："那思泰娑，鸟安在？"婢哀毁，鼻已赤如芦菔，嗫嚅对曰："自……自然去矣！"伊革那支蹙额曰，"胡为纵之？"婢复泣失声，掣鞁角拭其目，咽泪曰："此性命，……此女士性命，……何可留耶！"

伊革那支闻言瞿然，念此黄色小禽，终日伸首嘤鸣者，殆信威罗性命矣。假此鸟尚存，则威罗殆不云死。因大愤，厉声叱曰："去矣汝！"婢仓皇未得户，乃又继之曰："白痴人！"

二

威罗既葬，阖宅默然，而其状复非寂，盖寂者止于无声，此则居者能言，顾不声而口闭，默也。伊革那支如是思惟，每入闺，遇妇二目，目光艰苦，乃似大气俄化流铅，来注其背，——又若开威罗曲谱，叶中尚留故声，或视画像之得自圣彼得堡者，亦复如是。

伊革那支视象有常法，必先审辅颊，受光皓然，特颊际乃见微痕，与睹之威罗尸上者密合，此殊弗知其故。使车轮践面而过，颅当糜矣，顾骸乃无损，殆必值移尸去轨，伤于靴尖，或偶创于指爪耳。伊革那支审谛久久，意渐怖，急越颊观其目，乃黑而美，睫毛甚长，投影至于颊际，映着目

031

晴，光益炯炯。目眂似见黑缘，色至悲凉，且画师多能，施之殊采，凡目光所向地，辄作澄明薄膜间之，似夏日轻尘，集于琴台，以减松木之曜。伊革那支欲去象弗视，而幽默之语，乃息息相从，其默又至昭明，几于入听。伊革那支际此，亦自信幽默为物，自能闻之矣。

每日晨祷已，伊革那支辄入客室，先眺虚笼，次及室中器具，乃据胡床而坐，闭目止息，谛听默然。时所闻至异，虚笼之默，微而柔，满以苦痛，中复有久绝之笑寓之。其妇之默，乃度壁微至，冰重如铅，且绝幽怪，虽在长夏，入耳亦栗然如中寒。若其悠久如坟，闵密如死，则其女之默也。第默亦若自苦，进力欲转他声，顾暗有机括之力，阻其转化，乃渐牵掣如丝缕，终至颤动且鸣，鸣低而晰，——伊革那支知有声将至，乃悦且怖，引手据胡床之背，屏息俟之。已而闻声益迩，顾忽复中绝，全宅默然。

伊革那支薄怒曰："吓！"遂渐渐起立，则度窗见大道，满负日光，其平如砥，每石均作圆形。并有马厩石垣，浑沌无户牖，屋角立一御者，不动如石人。是人矗立奚为，又乌能解，意者道绝行客，殆已久矣。

三

伊革那支他适时，颇多言议，如与法师语，或对众述其勤修义务，亦时就识者，博塞以游。顾一返故家，乃若永日必绝其声息者，盖当长夜不眠，方思大故，而不能与家人言，思盖曰威罗何由死也。

伊革那支殊不悟时节已晏，尚欲寻绎因缘，且冀解其隐闷。深夜耿耿，每念往日自与其妇立威罗榻前，祈之曰："语我！"特幻想所造，乃与成事迥殊，见两目朗然，不同画像，威罗欢笑起立，进而陈辞。——顾其辞云何，似此无言之辞，能解大闷，且复密迩，使倾耳屏息，恍忽愈益昭明，惟又迢远不可究极。伊革那支举皱皲之手出空中，挥而问曰："威罗乎？"然答之则幽默也。

一夕，伊革那支往视其妇，弗入闺已且七日矣，时乃就坐床头，思柔其目光，令勿冰重，乃曰："阿母，吾欲与汝谈威罗，愿闻之乎？"

妇目默然。伊革那支扬其声，使益威严，如语自忏者状，曰："吾知之，汝盖谓威罗之死，皆出我手。顾吾岂爱之不若汝耶？汝想诡矣！——吾严厉，顾实未尝妨彼，彼不纵行其欲耶？逮其视吾诃责如无物，吾又不立弃威权，自俯其背乎？……然汝何如者，汝不尝痛哭呼吁之乎？微吾诏

033

者，泣且无已，而威罗不悛，吾何当独任其罪。且吾又不尝屡面明神，诏之谦，教之爱耶?"言次疾窥妇目，又急避之，曰："使不以苦恼相告，吾何能为? 命之与? ——吾命之矣。哀之与? ——吾亦哀之矣。将必屈膝求婢子，哀号如媪耶? 其心! 吾乌知其心何蕴者? 忍耳冷耳!"伊革那支遂举手击其膝曰："是人无爱，然也。人谓我奈何? ……诚专制耳。顾汝乃号泣不惜自屈，彼终爱汝未?"

伊革那支忽失笑而无声曰："爱也，何以慰汝? 则死耳!其死惨凶，轻如飞羽，……死于粪土，犹犬豕也，人踶以足!"

伊革那支声渐低，……

曰："吾自愧，——行途中自愧，——立祭坛前自愧，——面明神自愧，——有女贱且忍! 虽入泉下，犹将追而诅之!"

伊革那支言已视其妇，已厥死矣，历时许方苏。比苏，而目旋默，闻其言或未尝闻，人莫能测也。

是日之夜，——温煦宁靖，七月之夜也。伊革那支惧惊其妇及侍者睡，乃以趾点梯而升，入威罗之室。小窗自威罗逝后，即严扃不启，全室干温，烈日贯铁叶屋山，长日照临，入夜留炎熇之气，人迹永绝，则颢气殊异懒散，遍于太空，室壁家具，久而朽败，亦有气蒸蒸涌出。月色度窗，投纹至地，且以余光朗照室隅。卧榻雅素，上遗小大二枕，阴森欲动。伊革那支启窗，外气随辟而入，清新芬馥，来自近郊水次，且挟菩提树华香。远有歌声，似出艇内。伊革那支徒跣白衣，状如鬼物，行就威罗榻旁，长跽于地，投首枕上，引手向空而拥，曩日女首所在处也。如是久久，既而歌声顿辍，顾牧师伏如故，长发越肩分披，曼延及枕。少顷，月易其轨，小楼就昏，伊革那支始昂其首，随作微语，声至雄浑，更函不知之爱，如对所生，曰："威罗吾女！威罗，——汝知否此谊云何？吾女吾女！吾血吾生！……汝老父，颢首骈背，……"言次，两肩忽战，全身随之而动，发声甚柔，若诏孺子，曰："汝老父祈汝，……惟，威洛吉伽祈汝矣！——彼且泣，彼前此未尝泣也。孺子，汝有忧，忧亦属我，否否，且甚也。"伊革那支时摇其首，曰："且甚也。威洛吉伽，吾老矣，死则奚惧。然汝，……使汝自知荏弱娇小者，汝念之耶？幼时伤指见血，泣失声矣。孺子，汝爱我，吾深知之。汝实爱我。第语之！语我，胡为自苦？吾将以此手去其忧，此尚强也，威罗，此手！"

伊革那支遂起，复曰："言之！"随张目视四壁，伸其手，而小楼寂漠，远闻汽笛有声。伊革那支目益厉张，自顾身外，似见形残厉鬼，离榻徐起。渐举柴瘠之手自按其头。及门，尚微语曰："言之！"而为之对者，又独——幽默也。

四

一日，午食早已，伊革那支趋赴墓场，威罗葬后，此其初次矣。其地炎热靖谧，杳无人踪，虽夏日在月夜。牧师欲挺身徐行，肃然四顾，自意弗异往时，而不知二足已孱，风度亦变，须髯皓白，如被严霜。墓场前道路修坦，渐高如坡坂，其端墓门，幽黑有光，若张巨口，四周则白齿抱之。威罗葬于杪端，至是已无沙砾。伊革那支旁皇隘路中，左右悉为丘垅，遍长莓苔，久不得出。其间时见断碑，绿华斑驳，或坏槛废石，半埋土中，如见抑于幽怨。内则有威罗新坟，短草就黄，外围嫩绿，榛楛依枫树而立，胡桃柯干，交于墓顶，新叶蒙茸。伊革那支坐邻坟，吐息四顾，上见昊天，净无云气，日轮如如不动，乃初觉在幽宅中。每当风定，万籁辍声，则寂漠满其地。其寂至莫可比方，此刹那间，并起幽默，默似远涉幽宅之垣，且逾垣直至市集，终于目睛，是目则澄碧无声，永靖于默。伊革那支耸其肩，运目至威罗墓上，观纠结之草久久。草蔓衍遍地，遥尽于负雪之野，似无暇更被异域者。时乃观之而疑，思地下不六尺，乃为威罗所宅，四周缥缈，莫可执持，则俄有俶扰执迷，起于胸次。盖往尝谓纵有物没深邃无穷中，顾得之实不在远，殊不知诚乃无有，且亦将终无有也。尔时陡有所念，似徜作一言，此言已冲唇且发，或作一动，则威罗将离墓起立，顾长妙好，一如生时，即四邻陈死人，方以坚冷之默感人者，亦将由是言动，辞其幽宅。伊革那支乃去广缘黑冠，自抚其发，微呼曰："威罗！"

言已，惧入人耳，则起登坟颠，越十字架外望，见绝无生人，于是复扬其音曰："威罗！"

此牧师伊革那支垂老之声也。其声干涸，如求如吁。异哉！祈求之切如是，而无应也。曰："威罗！"

时声朗而定矣。比默，恍忽有应者出于渊深，若复可辨。伊革那支复四顾屈其身，倾耳至于草际，曰："威罗答我！"则有泉下之寒，贯耳而入，脑几为之坚凝。顾威罗则默，其默无穷，益怖益闷。伊革那支力举其首，面失色如死人，觉幽默颤动，颢气随之，如恐怖之海，忽生波涛，幽默偕其寒波，滔滔来袭，越顶而过，发皆荡漾，更击胸次，则碎作呻吟之声。伊革那支瞠目愕顾，五体栗然，渐进力伸背而起，自肃其状，俾勿震越。又拂冠及膝际，以去沙尘，交

037

臂三作十字，徐行而去。顾幽宅乃突呈异状，道亦绝矣。

伊革那支自哂曰："误矣！"遂止歧路间。顾不能俟，未一秒时，即复左折，默迫之耳。默出自碧色垅中，十字架亦各嘘气，地怀僵蜕，孔孔均吐幽波。伊革那支行益急，左右奔驰，越墓撞于阑槛，铁制华环，刺手见血，法服亦撕裂如鹑衣，第心中则止存一念，曰觅去路耳。

伊革那支尽其心力，跳跃往来，久乃益疾，长发散乱于法服之上，而去路终不在前。其时状至怖人，张口垄息，色如狂醒，厉于幽鬼。终乃奋力一跃，突出墓场。其地有伽蓝，垣下见一老人，方据榻假寐，状似远方行脚，旁有二丐妇，断断互争。比归家，闺中镫光已曜，牧师不及易衣，冠而入，风尘零落，即跽其妇足下曰："阿母，……阿尔迦，恕我！"言次啜泣曰："吾且狂矣！"遂撞首于几，泣至哀厉，如未尝泣者之泣也。

追举首，伊革那支盖信异事将见矣。妇且有语，恕其前愆。因曰："吾妇！"——则伸首就之，相其二目，而是中恕宥怨愤，两复无有。妇殆已恕其罪，寄之同情与？顾目乃一无所示，寂然默然耳。……而此荒凉萧瑟之家，则幽默主之矣。

四日

————————————〔俄〕迦尔洵

　　吾辈趋经大野，铳丸雨集有声，树枝为动，复入棘林，宛延而进，吾今兹犹记之也。射益烈，天陲时起赤光，隐见无定处。什陀洛夫者，少年军人，第一中队属也，——时吾自念，彼胡为妄入此战线耶？——陡仆于地，默不声，张目历视吾面，血溢于口如涌泉。是诚然，吾今犹记之确也。且又记之，当大野尽处，丛棘之中，吾乃见……彼。彼巨而壮，突厥人也。顾吾直奔之，虽吾弱且瘠乎。有声霍然，似有物尔许大，飞经吾侧而去，耳为之鸣。吾自念曰："彼射我矣!"而彼遽大呼，急退走入丛棘。使绕道以出棘林，易易耳，顾惊怖时，乃思虑不能及此，其衣钩于棘枝。吾一击堕其铳，次举铳端利矛力刺之，似中其身，似闻呻吟声。吾遂奔而之他。吾军大呼，——或仆，或射，吾去野入田间时，则亦引机射一二次。

　　俄复大呼，其声加厉，吾辈皆疾走。顾此不能曰吾辈，当曰我军也。所以者何，缘吾独止于此耳。异哉！惟尤异者，乃觉一切顿失，如一切呐喊，一切铳声，莫不寂然。吾无所闻，第见少许苍苍者，殆天也，已而即此亦杳矣。

异境如是，昔未尝遇也。吾似伏地卧，当吾前者，有土一小片，草数茎，为去岁槁干，有蚁缘其一，蠕蠕而行，厥首向下，——目前全世界，如是而已。且能视者又止一目，其一乃有坚物阻之。物盖枝柯，下障吾首，而首又加于枝，状至不适。吾欲动，然又不能。胡为不能耶？而如是者久之。吾第闻皁蝥振羽及蜜蜂嘤鸣，舍此更无他事。终而奋力自曳右手，出于身下，乃并两手抵地，思踉而兴。

有锐而速者，——若电光然，——骤彻于全身，自膝至胸，胸而至首，——吾复仆，遂复惘然，遂复无觉。

吾觉矣。乃又胡以见星，见此灿然于勃尔格利亚蔚蓝天宇者耶？讵吾非在穹庐中，且见弃于众者又何耶？时自动其身，乃骤觉剧痛发于足。

然夫，吾伤于战矣！惟创之轻重奈何耶？渐伸手抚痛处，则右足满以血污，如左足焉。且手之所触，痛乃加剧，其为痛如——龋齿，绵绵无止，彻于心曲。耳大鸣，首亦岑岑然，知两足皆创矣。第众置我于此者曷故？讵已见败于突厥耶？吾回念之，初殊恍忽，继乃了然，终知我军不北。缘

040

吾仆——吾不知此，惟记众趋进，而青色物犹留我目前已耳。——甫田中，在小丘之上。大队长则指之大呼曰："儿郎，吾辈得此矣！"于是据甫田。然则我军固未败也。——顾众胡不将我俱去耶？原田坦荡，无物障其眼界，且敌军射极烈，伤者当不止吾一人也。盍且举首一审视乎？今滋适矣。盖前此更生，见草茎及到行蚁子时，曾进力欲起，继乃仰仆，故今者亦见明星也。

吾欲起而坐地，然两足皆创，綦难也。勉强久之，渐乃得坐，负痛甚，泪满于目矣。

临吾上者，有苍天一角，天半见一巨星，灿然作光，益以小星三四。四周何有，为暗为高，此棘丛也。吾卧棘林中，众遗我矣！

时觉毛发森然皆立。虽然，吾负伤于田，今何缘忽在丛薄中耶？意者受丸而后，因痛失神，遂自狂走入此与？惟今且不能少动其身，昔何能奔逸而至，乃思之殊不可解。是殆初仅一创，比至，始复受其一耳。

地面处处生白，朗而微红，巨星之光渐暗，小者皆隐，月上矣。嗟夫，倘在故乡，其佳胜当何如！……

有异声至吾耳际，如人呻吟。诚然，此呻吟声也！岂不远有伤人见弃，其足糜烂，抑铳丸入于腹耶？惟，否否！其声至迩，而吾侧复无他人。汝！呜呼，天乎！此我也！吾之微吟，吾之哀鸣也！岂痛剧乃至于此乎？然，痛固也，惟吾脑若笼于雾，若压以铅，故遂亦无觉。今良不如寐耳，寐哉寐哉！……第使终古不复觉者奈何！然此亦何惧为？

吾就卧，则月色苍凉，朗照四近，相距不五步，有巨物横陈，黝而黑，月光所照，处处烂有光辉，殆衣结或兵刃也。此其死骸，抑伤人耶？

皆同耳！吾则且寐，……

否否，此何能者？吾军未去，逐突厥遁矣。今方守伺于此，然胡为无人语声或篝火爆裂声耶？必吾疲敝既极，不之闻耳，顾吾军乃实在是。

曰："援我！援我！"其声野且嘶，突吾胸而出。顾无人声为之对，仅有反响发于夜气，其他寂然，独蛩吟如故，及满月在天，凄然临我已耳。

使卧者而为伤人，当闻吾声而觉矣，然则尸也！特不知其为火伴，抑突厥人耳。咄，为仇为友，在今兹不皆同耶。……而吾浮肿之目，时已渐合于瞑卧矣。

吾虽早觉，然尚靖卧。阖其目，吾殊不欲张也。目虽阖，日光犹穿眶而入。比启，则受刺不可堪矣。且卧而不动，于我亦良适。……昨日——吾思殆昨日也，——负伤，至今一日已过，第二日且继之——吾当死矣。凡事皆同，不如弗动胜。人当弗动其身，尤善则弗动其脑，然不可得也，记念思惟，交错于内，第此亦至暂矣，不久将终，仅留数行字于新闻中曰："吾军损失极鲜，伤者若干。一年志愿兵伊凡诺夫战死。"否，不然，报纸且不举氏姓，第约略言之曰死者——一人已耳。兵一人，犹彼犬也。

时吾神思中，则全图昭然皆见，盖昔日事矣。——所谓昔者不止此，在吾一生中，当吾足未见创前，皆昔日事矣。——吾尝见众聚于市，遂延伫审视之，众乃默立，目注一白色物，方流血哀鸣，状至可悯，小犬也，轹于车轮，已垂死如吾今日。乃忽有执事者排众人，攫其领，提之他去，众则亦鸟兽散。今者孰提我去诸此乎？嗟夫，野死而已！……人生亦奇觚哉！……昔之日，——即小犬遭祸之日也，——吾生多福，逍遥以游，为状如酩酊，第此亦有其所由然也。——嗟汝古欢！其毋苦我，且趣离我矣！——昔日之福，今日之苦，……苦固不可逃，特愿不见窨于怀旧，与往日相仇比耳。呜呼，忧乎忧乎！汝困人良甚于创哉！

今热矣，日乃如炙也。吾启目，见同此丛薄，同此高天，特在昼耳，而邻人亦依然在是。突厥人，尸也！躯体又何伟哉！吾识之，斯人耳！……

见杀于我者，今横吾前。吾杀之何为者耶？

斯人浴血死，定命又何必驱而致之此乎？且何人哉？彼殆亦——如我——有老母与？每当夕日西匿，则出坐茅屋之前，翘首朔方，以望其爱子，其心血，其凭依与奉养者之来归也！

而吾何如者？皆同耳！……然吾甚羡之，斯人幸哉！其耳无闻，其伤无痛，不衔哀，不苦渴，……利矛直贯其心，……在是，——穴在戎衣，大而黝然，四周满以碧血，——此吾业也！

然此岂亦吾愿与？当吾出征，不怀恶念，亦无戕人之心，惟知吾当以胸臆为飞丸之的，则遂出而受射已耳。

而今又何如者？咄，愚人愚人！然哀哉此莆罗！（突厥人称埃及农夫如是，语源出阿剌伯，此云耕田者）——斯人盖衣埃及戎衣者，——不较我尤无罪耶？有人令之，则如青鱼入筌，以汽船送之君士但丁堡，为俄罗斯，为勃尔格利亚，两未有所前闻也。人复令之行，则遂行，使其不尔，则轻亦鞭箠，甚或有巴沙（突厥官名，犹此土之总督）之铳，引火射其胸者矣。于是苦辛悠远，自君士但丁堡从军以至卢司曲克，我军进攻，彼则守御，比见吾曹健儿，虽当英国特制之庇波地或马梯尼铳（尔时英助突厥，故云）亦坦然径前，乃始恂惧思退走。此瞬息中，又不图突来一小丈夫，平日仅挥黑拳，击之可蹭耳，而今乃举利矛刺其心。则是人究何罪耶？

杀斯人者我，然吾亦何罪乎？吾何罪？……渴乃的我至于此耶？渴也，人亦知渴之为事奈何耶？虽昔日过罗马尼亚时，酷热至四十度，日行五十威尔斯忒，其渴不若此也。吁，安得有人至乎！

天乎！彼人军持中不有水耶？惟必就而取之，不知痛当如何耳。

咄，同也，吾进矣。

吾匍匐前，曳足于后，两手失力，才足动垂僵之躯。尸距我不及二克拉式佗，而自吾视之，乃多，——不然，非多也，劳于十二威尔斯忒也。顾亦当勉之，咽且焦矣，如发烈火，汝即失水且死耳。虽然，万一……

吾匍匐前，二足为地所泥，每动辄作大痛，为之号叫，为之呻吟，而匍匐前不止。今终至矣，军持在斯，……其中有水，——水若干，似且越军持之半也。猗，水足用矣！——以至于死。

吾曰："施主，汝救我矣！……"则以肘支体，解其军

045

持，重心失，遂仆。吾面适触救主之胸，尸气已扑鼻矣。

吾得水狂饮之，水虽温，然尚不腐，且甚多也，可支数日。吾昔读生理易解，记书中有言曰："人苟饮水，则虽无食亦能活逾七日以上。"次复举事实为证，谓尝有人绝粒图自杀，顾久之不死，即以不废饮也云。

咄，复次奈何？使更活五日—六日者，其后奈何？吾军已行，勃尔格利亚人亦遁，左近又非达道，终亦死而已矣。惟二昼夜濒死之苦，今则易以七日，殆不如自戕胜耳。邻人之侧，有铳在地，颇似英伦良品，仅劳一举手，——诸事毕矣。且铳丸亦累累满地，似当日用未尽也。

要而论之，吾宁自裁，抑且——待耶？何也？待救，抑待死与？且待，待突厥来，更襫吾足负伤之革耶？则良不如自……

不然，人何当自失其勇气，在理宜力图活以至终也。有见我者，吾即得救矣。吾骨或无损，受治当瘥，于是乃复见故乡，复见吾母，复见玛萨，……

嗟，幸毋令彼知实事矣！幸告之日即死。假使知其实，知吾受殊苦历二日三日以至四日者，……

吾目忽眩，邻右之游，膂力悉竭矣。复有异气，色亦渐益黝然，……明日及又明日，更将如何？吾亦姑卧此，今无力，不能移也。且容少休，乃返故处，幸适有风，吹奇殠悉他向矣。

吾疲极而卧，日照吾手及头，又无物足以作障。使其顷刻入夜，则——吾自思——似已第二夜矣。

思绪忽乱，——遂复入忘。

吾寐久之。比觉，日已夕矣，见一切如故，足伤依然作剧痛，邻人庞然僵卧，亦复如前。

欲弗念是人，不可得也。何者？吾弃爱绝欢，跋涉远道，陵冻馁，忍炎热，终则陷于巨苦，——乃仅为戕杀斯人来耶？戕杀斯人而外，吾又尝有微利于战事耶？

杀人，杀人者，……顾谁耶？

我也！

念吾自决志从征时，吾母及玛萨泣皆甚哀，顾不相沮。吾则眩于幻想，弗睹其泪，亦未尝知，——今乃知之，——将有忧患之加于眷属也。

当是时，有故旧数人，然念之奚益，往事不可追矣。其为状亦至异耳。众皆曰："愚物，徒是扰攘，自且弗知后事，究何为者？"——然此何言？一则曰爱国，再则曰英雄，而此口乃亦能作如是语乎？在彼辈目中，吾非英雄与爱国者又何物？虽然，此固耳，而吾则——愚物也！

吾于是至契锡纳夫，众以革囊及此他武具相授，从军而行。众可千人，中之出于自愿——如我——者仅三四。他乃不然，假能免其役，皆愿遄返故乡者也，然仍力前，绝不逊自觉之吾辈，徒步至千威尔斯式，临敌而战无慑，视吾辈或且胜也。倘放之归，固当投兵立散，惟今则服其义务不荒。

晨风徐来，棘枝摇动，惊睡鸟出林而飞，明星亦隐，天宇已见晓色，白云如毛羽，菱然蔽之，昏黄渐去大地，吾之第三日至矣。……将何以名？谓之生，抑谓之死乎？

第三日，……将更历若干日耶？谅不多矣。吾疲极，恐不能离此尸而去，且不久将类之，不相恶矣。

吾每日当三饮，——朝，午，夕也。

太阳已出，黑色棘枝，纵横分划巨轮，视之朱殷如人血。意今日者，天气其将酷热矣。

吾之邻人，——今日汝当如何？汝已怖人甚矣！

诚然，彼甚怖人也。毛发渐脱，其肤本黳黑，今则由苍而转黄，面目臃肿，至耳后肤革皆裂，蛆蠕蠕行罅隙中，足緎行滕，胫肉浮起成巨泡，见于两端钩结之处，全体彭亨若山丘。更历一日，乃将如何耶？

傍之卧，抑何可堪者，虽必出死力，吾亦迁矣。特不知能动否耳？吾固能自动其手，能启军持，能饮水，特未识运我重滞不动之体则何如？不也。姑试之，纵令动极微，阅一时而得半步与。

迁徙既始，终朝方已，足创固剧痛，然亦何有于我耶！吾尔时已不记常人感觉作何状，渐惯于痛矣。阅一朝，乃迁地不及二克拉式佗，顾已至故处，昂首吐吸，将得新气以舒心神者暂耳。离腐尸不六步也。风向忽变，挟异殠正扑吾鼻，其殠至强，吸之欲呕，虚胃亦作痉挛且痛，五内如绞矣。而臭腐之气，则续续扑鼻无已时。

方术已穷，吾遂泣。

时困顿达于极地，乃颓然卧，神识几亡，忽焉——此岂神守已乱，耳有妄闻耶？似闻……不然，否，诚也！——人语声也。马蹄声，人语声。吾欲号，顾力自制，万一其人为突厥，则将奈何？恐所遭惨苦，即就报纸诵之，亦毛发立矣。彼辈将生剥人肤，伤足则烙之以火，……善，且不止此，彼辈长于此道，未可测也。——然则见杀于彼，殆不如野死胜乎。顾使来者而为我军，嗟汝鬼棘，何事繁生若祟垣者，吾目不能透棘有所见也。仅得一处，在枝柯间若小窗，能就之少窥外状，远见平隰，其地似有小川，记战前曾饮之，诚然，亦有石片，横亘水之两岸如小桥，来者殆当过此也。——而人声默矣。众操何国语言，绝不能辨，讵吾耳亦已聩耶？天乎，使来者果为我军，……则吾呼号于此，众当能在桥上闻之，此良较见俘于黎什珂，见俘于巴希皤支克优也。胡以不闻蹄声耶？不能忍矣。时尸气虽恶，顾已不之知。

忽而行人见桥上，珂萨克也。戎衣色青，赤条在袴，持矛，数可五十。率之行者乘骏马，为黑髯军官，众方渡，即据鞍反顾，大声呼曰："疾走！"

吾亦呼曰："且止且止！嗟乎，援我来，兄弟！"顾马蹄佩剑声及珂萨克朗语，皆高出吾声之上，——众不我闻也。

吁，吾遂失力而伏，以面亲土，呜咽继之。军持仆，是中之水，——吾性命，吾援救，吾延生之药，乃忽外流。比扶之起，则所余已不及半盏，地面干涸，此他悉为所吸矣。

是举既空，吾已不复能振，惟微合其目，奄然僵卧耳。且风向屡变，时或觇清新之气，时或依然以腐殠来。邻人为状，今日亦益厉，不能尽以楮墨。吾偶启目微睨之，乃栗然。面肉已消，脱骨而去，槁骸露齿，吾虽多见髑髅，或制人体为标本，顾未睹凶厉怖人有如此也。骸着戎服，衣结作光烂然，令吾震慑，心乃作是念曰："所谓战事，——此耳，其象在是!"

酷热不少减,面与手皆且灼矣,乃饮余水尽之,初苦渴,仅欲饮其一滴,殊不图一吸尽之也。嗟夫,珂萨克自过吾旁,又胡不止之。纵为突厥,亦胜于此,彼苦我不过一二小时耳,今则辗转呻吟,特不知当历几日也。呜呼吾母,使其知此,殆将自擢皓发,牴首于墙,以诅吾诞生之日,——且为此始作战斗以苦人群之全世界诅也。

然汝与玛萨,又胡能知吾之惨死耶? 别矣吾母,别矣吾爱吾妻! 嗟夫,此苦何可言者! 有物填吾膺,⋯⋯又复此小犬也。忍执事人,就墙撞其首,投之尘屯,犬未死,故受楚毒至一日。顾吾之惨苦甚于犬,受楚毒者已三日矣,诘朝而为——四日,于是至五日,至六日。⋯⋯死! 汝安在? 趣来前,趣来前,趣攫我矣!

顾死乃不来,亦不攫我。吾惟卧烈日之下,咽干且坼,而水无余滴,尸殑则弥漫空气中,彼肉全尽矣,有无量数蛆蠕蠕而坠,蠢动满地,既食邻人尽,仅余槁骨戎衣,——则以次及于我,而吾之为状,于是如前人!

白昼既去,深夜继之,亦复如是。比夜阑而东方作,亦复如是。又空过一日矣。⋯⋯

棘枝动摇,有声如私语,右谓我曰:"汝死矣,死矣,

死矣!"左则应之曰："不复相见也,不复相见也,不复相
见也!"

侧有声曰:"伏藏于此,又何能见耶?"

吾忽归我,乃见二碧瞳,自棘枝内瞰,此雅各来夫,吾
军之伍长也。曰:"将锄来,此间犹有两人,其一,盖火
伴也。"

曰:"毋以锄来,亦勿瘗我,吾生也。"吾心欲号,而唇
吻干涸,仅自其间漏微叹而已。

雅各来夫惊叫曰:"嗟乎! 彼诚生,伊凡诺夫也。儿郎,
彼生也。速召医者!"

可十五分时,似有水注入吾唇,复有勃兰地酒及他物,
次乃冥然。

篮舆徐动,其动爽神,吾似觉矣,而旋晕。创伤既裹,
痛苦皆失,四肢舒泰,至不可言。……

"止! 降! 卫者交代! 举舆! 走!"

施令者彼得·伊凡涅支,为卫生队护视长,身颀长而
瘠,和易善人也。虽舁舆者四人,体悉伟硕,而吾视其人,
乃先见其肩,次见疏髯,渐乃见首。微呼之曰:"彼得·伊
凡涅支。"曰:"何也? 小友。"则屈身临我。吾曰:"医何

言？顷刻死耶？彼得·伊凡涅支。"曰："此何言，伊凡诺夫，——虽然，……汝安得死，汝骨皆无损，此幸事也。动脉亦无故。惟汝何能自活至三日，汝何所食耶？"吾曰："无之。"曰："然即何所饮？"吾曰："得突厥人军持，彼得·伊凡涅支。今兹不能言，尔后……"曰："诺，神相汝，小友，盍且寐矣。"

又复入寐，入忘。……

觉乃在医院中，医及护视者绕而立。此外更见名医，为圣彼得堡大学主讲，旧识其面，则俯而临吾足次，血满其手，似有所为。少顷，乃顾我言曰："神则祐汝，少年，汝生矣。吾辈仅取汝一足，然此特——小事耳。今能言耶？"

今能言矣。遂具告之，如上所记。

黯淡的烟霭里

——〔俄〕安特来夫

一

他到家已经四星期了，四星期以来，恐怖与不安便主宰了这家宅。凡是说话以及做事，大家都竭力的想要全照平常，也并未觉得，他们讲话的惨淡的响，他们眼睛的负疚的张皇的看，而且一见他的房，便大抵背转脸去了。但在这家里的别的处所，他们却不自然的大声的走，且又不自然的大声喧笑起来。只是倘若经过那几乎整天的从里面锁着，仿佛这后面并无生物一般的白的门，他们便放缓脚步，弯了全身，似乎豫料着可怕的一击模样，惴惴的避向旁边去了。即使早已经过，已用了全脚踏地，但他们的行步还极轻低，仿佛只踮着脚尖在那里偷走。

人向来没有叫过他的名字，却只简单的称一个"他"，大家整日的悬念他，所以给了不定的称呼当作本名，也从没有人问是谁氏。人又觉得，也如指一切别人似的，这样的称呼他，未免太狎昵而且简慢了；然而"他"这一个字，却很能够将由他的高大阴沉的相貌所给予的恐怖，又完全又锋利的显现出来。只有住在楼上的老祖母，是叫他古略的；但是伊也感到了主宰全家的不幸的埋伏和紧张的情形，伊常常落些泪。有一回，伊问使女凯却说，为什么小姐长久不弹钢琴了。凯却单是诧异的看伊，全不答话，临走时摇摇头，——显出分明的表示来，伊对于这种问题是不对付的。

他的回来是在十一月的一个灰色的早晨，除了彼得已经到中学校去，大家正在家里围着呈餐的食桌的时光。屋外很寒冷，低垂的灰色云撒下雨点来，虽然有着阔大的窗，屋子里也昏暗，有几间并且点上灯火了。

他的拉铃是响亮而且威严，连亚历山大·安敦诺微支自己也战栗。他想，这是一个重要的宾客来访问了，于是他缓缓的迎将出去，在他丰满庄重的脸上含着和气的微笑。但这微笑立即消失了，当他在大门的半暗中瞥见一个可怜而且污秽的服饰的人的时候，这人的面前站着使女，仓皇的要拦住他的前行。他大概是从车站走来的，只坐了几小段的橇，因为他那短小古旧的外衣已经沾湿，裤的下半也溅污了，宛然是泥水做就的圆筒。他的声音又枯裂又粗毛，想因为受湿和中寒罢，否则便是长途中守着长久的沉默的缘故了。

"你为什么不答话？我问，亚历山大·安敦诺微支·巴尔素珂夫可在家？"那来客再三的问。

055

　　然而亚历山大要替使女回话了。他并不走到大门，只是望出去，半向着客人；他以为这无非是无数请托者之中的一个罢了，便冷淡的说道："你到这里来什么事？"

　　"你不认识我么？"这闯入者嘲笑似的问，然而声音有些发抖了，"我便是尼古拉，说起我的父名来是亚历山特罗微支。"

　　"怎么的……尼古拉？"亚历山大退后一步问。

　　但诘问时，他已经知道站在他面前的是怎么的尼古拉了。即刻消失了威严，刚死似的可怕的衰老的苍白色便上了他的脸；两手按着胸前，嘘一口气。接着便忽然的伸开这手，抱住了尼古拉的头，老年的灰白的胡须，触着温润的乌黑的短髭，那衰迈的久不接吻的嘴唇，也寻得了他儿子的年青的鲜活的嘴唇，很热爱的接吻。

　　"且慢，父亲，我先得换衣服。"尼古拉柔和的说。

　　"你释放了么？"那父亲问，浑身发着抖。

　　"唉，可笑！"尼古拉将父亲送在一旁，阴郁的严厉的说，"这算得什么呢？释放！"

　　他们走进食堂去，巴尔素珂夫先生对于含着非常的情爱的自己的慌张，也觉得有些惭愧了。然而团聚的欢喜，中了毒似的在他心脏里奔腾，而且要寻出路；七年以来不知所往的儿子的再会，使他的态度活泼而且喜欢，他的举动忽略而且狼狈了。当尼古拉立在他妹子面前，搓着冻僵的手，问道"这位小姐该是我的妹子了——可是么?"的时候，他不由得发出真心的微笑来。

尼那，一个苍白消瘦的十七岁的姑娘，就在桌旁站起身，腼腆似的用指头弄着桌面，那大的吃惊的眼看着伊的哥哥。伊记得，这是尼古拉，这是比伊的父亲还记得分明的，但是伊不知道现在应当怎么办。待到尼古拉用握手来代接吻时，伊便将用力的一握去回答他，而且同时——弯一弯膝髁!

"还有，这是大学生安特来·雅各罗微支先生，彼得的家庭教师。"亚历山大又介绍说。

"彼得?"尼古拉诧异了，"已经上了学么? ——呵，这么!"

其次又介绍到一个尖脸的女人，伊正在斟茶，单叫作安那·伊凡诺夫那。于是大家都新奇似的看他，他也正在四顾房中，看一切是否还是七年以前的模样。

他有些古怪，是捉摸不定的。高大的精悍的身躯，头的高傲的姿势，锐利的射人的眼睛在突出的险峻的眉毛下，教人想起一匹雏鹰。蓬松的乱发上弥满着粗野和自由；沉着轻

057

捷的举动，宛然是伸出爪牙来的鸷兽的颤动的壮美。那手，倘有所求，也便要确实牢固的攫取似的。他仿佛全不理会自己地位的不稳，只是平静深邃的遍看各人的眼睛，即使他眼里浮出喜色来，人也觉得这里面藏着什么秘密和危机，如见那正施蛊惑的猛兽的眼。他的言语是严重而且简单；他并不管自己怎么说——仿佛这已不是那不知不觉的陷了迷谬和虚伪的人语的声音，却就是思想本身发着响。在这样人物的灵魂上，是不能有悔恨之情的位置的。

然而，假如他是一匹鹰，他的羽翼却显得因为战斗很受了伤损，他——算是胜利者——这才出了重围。证明的是他的衣裳，带着露宿的痕迹、污秽，不称他的身躯，而且在这衣裳上又留着一点难解的掠夺的不安的处所，能使穿着美服的人们发生一种漠然的恐怖的心情。而且每瞬间——那强壮的全身，因为特别的心忧发着莫名其妙的战栗，于是身体似乎缩小了，头发都野兽似的直竖起来，那眼光又快又野的向着在坐的人们都一瞥。他饮食的很贪婪，仿佛一个饥渴多时，或者久未吃饱的人，所以要在瞬息之间，卷尽桌上的一切了。饮食完，他说："这很好。"便嘲弄似的摩一摩肚。他复绝了父亲的雪茄，取过大学生的纸烟来，——他自己从来没有纸烟，——于是命令道："谈谈罢!"

尼那便说。伊说，刚在女学校毕了业，在校里是怎样的情形。伊最初怯怯的说，但是说了几回，便容容易易的记出所有滑稽的言语来，很满足的讲下去了。伊不甚了然，尼古拉可曾听着；他微笑，然而并不定在说得滑稽的时分，而且始终用了他那浮肿的眼睛四顾着房屋里。他有时又打断了讲说，问出全不相干的话来。

"你买这画要多少钱?"例如他忽然去问那默着的，而且含着一点嘲笑的父亲。

"二千卢布。"安那没有开过口，这时很惜钱似的回答了，又惴惴的一看亚历山大的脸。

"记不清楚了!"

父子都微笑。这微笑中，很带些拘谨，亚历山大已经不再慌张，变了不甚大方的严紧了。

"事务怎么了?"尼古拉仍然简短的问他的父亲。

"做着。"

"买了一所意大利式的新房子，三层楼的，还有一所工场。"安那几乎低语一般的说。在巴尔素珂夫之前，伊本抱着战兢的尊敬，但又熬不住要说出财产来，因为伊日夜忘不掉的是伊的小积蓄——伊有五百五十六个卢布存在银行里——和这大宗钱财的比较。

"唔，尼那，讲下去。"尼古拉说。

然而尼那倦怠了。伊胁肋上又复刺痛起来，端正的坐着，很瘦弱，苍白，几乎透了明，但却是异样的动人的美女，像一朵要萎的花。伊发出一种微香，使人联想到黄叶的秋和美丽的死。胆怯的面麻的大学生目不转睛的对伊看，似乎尼那颊上的红色消褪下去时，他的脸色也苍白起来了。他是一个医学生，而且对于尼那又倾注着初恋的虔敬。

这时来了菲诺干——那老仆。他的相貌出现于推开的门，如一个初升的月：很圆，红而且光。菲诺干是到浴堂去的；他汽浴之后喝了一点酒，刚回家，听得使女说，他曾经一同骑着马游戏过的那小主人已经回来了。不知道因为醉是因为爱，他欷歔的哭！他扯直了燕尾服，洒香了秃头——他的主人也这样做的——便兢兢业业的走向食堂去。他在门外站了片时，于是仿佛恭迎巡抚似的装着恭敬的吹胀的脸，出现在尼古拉的面前。

"菲诺盖式加！"尼古拉高兴的叫，他声音有些孩子似的了。

"小主人！"菲诺干大声的叫，冲翻椅子，奔向尼古拉。他想要先在尼古拉肩上去接吻，[1] 然而这面却给他一个用力的握手，他奉了军令似的一倒退，再用一握去回礼，重到要生痛了。他自己想，他不是仆人，却是尼古拉的朋友，而且很高兴给大家看出了这资格来。然而照老规矩，他总得在肩上一接吻！……

"而且还是喝！"尼古拉闻到酒气，对于菲诺干照旧的脾气，吃惊而且高兴的说。

"真的么?"家主也威严的夹着说。

菲诺干否认的摇摇头，温顺的倒退几步，斜过眼光去，想寻门口。然而他走过头了，便撞在墙壁上，于是摸索着到了门口，也颇费去不少的时光。菲诺干到得大门，立了片时，感动的看着尼古拉握过的手，然后仿佛是一件贵重的东西一般，极小心谨慎的带进下房去了。他各处都很自尊；但在这瞬间，他的右手是全体中最尊贵的部分。

这一天巴尔素珂夫先生不赴事务所，午膳之后，许是多喝了葡萄酒罢，他心情颇是柔软而且畅快了。他挽了尼古拉的腰，领到藏书室，点起一支雪茄，想作一回长谈，便和善的说道："那个，现在讲罢，你先在那里，你在做什么?"

尼古拉没有便答。那异样的心忧的震动又通过了他的全身，眼睛向门口射出无意的神速的一瞥去，只有声音却还是沉静而且真诚。

"不，父亲。我恳请你，不提起我的经历的话罢。"

"我看见你有外国的钱币；——你到过外国了么？"

"是的，"尼古拉简短的答，"然而我恳请你，父亲，就此够了。"

亚历山大皱了眉头，从软榻上站立来。他在外衣下面负着手，往来的踱；于是他问，并不看着儿子：

"你还是先前一样么？"

"就是这样。你呢，父亲？"

"就是这样。去罢，我事务多！"

尼古拉一出房外，巴尔素珂夫便合了门，走近火炉，默默的，然而用力的敲那光亮洁白的炉台的砖块，于是用手巾拭净了手上的白垩，坐下去办事了。在他脸上，又盖满了令人想起死尸来的，可怕的青苍……

和祖母的会见，并没有目睹的人，但他显着阴沉的脸相走出伊房外来，也似乎微微有些感动。当尼古拉关上他住房的白门之后，大家都暂时觉得舒畅了。从这一瞬间起，他便不再算作客人，而且从此又发生了异样的不安和忧虑，这骤然曼衍开去，立即充满了全家。似乎有谁混进了家里来，永远盘踞着，那是一个猜不透的危险的人，比路人更其全不相知，比伏着盗贼更可怕。只有菲诺干一人没有觉得，因为为了非常之欢喜他还有些酩酊，睡在厨子的床中；在睡眠中，他也还保着他那有价值的人格的尊贵的观瞻，右手略略的离开着身体。

在客厅里，尼那低声的说给大学生听，七年以前是怎样的情形。那时候，尼古拉和别的学生因为一件事，被工业学校斥退了，靠着父亲的联络，他才免了可怕的刑罚。激烈的互相争论中，易于发恼的亚历山大便打了他，这一夜他即离了家，直到现在才回来了。那两人，讲的和听的，摇着头，放低了声息；而且为慰勉尼那起见，大学生取过伊的手来，给伊抚摩着……

二

尼古拉从不搅扰人。他自己少说话，他也不顾倾听别人的话，带着一种尊大的淡漠，仿佛人要和他怎么说，他早经知道的了。当别人说话的中途，他也会走了开去，脸上显出这神色，似乎他倾听着什么辽远的，只有他能够听到的东西。他不嘲笑人也不诘责人，但倘若他走出那几乎整日伏在里面的图书室，到各处去徘徊，忽而到妹子那里，又忽而到仆役或大学生那里的时候，在他的所有踪迹上便散布了寒冷，使各人发生自省的心情，似乎他们做下了一点坏事情，并且是犯罪的事，而且就要审判和惩治了。

　　他现在服饰都很好了；但便是穿着华美的衣装，他与房屋的豪华的装饰也毫不融和，却孤零零的有一点生疏，有一点敌意。假使陈设在房屋里的一切贵重的物件都能够感觉和说话，那么，倘他走近这些去，或者因为他那特别的好奇心，从中取下一件来看的时候，他们定将诉苦，说这可忧愁得要死了。他向来没有坠落过一件东西，全是照旧的放存原位上，但倘使他的手一触那美丽的雕塑，这雕塑在他走后便立即失了精神，全无价值的站着。成为艺术品的灵魂，全消在他的掌中，这就单剩了并无神魂的一块青铜或粘土了。

　　有一回，他走到尼那那里，正是伊学画的时间；伊从什么一幅图画中，很工的摹下一个乞丐的形象。

　　"画下去。尼那！我不来搅乱你。"他说着，便靠伊坐在低的躺椅上。尼那怯怯的微笑着，又临摹一些时，画笔上蘸了错误的颜色。于是伊放下画笔来，说：

　　"我也疲倦了。你看这好么？"

　　"是的，好。你也弹得一手好钢琴。"

　　这冰冷的夸奖很损毁了敏感的尼那的心情。伊想要批评似的侧了头，注视着自己的画，叹息说：

　　"可怜的乞丐！他使我很伤心！你呢？"

　　"我也这样。"

"我是两个贫民救济所的会员，事务非常之多！"伊热心的说。

"你们在那里做些什么事？"尼古拉冷淡的问。

尼那于是说，开初很详，后来简略，终于停止了。尼古拉默默地翻着尼那的集册，上面保存着伊的朋友和相识者的诗文。

"我还想听讲义去；然而爹爹不许我。"尼那忽然说，伊似乎想探出他的注意的门径来。

"这是好事情。唔——那么？"

"爹爹不许。但是我总要贯彻我的意志的。"

尼古拉出去了。尼那的心里觉得悲痛而且空虚。伊推开集册，凄凉的看着刚画的图像，这似乎是很讨厌，全无用的恶作了；伊镇不住感情的偾张，便抓起画笔来，用青颜色横横直直的叉在画布上，至使那乞丐不见了半个的头颅。从尼古拉和伊握手的第一日起，伊对他便即亲爱了，然而他从来没有和伊接一回吻。倘使他和伊接吻，尼那便将对他披示那小小的然而已经苦恼不堪的全心，在这心中，正如伊自己写在日记上似的，忽而是愉快的小鸟的清歌，忽而是乌鸦的狂噪。而且连日记也将交给他了，这上面便写着伊如何自以为无用于人以及伊有怎样的不幸。

他想，伊只要有伊的绘画，伊的音乐，伊的会员便满足
了。然而这是他的大误，伊是用不着绘画，用不着音乐，也
用不着会员的。

倘他旁观着彼得到大学生那里授课的时候，他却笑了，
因为这笑，彼得嫌恨他。彼得反而很高的竖起膝髁来，至于
连椅子几乎要向后倒，轻蔑的睬着眼，他虽然明知道万不可
做，却用指头挖着鼻孔，而且当了大学生的面说出无礼的话
来。这家庭教师的麻脸上通红而且流汗了，他几乎要哭，待
彼得走后，又诉苦说，他是全不愿意学习的。

"我真不解；彼得竟全不想学。我真不解，他将来怎
样……先一会，使女来告诉，他对伊说些荒唐话。"

"他会成一个废物罢了。"尼古拉并不显出怎样明白的表
示，断定了他兄弟的将来。

"人用尽了气力，为他用尽了气力，为他费了心神，有
什么用处呢?"家庭教师一想起不是打杀彼得，便得自己钻
进地洞里的，许多屈辱和惭愧的时候，便几于要哭的说。

"你不管他就是了。"

"然而我应当教导他呵!"大学生很惊疑的叫道。

"那么，你教导他就是，照人家所托付的那样!"

大学生竭力的还想发些议论，尼古拉却不愿了。尼那和

安特来·雅各罗微支也曾研究多回，想阐明尼古拉的真相，但归结只是一个空想的图像，连他们自己也发笑起来。但两人一走开；他们却又以他们的失笑为奇，觉得他们那空想的推测又近于真实。于是他们怀着恐惧和热烈的好奇心，专等候尼古拉的出现，而且笑着，以为今天终于到了这日子，可以解决那烦难的问题了。尼古拉出现了，然而这谜的解决的辽远，今日却也如昨日一般。

特别的陆离，又不像真实的是仆役室里的猜测。而菲诺干站在所有论客的先头。他喝了一点酒，他的幻想便非常之精彩而汗漫了。连他自己也觉得吃惊而且疑惑。

"他是—— 一个强盗!"他有一回说，他那通红的脸，便怕得苍白起来。

"哪，哪，……就是强盗么?"厨子不信的说，但惴惴的看着房门。

"是专抢富翁的。"菲诺干接着订正说。——当尼古拉还是孩子时候，曾经说过，他听得，有着这一种强盗的。

"他何必抢人呢，父亲这里就有这许多钱，他自己还数不清。"马夫说，这是一个很精细的人物。

"三个工厂，四所房屋，天天结股票。"安那低语着，伊的积蓄，到现在已经加上四卢布，弄到五百六十卢布了。

然而菲诺干的假定也就推翻了。安那将尼古拉带来的一切，仔细的搜检了一番，除了一点小衫，却毫没有别样的物件。但正因为小衫之外没有别的，便愈加不安而且诡秘了。倘使他皮包里藏着手枪，子弹，刺刀，则他大约就要算是一个强盗。本体一定，大家倒可以安静，可以轻松；因为最可怕是莫过于不知什么职业的人，那容貌态度，样样迥异寻常，单是听，自己却不说，只对大家看，用了刽子手的眼光。于是这不安增长起来，终于变了迷信的恐怖，寒冷的水波似的弥漫了全家了。

有一次，泄漏了尼古拉和他父亲之间的几句话；但这并不消散家中的恐怖，却相反；使可怕的谜和疑惧的思想的空气更加浓厚了。

"你曾经说，你厌恶我们的一切生活法，"那父亲说，每个音都说得很分明，"你现在也还厌恶么？"

一样是缓缓的，而且明白的说出尼古拉的诚实的答话来："是的，我厌恶这些，——从根柢里到最顶上！我厌恶这些，也不懂这些。"

"你可曾发见了更好的没有？"

"是的，我已经发见了。"尼古拉确乎的答。

"留在我们这里罢！"

"这是无从想起的，父亲——你自己知道。"

"尼古拉！"亚历山大忿然的叫。暂时间紧张的沉默之后，尼古拉低声的悲哀的回答道："你永是这模样，父亲——又暴躁，又好心。"

这殷实的人家临近了圣诞节，也显得凄怆而且无欢。现有一个人，那思想和感情都不与家族相关联，阴沉的磐石似的悬在大家的头上，不独夺去了期望着的愉快的祭日的特征，并且连那意义也消灭了。这似乎尼古拉自己也明白，他怎样的苦恼着他人，他便不很走出他的房外去——然而不看见他，却更其觉得他格外的可怕了。

圣诞节前几天，巴尔素珂夫这里不期的来了若干的宾客。尼古拉向来不会那些无涉的人，也仍然不去相见了。他和衣躺在自己的床上，倾听着音乐的声音，这受了厚墙的浑融，柔软调匀的传送过来，宛如清净声的远地里的歌颂；而且这声音又极柔和的在他耳朵上响，仿佛便是空气本身的歌讴。尼古拉倾听着，他的孩子时候的远隔的时代，便涌现上他的心头来，那时他还小，他的母亲也还在；……那时也是来了客人，他也远远的听着音乐，而且一面做着梦……不是梦形象，也不是梦音响，却梦着别的东西，那形象和音响只是纠结起来，很明而且很美——这东西如一个美丽的唱歌的飘带，闪在天空中……他那时知道这闪闪的是什么；然而他不能对人说，也不能对自己说；他只是竭力的教自己尽力的醒着——但是睡着了。有一回也如此，并没有人留心，他睡在大门口的客人的皮裘上，至今还分明的记得那蒙茸的刺手的皮毛的气息。而且莫名其妙的恐怖的战栗，冷的针刺似的又通过了他的全身……但这回又奇特的同时有什么柔软的温暖的东西照着他的脸，有如温和的爱抚的手，来伸展他的愁眉。他的脸全不动，然而平静，温良，柔顺，仿佛是死人。人判不定他是睡还是醒，是生还是死。人只有一句话可以说：这人安息着……

到了圣诞节的前夜了。在黄昏时，菲诺干走到尼古拉的屋里去。他大概不算醉，沉了脸向着旁边，眼里闪闪的像是泪。

"祖母教请。"他在门口说。

"什么?"尼古拉惊疑的问。

菲诺干叹息，重复说："祖母教请。"

尼古拉走到楼上，他刚刚跨进门槛，两条纤细的女儿的臂膊突然抱住他的头颈了；在他脸上，贴近了一个柔弱的脸，带着睁大的湿润的眼睛，一种可怜的声音含着欷歔，低低的说："哥哥，哥哥! ——你为什么教我们吃苦! 亲爱的，亲爱的哥哥，你和父亲和好了罢……也和我……并且留在我们这里……千万，千万，留在我们这里!"

渺小的瘦弱的全身的震动，在他手上也觉得了，而且这小小的无用的心却如是之伟大，将无限的，苦恼的全世界注入他的心中了。阴郁的皱了眉头，尼古拉向周围投了嗔恚的一瞥，从榻上又向他伸出祖母的手来，苍白枯瘦得可怕，更有一种声音，已经是那一世界的声响似的，枯裂欷歔的呻吟道："尼古拉! 孩子! ……"

门槛上哭着菲诺干。他的谨严的态度都失掉了，鼻涕挥在空中，牵动着眉毛和嘴脸，而且他眼泪非常多! ——流水似的淌下两颊来，这似乎并不像别人一样，从眼里出来的，而却出在枯皱的头皮上的所有的毛孔。

"我的朋友! 尼古林加!"他低声的祈求，也向他伸出捏着冰块似的红手帕的手。

尼古拉孤独的微笑，又轻轻的说。他自己不知道，现在在阴暗的鹰眼里，也极难得的落下几滴眼泪来——于是从昏暗的屋角显在明亮处，是一个男人的花白的发颤的头，这是他的父亲，是他厌恶而且不懂他的生活的。

然而他忽然懂得了。

也如先前的狂督的厌恶一样，因为狂督的亲爱，他奔向他的父亲，尼那也很感动，三人拥抱着，像是活着的哭着的一团，都以毫无隐蔽的心，发着抖，这瞬息间，融成了一个心和一个灵魂的强有力的存在了。

"他不走了，"老人声嘶的，胜利的叫喊说，"他不走了！"

"我的朋友尼古林加！"菲诺干低声的祈求。

"是啦！是啦！"尼古拉说，然而连他自己也不知道对着谁。"是啦！是啦！"他反复的说，一面接吻于默默的摩着他的头的老人的手上……

"……是啦！是啦！"他还是反复说，但他已经感到在他的精神上，弥漫了崛强的奔腾的短的，尖利的"不可"了。

已经入了夜，在这大宅子的全部里，从仆役室以至主人的房屋，都辉煌起愉快的灯光。人人喜孜孜的热闹的谈笑，那贵重的脆弱的装饰品也失去了怯怯的忧愁；从高的位置上，傲慢的俯视着蠕蠕奔走的人间。坦然的恢复了他们的美丽；仿佛是，凡有在这里的一切，无不奉事他们，而且臣伏于他们的美丽似的。

亚历山大，尼古拉和大学生，还都聚在祖母的屋子里；忽而叙说自己的幸福，忽而倾听尼古拉的谈论。菲诺干，因为高兴了，又喝了一点酒，走出院子去，要凉快他火热的头；雪花消在他通红的秃头上，如在热灶上一般，他正在摸，他又吃惊的看着——尼古拉！手上提一个小小的行囊。尼古拉正走出屋角的便门的外面。当他瞥见菲诺干的时候，他也懊恼的吃了惊。

"阿，菲诺干，老动物！"他低声说，"那么，送我到大门。"

"朋友……"菲诺干着了慌，窃窃的说。

"不要声张，我们到那边说去。"

街上完全没有人，两端都没在徐徐的静静的飞下来的雪花的洁白的大海里。尼古拉忽然当菲诺干面前站住了，用了他那闪闪的突出的眼睛看定他，抬起手来搭在他肩上，而且缓缓的说，仿佛命令一个小儿："对父亲说去，尼古拉·亚历山特罗微支愿他安好，并且告诉他，说他去了。"

"哪里去?"

"单说去了就是，保重罢。"尼古拉叩一下老仆的肩头，便走了。菲诺干省悟，尼古拉对他也没有说出哪里去，于是尽其所有的力量拖住了他的手。

"我不放你！上帝很神圣，我决不放你!"

尼古拉推开他，又诧异的向他看。然而菲诺干拱了两手，如同祷告似的，吐出欷歔的声音，祈恳道："尼古林加!

073

惟一的朋友！都算了……那里有什么呢？这里有钱，三个工场，四所房屋，我们天天结股票……"他无意识的背诵着老管家女人的成语。

"你说什么？"尼古拉蹙额说，大踏步便走。但那佳节模样的穿着全新的燕尾服的菲诺干却受了践踏一般瘫软了。他喘吁吁的只是不舍的追。终于抓住了他的手，祷告似的哀求道："现在，那么，……我也……也带我去——这怕什么？你——做强盗去么？——好；那就做强盗！"

于是菲诺干做了一个绝望的举动，似乎他已经要决绝了这尊贵的人间。

尼古拉站住，默默的对着仆人看，而在这眼光里，闪出一点非常可怕的东西，冰冷的酷烈和绝望来，菲诺干的舌头便在运动的中途坚结了，两足都生根似的粘在雪地里。

尼古拉的后影小了下去，隐在莽苍里了，仿佛消融在夹色的烟雾的中间。再一瞬间，尼古拉便又没在他先前曾经由此突然而来的，那不可知的，怕人的，黯淡的烟霭里。寂寞的道路上已不见一个生物了，然而菲诺干还站着看。衣领湿软了粘在他脖子上；雪片慢慢的消释在他冻冷的秃头上，和眼泪一同流下他宽阔的刮光的两颊来……

安特来夫（Leonid Andrejev）以一八七一年生于阿莱勒，后来到墨斯科学法律，所过的都是十分困苦的生涯。他也做文章，得了戈里奇（Gorky）的推助，渐渐出了名，终于成为二十世纪初俄国有名的著作者。一九一九年大变动的时候，他想离开祖国到美洲去，没有如意，冻饿而死了。

他有许多短篇和几种戏剧，将十九世纪末俄人的心里的烦闷与生活的暗淡，都描写在这里面。尤其有名的是反对战争的《红笑》和反对死刑的《七个绞刑的人们》。欧洲大战时，他又有一种有名的长篇《大时代中一个小人物的自白》。

安特来夫的创作里，又都含着严肃的现实性以及深刻和纤细，使象征印象主义与写实主义相调和。俄国作家中，没有一个人能够如他的创作一般，消融了内面世界与外面表现之差，而现出灵肉一致的境地。他的著作是虽然很有象征印象气息，而仍然不失其现实性的。

这一篇《黯淡的烟霭里》是一九〇〇年作。克罗绥克说："这篇的主人公大约是革命党。用了分明的字句来说，在俄国的检查上是不许的。这篇故事的价值，在有许多部分都很高妙的写出一个俄国的革命党来。"但这是俄国的革命

075

党，所以他那坚决猛烈冷静的态度，从我们中国人的眼睛看起来，未免觉得很异样。

一九二一年九月八日译者记

本文及此后八篇选自周作人等译《现代小说译丛》第一辑，上海商务印书馆一九二二年版

注释：

1　俄国仆役对于主人，只能在肩头接吻。（本书注释未标注者，均为译者注。）

书籍

〔俄〕安特来夫

一

医生在病人的裸露的胸前，安上听诊筒，静心的听——大的，过于扩张的心脏，发出空虚的声音，撞着肋骨，啼哭似的响，吱吱的轧。这是表示活不长久的凶征候，医生"唔"的侧一侧他的头，但口头却这样说，——

"你应该竭力的避去感动的事才好。看起来，你是在做什么容易疲劳的事务的罢?"

"我是文学者，"病人回答说，微笑着，"怎样，危险么?"

医生一耸眉，摊开了两手。

"危险呵，自然说不定因为什么病……然而再十五年二十年是稳当的，这还不够么?"他说着笑话，因为对于文学的敬意，帮病人穿好了小衫。穿好小衫之后，文学者的脸便显出苍白颜色来，看不清他是年青还是很年老了。他的口唇上，却还含着温和的不安的微笑。

"阿，多谢之至。"他说。

胆怯似的从医生离开了眼光，他许多时光，用眼睛搜寻着可以安放看资的处所，好容易寻到了——办事桌上的墨水瓶和笔架之间，正有着合宜的雅避的好地方。就在这地方，他轻轻的放下了旧的褪色的打皱的三卢布的绿纸币。

"近时似乎没有印出新的来。"医生看着绿纸币，一面想，不知为什么，凄凉的摇一摇头。

五分钟之后，医生在那里诊察其次的病人；文学者却在路上走，对了春天的日光细着眼睛，并且想——为什么红毛发的人，春天走日荫，夏天却走日下的呢？医生也是一个红毛发的。这人倘若说是五年或十年，那还像，现在却说是二十年——总而言之，我是不久的了。这有些怕人，不不，非常怕人，然而……

他窥向自己的胸中，幸福的微笑。

阿阿，太阳的晃耀呵！这如壮盛者，又如含笑而欲下临地面者。

二

原稿非常厚，那页数非常多。每页上，都密密的填满了细字的行列，这行列，便全是作者的滴滴的精神。他用了瘦得露骨的手，慎重的翻书。纸面的反射，光明似的雪白的映着他的脸。身旁跪着他的妻，轻轻的接吻于他的那一只骨出

078

细瘦的手上，而且啼哭着。

"喂，不要哭了罢，"他恳求说，"何必哭呢，岂不是并没有要哭的事么？"

"你的心脏，……而且我在世界上要剩了孤身了。剩了孤身，唉唉，上帝呵！"

文学者一手摩着伏在他那膝上的妻的头，并且说，——

"你看！"

眼泪昏了伊的眼力了，原稿的细密的横列在伊眼睛里，波浪似的动摇，断续，低昂。

"你看！"他重复说，"这是我的心脏！这是和你永远存留的。"

垂死的人想活在自己的著作上，是太可伤心的事了。妻的眼泪更其多，更浓厚了，伊所要的是活的心。一切的人们，——无缘无故的人们，冷淡的人们，没有爱的人们，这些一切人们无论谁何所读的死书籍，在伊是用不着的。

三

书籍交给印刷所了。这名曰《为了不幸的人们》。

排字匠们一帖一帖的拆散原稿来，他们各人单将自己所担任的一部分去排版。拆散的原稿里，常有着一语的中途起首，不成意义的东西。例如"亲爱"这一字，"亲"留在这一人的手里，"爱"却交在别一个的手里了。然而这完全没有碍。因为他们是决不读自己所排的文句的。

"这半文不值的文人！这胡里糊涂的字是什么！"一个絮叨着说，因为愤怒和讨厌装了嫌脸，用一手遮着眼睛。手指被铅色染得乌黑，那年青的脸上也横着铅色的影，而且一吐痰唾，这也一样的染着死人似的昏暗的颜色。

别一个排字匠，也是年青的男人，——这里是没有老人的，——以猿类的敏捷和灵巧，检出需用的文字来，便低声的开始了哼曲子，——

唉唉，这是我们的黑的运命么，
在我是铁的重担呵重担呵！……

以后的句子他不知道了。调子也是这人随意的捏造，——是一种单调的，吹嘘秋叶的风的低语似的，无可寄托的声音。

别的人都沉默，或者咳嗽，或者吐出暗色的唾沫。各人的上面，电灯发着光，前面的铁网栏的那边，模糊的现出停着的机器的昏暗的形象，机器都等候得疲倦了一般伸出他漆黑的手，显一副沉重的烦难的模样，压着土沥青的地面。机器的数目很不少。而充满着含蓄的精力和隐藏的音响与力量的沉默的黑暗，怯怯的包住了这周围。

四

书籍成了杂色的列，站在书架上，看不见后面的墙壁了。书籍又堆在地板上，又积在店后的昏暗的两间屋子里，排得无容足之地了。而且叠在其间的人类的思想，在沉默里向外面颤动而且迸流，似乎在书籍的域中，是全不能有真的平安和真的寂静。

上等似的脸和留了颊须的男人立在电话口，和谁恭敬的交谈。于是低声的骂了"昏虫！"然后大叫道，——

"密式加！"

走进一个孩子来，他便突然间变了冷酷的厉害的严紧的脸，指斥说："你要叫几次才好？废料！"

孩子吃了惊，眹着眼，这时胡子的气也平下去了。他并用了手和脚，推出一个书籍的沉重的包来，本想单用手来提，但有点不如意，便摔在原处的地板上。

"拿这个送到雅戈尔·伊凡诺微支那里去。"

孩子用两手去捧包，但那包不听话。

"好好的拿！"那男人大声说。

孩子好容易捧起包来，搬出去了。

五

在步道上，密式加挤开了往来的行人。他泥沙似的涂满了雪，被赶到灰色的街心里。沉重的包压在他脊梁上，他跄跄了。马车夫呵斥他。他这时一想那路的远近，便觉得害怕，以为这就要死了。他将沉重的包溜下脊梁来。一面看，一面禁不住欷歔的哭。

"你为什么哭着的?"路过的人问。

密式加呜呜的哭了。群众立刻围上来，走到一个带着腰刀和手枪的性急似的巡警，将密式加和书籍都装在零雇马车上，拉到派出所去了。

"怎么的?"当值的警官从正在写字的簿子上抬起脸来问。

"是背着太大的包裹的。"性急似的巡警回答说，将密式加推到前面去。

警官擎起一只手来，关节格格的响了；其次又擎起那一只。于是交互的伸直了他蹬着宽阔的漆长靴的脚，斜了眼睛，从头到脚看一遍这孩子，他然后发出许多的问题，——

"你甚么人? 哪里来的? 姓名呢? 什么事?"

密式加一一答应了。

"密式加。百姓。十二岁。主人的差遣。"

警官走着，又复欠伸一回，迈开步，挺着胸脯，走近包裹，嘘一口气，然后伸手轻轻的去摸书籍。

"阿呵!"他用了满足似的口吻说。

包皮的一角已经破损了，警官拨了开来，读那书名——《为了不幸的人们》。

"那么，你，"他用手指招着密式加说，"读读瞧。"

"我认不得字。"

警官笑起来了——

"哈哈哈!"

走进一个络腮胡子的专管护照的人来，烧酒和洋葱的气息喷着密式加，也一样的笑——

"哈哈哈!"

此后他们便做起案卷来。而密式加在末尾押了一个小小的十字。

这一篇是一九〇一年作，意义很明显，是颜色黯淡的铅一般的滑稽，二十年之后，才译成中国语，安特来夫已经死了三年了。

一九二一年九月十一日，译者记

083

连翘

〔俄〕契里珂夫

阿阿，春天一清早，连翘花香得怎样的芬芳呵，当太阳还未赶散那残夜的清凉，从夜的花草上吸尽了露水的时候！

是年青时候的一个早晨。我和一个温文美丽的少女，正在野外散步之后的归途。愉快的小鸟的队伙似的，他们跳出小船，便两个两个的分开，各因为送女人回家去，都在街上纷纷走散了。

太阳才照着街市，那金色的光线，正闪闪的晃耀在教会的屋顶和十字架以及高的房屋的窗间。道路还静默而且风凉，人家的窗户里都垂着帷幔。……那窗后面的人们还都落在沉睡中。……我们的足音在早晨的寂静里便听得高声的发响……

从密密的攒着铁钉的长围墙上，沉甸甸的垂着湿润的，盛开着紫的和白的球花的连翘。

阿阿，春天一清早，连翘花香得怎样的非常呵！当你才二十岁，和温文美丽的少女同了道。每一互相瞥视，互相微笑，便喜孜孜的发抖的时候。……

"给我拗一枝那连翘花罢。……"

我们立住了。围墙又高又滑，而且簇着钉。想用手杖钩下那著花最盛的枝条，终于不如意。下雨一般，在我们上，连翘洒下了香露的珠玑。……

"一枝也可以! ……"

"白的?"

"就是，……不不，——紫的! ……"

我为了温文美丽的少女，去偷连翘花，将自做了牺牲，爬上围墙去了。我被锈的钉刺破了手腕，然而我绝不留心；因为我丝毫没有觉得痛。香气很强烈，我的头便不由得转向了旁边。露滴从枝头直洒在我脸上，捏着的手杖啷啷的响，少女欣然的微笑着，我在伊头上，香雨似的降下了凌晨的清露。……我想将凡是著花的连翘，尽折给伊，白的，以及紫的。……

"已经够了! ……"

我便勇士一般的跳下围墙来。那高兴快活的含着爱情的眼睛，以沉默的感谢向了我晃耀。

"这给你……做个……纪念。……"

伊不说了，而且将红晕起来的脸藏在连翘里。

"纪念! 什么的?"

085

"今朝的散步的纪念呵！……连翘的，而且，一清早，这花怎样的香得非常的事。……"伊说着，向我的脸这一面，递过那润泽的连翘的花束来。

"你的手怎么了？那血？……"

这时我才知道，自己的腕上有着渗出鲜血的伤痕。

"痛么？"

"并不，……这也是纪念罢。……"

伊给我一块小小的绢手巾。我用这包了手。于是仿佛为了爱人的名誉的战斗，因而受伤的勇士似的前进了。我们站住，刚要话别的时候，伊讨回手巾去。……

"将这个还了我罢。……"

"不。这存在我这里，……做纪念。……"

我还给伊了，是让了步的。这手巾不是已经被我的血染得通红了的么？……

然而，唉唉，所谓人生这一种卑下的散文，……这常常干涉我们的生活，我们向着辽远的太空的莽苍苍的高处，刚刚作势要飞，正在这瞬间，这便来打断了我们的翅子了。

我在眼睛里，浮着心的弛放和幸福的颜色，捏着那纤细的发抖的少女的手，没有放，以为数秒钟也好，总想拖延一点离别的时光。我凝视着两颊通红的，一半遮在连翘的花束里的少女的脸；而且仿佛觉得酩酊了。但不知道，这是因为连翘的香气，还因为少女的红晕的两颊和娇怯的双眸。……睡得太多的懒洋洋的门丁出来了，而且搔着脑后说：

"唉唉，先生，裤子撕破了，……得缝缝，……这不好……"

我回头向背后看。少女挣出了捏着的手，高声笑着，跑进院子的里面去了。

"伊逃掉了，这是怎的？喂，管门的，你刚才怎么说？你没有怎么样么？"

门丁委细的说明了理由：

"挂在钉子上了似的！……这不好……"

我一看自己的衣服。于是因为惭愧和屈辱和卑下，脸上仿佛冒出火来……全然，在我那白的连翘花上，似乎被谁唾了一口唾沫。……我向着家，静静的在街上走。早晨的祷告的钟发响了。虽然很少，却已有杂坐马车在石路上飞跑。大门的探望扉开合着，……现世的生活已经开始了。……

便到现在，我还记得那一个春天的早晨，……攒着铁钉的围墙，垂下的连翘的盛开的枝条，馥郁的露水的瀑布，掩映在紫的和白的连翘花间的娇怯的少女的脸。……

而且便到现在，在我的耳朵里，也还听得赶走了幻想和

087

春日清晨的香气的，那粗鲁的门丁的声音。

阿阿，一清早，连翘怎样的香得非常呵，在太阳还未从连翘上吸尽了露水的时候，而且你才二十岁，一个温文美丽的少女和你并肩而立的时候！

契里珂夫（Evgeni Tshirikov）的名字，在我们心目中还很生疏，但在俄国，却早算一个契诃夫以后的智识阶级的代表著作者，全集十七本，已经重印过几次了。

契里珂夫以一八六四年生于凯山，从小住在村落里，朋友都是农夫和穷人的孩儿；后来离乡入中学，将毕业，便已有了革命思想了。所以他著作里，往往描出乡间的黑暗来，也常用革命的背景。他很贫困，最初寄稿于乡下的新闻，到一八八六年，才得发表于大日报，他自己说：这才是他文事行动的开端。

他最擅长于戏剧，很自然，多变化，而紧凑又不下于契诃夫。做从军记者也有名，集成本子的有《巴尔干战记》和取材于这回欧战的短篇小说《战争的反响》。

他的著作，虽然稍缺深沉的思想，然而率直，生动，清新。他又有善于心理描写之称，纵不及别人的复杂，而大抵取自实生活，颇富于讽刺和诙谐。这篇《连翘》也是一个小标本。

他是艺术家，又是革命家；而他又是民众教导者，这几乎是俄国文人的通有性，可以无须多说了。

一九二一年十一月二日，译者记

省会

〔俄〕契里珂夫

　　我所坐的那汽船，使我胸中起了剧烈的搏动，驶近我年青时候曾经住过的，一个小小的省会的埠头去了。又温和又幽静，而且悲凉的夏晚，笼罩了懒懒的摇荡着的伏尔伽的川水，和沿岸的群山，和远远的隔岸的森林的葱茏的景色。甜美的疲劳和说不出的哀感，从这晚，从梦幻似的水面，从繁生在高山上的树林映在川水里的影，从没到山后去的夕阳，从寂寞的渔夫的艇子，以及从白鸥和远方的汽笛，都吹进我的灵魂中来……自己曾经带了钓鱼具，徘徊过，焚过火，捉过蟹的稔熟的处所，已经看得见了。自己常常垂钓的石崖上，也有人在那里钓鱼呢。奇怪……而且正坐在自己曾经坐过的处所。我忽然伤心到几乎要哭了。我于是想，自己已经有了白发，有了皱纹，再不会浮标一摇，便怦怦的心动，或如那人一般，鱼一上钩，便跳进水里去捉的了。心脏为了一去不返的生涯而痛楚了……我所期待的是欢喜，但迎迓我的却是悲哀。一转弯，从伏尔迦的高岸间，又望见了熟识的教会的两个圆形的屋顶，和有着绿色和灰色屋顶的一撮的人

090

家……我的眼眶里含了泪……从那时以来，这省会近于全毁的已有两回了。我们住过的家，还完全的留着么？我于是很想一见我和父母一同住过的，围着碧绿的树篱的老家。父亲已经不在，母亲也不在，便是兄弟也没有一个在这世上了。还是活着似的，记忆浮上眼前来。仿佛不能信他们都已不在这世上。我下了汽船，走过那洼地的小路——那时因为图近，常在这地方走——再过土冈，经过几家的房屋，便望见我家的围墙，……这样的想，……

"母亲，父亲！"

于是从门口的阶沿上，迸出了父亲和母亲和弟妹们的满是欢喜的脸来。……

"此刻到的么？"

"正是，此刻到的。……"

汽笛曼声的叫了。汽船画着圆周，缓缓的靠近埠头去。埠头上满是人。为要寻出有否知己的谁，一意的注视着人们的脸。然而没有，并无一个人。奇怪呵，那些人都到哪里去了呢？阿，那拿着阳伞的女人，却仿佛有一些相识。不，伊又并不是那伊！倘若那伊，那时候已经二十五，所以现在该有五十上下了，而这人不到三十岁。当那时候，我在这里的时候，伊还是五六岁的孩子，我们决不会相识起来。这五六个年青的姑娘们，……我在这里的时候，伊们一定还没有出世罢。

"先生，要搬行李么？……"

"唔，好好，搬了去。"

没有遇着什么人。也没有人送给我心神荡摇的事件。没有接吻的人，也没有问道"到了么"的人。单是敌对似的，不能相信似的，而且用了疑讶的好奇心，看着人们罢了。——"那人是怎么的！到谁的家里去？"

"我到谁的家里去么？我不知道。我现在是谁的家里都不去。曾经见过年青时候的我的这凄凉萧索的省会呵，我是到你这里来的，我们还该大家相识罢。"

我不走那通过洼地的小路，我现在早不必那样的匆忙，因为已没有先前似的抱了欢喜的不安的心，等候着我的了。……

"得用一辆马车，……"

"不行，这镇里只有两辆，一辆是刚才厅长坐了去了，还有那一辆呢，不知道今天为什么没有来。不要紧，我背去就是。先生是到哪里去的？"

"我么？唔，唔，有旅馆罢？"

"那自然是有的！体面得很呢。叫克理摩夫旅馆。"

"克理摩夫！那么，那人还活着么？"

"那人是死掉了，只是虽然死掉，也还是先前那样叫着罢了。"

"那么，他的儿子开着么？"

"不是，开的是伊凡诺夫，但是还用着老名字呵。他的儿子也死掉了。"

我跟在乡下人的后面走，而且想。市镇呵，你也还完全的活着么？也许还剩下一条狗之类罢？

"先生是从哪里下来的？"

"我么？……我是旅客……从彼得堡来的。"

"如果是游览，先生那里不是好得多么？或者是有些买卖的事情罢？"

"没有。"

"不错，讲起买卖来，这里只有粉，先生是不见得做那样的生理的。那么，该是，有什么公事罢？"

"也不，单是来看看的。我先前在这里居住过。忽然想起来，要到这里来看看了。……"

"那么，不认识了罢。有了火灾，先前的物事也剩得不多了。"

我们在街上走。我热心的搜寻着熟识的地方。街道都改了新样了。新的人家并不欣然的迎迓我。

"这条街叫什么名字呢？"

"就叫息木毕尔斯克。"

"息木毕尔斯克！阿阿，真的么？"

"真的。"

在息木毕尔斯克街上，就有祭司长的住家。而且在祭司长这里，说是亲戚，住着一个年青的姑娘。伊名叫赛先加，极简单的一篇小传奇闪出眼前来了。带着钓鱼器具和茶炊的一队嚷嚷的人们，都向水车场这方面去……激在石质的河床上，潺潺作声的小河里，很有许多的鳊鱼。红帕子裹了黄金色的头发，手里捏着钓竿，两脚隐现在草丛中的赛先加的模样，唉唉，真是怎样的美丽呵！我们屹然的坐着，看着浮标。我们这样的等人来通报，说是"茶已经煮好了"。

这时的茶炊很不肯沸。那茶炊是用了杉球生着火的。我和赛先加早就生起茶炊来。赛先加怕虫，我给伊将虫穿在鱼钩上。唉唉，伊怎样的美丽呵，那赛先加是！……

"又吃去了，……给我再穿上一个新的罢！"

"阿阿，可以，可以。"

我走过去，从背后给伊去穿虫。但是可恶的虫，一直一弯的扭，非常之不听话。赛先加回转头来，抬起眼睛从下面看着我。

"快一点罢!"

"这畜生很不肯穿上钩去呢!"

我坐在伊身边,从旁看着伊的脸,而且想,——

"我此刻倘给伊一个接吻,不知道怎样?……"

我们的眼光相遇了。伊大约猜着了我的罪孽的思想,两颊便红晕起来。而我也一样。不多久,我穿好了虫,然而不再到自己的钓竿那里去了。我坐在赛先加的近旁,呼息吹在伊脖颈上。

"那边去罢。你的浮标动着呢。"

"我不去,……去不成!……"

"为什么?"

"不,离开你的身边,是不能的。……"

默着。垂了头默着。不再说到那边去了。

"亚历山特拉·维克德罗夫那!"

"什么?"

"我在想些什么事,你猜一猜。……"

"我不是妖仙呵。你在怎么想,谁也不会知道的!"

"如果你知道了我在怎样想,一定要生气罢。……"

"人家心里想着的事,谁能禁止他呢。……"

"知道我在想着的事么?"

"不知道,什么事?"

"你会生气罢。……"

"请,说出来。……"

"你可曾恋过谁没有?"

"不,不知道。"

"那么,现在呢?"

"一样的事。"

伊牡丹一般通红了。

"那么,我却……"

"说罢!"

"我却爱的……"

"爱谁呢?"

"猜一猜看!"

"不知道呵,……"

伊的脸越加通红,低下头去了。我躺在赛先加很近旁的草上。伊并不向后退。啮着随手拉来的草,我被那想和赛先加接吻这一个不能制御的心愿,不断的烦恼着了。

我吐一口气。

"这是怎么一回事呢?"

"自己判断看。……"

伊的脸又通红了。不管他事情会怎样，……我站起来，弯了身子，和赛先加竟接吻。伊用两手按了脸，没有声张。我再接吻一回，静静的问道：

"Yes 呢，还是 No 呢?"

"Yes!"赛先加才能听到的低声说。

"拿开手去! ……看我这边! ……"

"不。"

伊还是先前一样的不动弹，……我坐在伊旁边，将头枕在伊膝上。伊的手静静的落在我的头发上了，爱怜的抚摩着。……

"茶炊已经沸了!"

赛先加忽然被叫醒了似的。伊跳起来，径向水车场这方面走。到那里我们又相会，一同喝着茶。但没有互相看；两人也都怕互相看。傍晚回到市上，告别在祭司长的门前，赛先加跨下马车的时候，我才一看伊的脸。伊露着惘惘的不安的神情；伊向我伸出手来，那手发着抖，而且对于我的握手的回答，只是仅能觉得罢了。此后我每日里，渴望着和赛先加的相见，常走过祭司长的住宅的近旁。而且每日每日的，我的爱伊之情，只是热烈起来，然而伊像是沉在水里一般的

097

没有消息了。不多久，我便知道那天的第二日，赛先加便往辛毕尔斯克去。因为得了电报，说伊的父亲亡故了。……

我此后没有再见赛先加。伊现在哪里呢？伊一定嫁了祭司，现正做着祭司夫人罢，……伊不是也已经上了四十岁么？……

"记得有一个叫尼古拉的祭司长，还在么？"

"死掉了。"

"那么，他的住宅呢？"

"烧掉了。你看，那住宅本来在这里，……在那造了专卖局的地方。……"

房屋新了，但大门是石造的，还依旧。我一望那门，仿佛从那门里面，便是现在也要走出年青的美丽的赛先加来，头上裹着红帕子——到水车场去的时候这模样——红了脸说：

"你还记得我们在水车场捉鳊鱼时候的事么？"

专卖局里走出一个乡下人来；在门口站住了，拿酒瓶打在石柱上，要碰落瓶口的封蜡。……

"做什么？……这不是你这样胡闹的地方。……"

"和你有什么相干呢？"

诚然，……二十年前，那赛先加曾经站在这里的事，正不必对这些乡下人说。唉唉，赛先加和我的关系，于他有什么相干呢！

然而教堂也依旧。这周围环绕着繁茂的白杨，那树上有白嘴鸟做着窠，一种喧闹的叫声，响彻了全市镇，简直是市场的商女似的。我只是想，镇不住伤感的神魂，彻宵祭的钟发响了。明天是日曜。也仍然是照旧的钟，殷殷的鸣动开去，使人的灵魂上，兴起了逝者不归的哀感，想起那人生实短，万事都在他掌握之中的事来，……而且，又记起了为要看赛先加，去赴教堂的事来了，……那时候，钟也这样响。然而那时候，还未曾看见人生的收场。而且那音响也完全是另外的。

"呵，到了。……"

孤单的在屋子里。死一般寂静而且阒然。时钟在昏暗的回廊下懒懒的报时刻。在水车场和赛先加接吻那时候的事，逃得更辽远了。很无聊。窗外望见警厅的瞭台，什么都依旧；连油漆也仍然是黄色，像先前一般。这一定是没有烧掉罢。这是烧不掉的。

"请进来！"

"对不起，要看一看先生的住居证书呢。"

"阿阿，证书！……这是无限期的旅行护照。无论到什么时候，可以没有期限的居住下去的。"

"我们这里，现在是非常严紧了。"

"连这里也这么严紧么?"

"对啦。有了革命以后，不带护照的就不能收留了。"

"那么，连此地也起了这样的革命么?"

掌柜的微微的一笑，招了不高兴似的说——

"那自然是有的! 真的革命，什么都定规的做了。……"

"这个，那你说的定规，是怎样的事呢。"

"这就是，照通常一样，……监察官杀掉了，大家拿着红旗走，珂萨克兵也到了的。……"

他傲然的说，一面装手势。

"珂萨克来了，……那么，你们吃打没有呢?"

"吃打呵，那是打得真凶!"

他仍旧傲然的，很满足似的说。

"近来呢?"

"现在是平静了。这一任的厅长很严紧，是一个好厅长。"

"那么，前任呢?"

"前任的送到审判厅里去了。"

"何以?"

"他跟在红旗后面走啦。……"

全不懂是怎么一回事。我摇手。掌柜的出去了。我暂时坐在窗前，于是走到街上去。这里有一道架在满生着荨麻的谷上的桥梁。那谷底里，蜿蜒着碧绿的小河。那河是称为勃里斯加的。谷的那一岸的山上，就该有我们住过的房屋了。单是去看也可怕，怕心脏便立刻会抽紧罢。我在桥上站住了。连呼吸也艰涩。从桥的阑干里，去窥探那谷中。这便是我的兄弟和荨麻打仗的处所。他用木刀劈荨麻，一个眼光俊利的，瘦削的神经质的男孩子，立时浮到我的记忆上来了。

"摩阁！你在那里做什么？"

"打仗。……"

"用膳了，来罢！"

"不行，追赶了敌人之后，会来的！"

这全如昨日的事。现在这少年在哪里呢？在这谷里，和荨麻曾作拟战游戏的那少年，难道便是被杀在跋凡戈夫附近的那摩阁么？我不信。我吐一口气，低了头前进了。我攀上山，幸而一切都还在。火灾和革命，全没有触着这在我的回忆上极其贵重的地方。看呵，那边是墙！阿阿，连翘又怎样的繁茂呵，连窗门都看不见了。有谁在那里弹钢琴。我站在对面，侧耳的听。是旧的破掉的钢琴。我家也曾有这样的一

101

个的。我仿佛回到青年的时代去，觉得那是母亲弹着钢琴了。我想着昨天在水车场接吻的赛先加的事。弹的是什么呢？阿阿，是了，是先前自己也曾知道的曲调。而且还吹来了那时的风。那是什么曲调呢？阿阿，是了，那是"处女之祈祷"呵！正是！正是……合了眼倾听着。将我和青年时代隔开了的二十年的岁月，渐渐的消失了。似乎我还是大学生，因为暑假回到家里来，团栾的很热闹，在院子里喝了许多果酱的茶。父亲衔着烟卷，坐在已经冷熄了的茶炊旁边看日报。母亲是在弹钢琴。我的竞争者，那神学科的大学生，也恋着赛先加的戈雅扶令斯奇来邀我游泳伏尔伽河去。他也想娶赛先加，常常准备着求婚。他和我来商量；他不信自己的趣味。我们在游泳时候，是专谈些赛先加的事的。他脱下一只长靴来，敲着靴底说：

"结婚的事，可不比买一双靴呵。"

"的确！"

"那么，你以为怎样？……你看来怎样？"

"对谁？"

"阿阿，赛先加呀！"

"我也没有别的意见在这里。"

"倘教我说，那是美人！什么都供献伊也还嫌少。就在目下开口呢，还等到毕业呢，那一边好，我自也决不定。但怕被别人抢去呵。因为伊是一个非常的美人。……"

他又脱下那一只长靴来，抛在旁边说：

"决定了。明天便求婚。……"

说着，他便从筏子上倒跳在河水里。

他今天也来邀游泳，而且谈赛先加的事。他竟绝不疑心，昨天在水车场上，他的赛先加已经失掉，不会回来的了。

"喂，游泳去罢!"

"求了婚没有?"

"不，还没有。也不是定要这样急急的事。"

"不行的。你以为伊爱你么?"

"伊?"

戈雅扶令斯奇气壮的点头；睞眼，叩我的肩头。

"那美的赛先加已经是我的了!"

我觉得可笑，也以为可憎。第一，是太唐突了赛先加了。我几乎想将昨天我们已经接了吻，以及赛先加对我说了Yes 的事说给他。

"你去罢! 我不想去游泳。还有赛先加的事，你好好的办，不要过于失败罢。你已经很自负着! ……然而……"

"你说什么?"

"阿,还是看着罢。"

"看着什么,倘我得了许可,怎么样?"

"胡说!赛先加已经许了我了。……"

"阿阿,这真是干了惊人的事!……"

"走罢!不走,我就会打你的脸呢!"

"阿阿!……这可是不得了!……"

那戈雅扶令斯奇现在哪里呢?一定和赛先加结了婚,做到祭司长了罢。而且伊已经告诉了他水车场的事罢?

钢琴停止了。我也定了神。我又想走进这家里去,一看那里面变换到怎样的情状。谁住在这家里,谁弹着钢琴,而且食堂和客厅和书室又成了什么模样了?倘我走进去说,——

"请你给我看一看这家里,我是年青时候住在这里的人。现在禁不住要一看这家,回到自己的少年时代去。"这却又甚不相宜似的。

我心里很迟疑;几次走过这家的门前,进了小路,从篱间去望院落。我在这院落里,曾经就树上吃过坚硬的多汁的果实。母亲煮果酱,将泡沫分给兄弟们的,也就在这地方。在这里,很有许多隐在连翘和木莓的丛莽之中的僻静的处所。我常在这里面，看那心爱的书信，而且想得出了神。

"故国呵！我为了你的幸福，奉献了我的生命罢。"

现在仿佛觉得那时的我，是这样一个渺小的无聊的人。唉唉，生命也就流去了，而你却依然如很远的往昔一般，还是一个渺小的无力的人物。而且你比先前更渺小更无力了。因为你在如今，对于自己的力，已没有先前那样的确信，并且在将来能够目睹那幸福的自己的祖国的一种希望，也已消亡了，……记起了谈到革命的旅馆掌柜来，……于是也想到了跟在红旗后面走的那厅长。……

"可怜的厅长呵！你是没有料到一切事全会这样悲哀的收场的。我也一样，厅长呵，也想不到那一件事竟如此，……所以我和你，现在都到了这样的境地了，你去听审判，我受着警察的看守。……"

我在身体和精神上都抱了忧郁和颓唐，回到旅馆里。掌柜的端进茶炊来。不多时，他出去了。关上房门之后，他在那里悄悄的窥探情形，侧着耳朵听。……

"什么都照旧！只有我不照旧了，……我已经不相信传单，手上也不再染那胶版的蓝墨。……喂，掌柜的，你大可以不必如此了。你疑心我到这省里来，还要再行革命么？……这省里现在是有着非常严紧的厅长的了。"

105

鲁 迅 译 作 选

又是照样的事。大清早，警兵送了——本日前赴警厅——的传票来。

"唉唉，这种传票，我已经厌倦了。然而总比他们到我这里来好。到警察厅去罢，而且会一会那严紧的厅长罢。"

我到了警察厅，引向副厅长的屋里去。我装了和心思相反的不高兴的脸，进去了。

"请，请坐。特地邀了过来，很抱歉。就是想一问，为了什么目的，到这省里来。……"

"并没有目的。单是想到了，所以来的。只要目所能见的随便什么地方，莫非我没有自由行走的权利的么?"

"是呵，不错的。……你打算什么时候动身呢?"

"我倒还没有打算到这一件事。"

"过于好事似的，很失礼，请问你，……你不是著作家么?"

"是著作家。不幸而是一个著作家。……"

"大家识了面，实在很愉快。"

"当真愉快么?"

副厅长惶惑了。

"我本来也是大学生。我和你同在大学里。我在三年级的时候，你已经在毕业这一级了。"

106

"阿阿，原来!"

"是的。吸烟卷么？我也在闹事的一伙里，……就是和你在一起的时候，……大概还记得的罢，我的姓是弁纯斯奇呵!"

"弁纯斯奇么？这有些记得似的。……"

"是的! 那时候，我不是打了干事的嘴巴么!"

"那是你么？"

"对了，……那是我! 的确是我!"

"你就是! 实在认不出了。……"

副厅长傲然的要使我确信他在闹事的那时候，打了干事的嘴巴，而且将现在做着警官的事，完全忘却了。他愈加活泼起来，详详细细的讲闹事。他脸上已没有近似警官的痕迹，全都变掉了。大学的闹事，在他一定算是最贵重的回忆罢。……我抱着不能隐藏的好奇心对他看，而且想。你怎么不被警察看守，却入了警官的一伙呢？他似乎也明白了我的意思了。

"请你不要这样的看我，我只是穿着警官的制服呵。但是这样的东西是无聊的，随便他就是……"

于是他又讲起闹事的事来。有着狗一般的追蹑的脸的一个人来窥探了。一定是书记罢。副厅长皱了眉，怒

107

吼说，——

"没有许可，不要进我的屋里来。我忙得很。"

书记缩回去了。

"唉唉，我们那时候，各样的人都有呵。……"副厅长突然的说。而且他昂奋了似的，在屋子里往来的走。

"唉唉，你实在撕碎了我的心了。……还记得乌略诺夫么？那受了死刑的！我和这人是同级。……"

"总之，为了什么，你叫我到警察厅来的呢，可以告诉我么？"

"阿阿，就为此，……记起了年青时候的，大学生时候的事来，不知道你已经怎么模样，就想和你见一面，……因为我是在大学时代就知道你的，因此……"

"因为要略表敬意罢！"

"你生了气么？请你大加原谅罢！一想到我们的大闹的事，便禁不住，……况且我也看着你的著作，所以想和你见见了。"

他忽而沉默了。而且他向着窗门，不动的站着，我站起来咳嗽了，……他迅速的向我这边看。他的脸很惘然，而唇边漏着抱歉的微笑。

"我也不能再攀留你了。"他温和的说，微微的叹息；略再一想，伸出手来。

"那么，愿上帝赐你幸福！……大概未必再能见面罢，倘若……"

"倘若不再传到警厅里？"

他失笑了。他于是含着抱歉的微笑说，——

"我们的生命实在短，什么都和自己一同过去了。"

我出了警察厅。而且许多时，我不能贯穿起自己的思想来。为要防止和扑灭那一切无秩序而设的警官，却回想起自己所做的无秩序的事来以为痛快，而且仿佛淹在水里的人想要抓住草梗似的，很宝贵的保存着这记忆，这委实是不可解的事。或者也如我一样，因为他也已经白发满头，在人生的长途上，早已失掉了生命之花的缘故罢？

幸福

————————————————————〔俄〕阿尔志跋绥夫

自从妓女赛式加霉掉了鼻子，伊的标致的顽皮的脸正像一个腐烂的贝壳以来，伊的生命的一切，凡有伊自己能称为生命的，统统失掉了。

留在伊这里的，只是一种异样的讨厌的生存，白天并不给伊光明，变了无穷无尽的夜，夜又变作无穷无尽的苦闷的白天。

饿与冻磨灭伊的羸弱的身体，这上面只还挂着两个打皱的乳房与骨出的手脚，仿佛一匹半死的畜生。伊不得不从大街移到偏僻的地方，而且做起手，将自己献与最龌龊最惹厌的男人了。

一晚上，是下霜的月夜，伊来到一条新街，是秋末才造好的。这街在铁路后面，已经是市的尽头，一直通到遍地窟窿的荒凉的所在，在这里几乎没有人家。这地方绝无声响。街灯的列，混着平等静肃的落在死一般的建筑物上的月光，只是微微的发亮。

黑影，那从地洞里爬出来的，咄咄逼人的横在地上，还有电报柱，由电线连结着，白白的蒙了霜，月神一般闪烁。空气是干燥的，但因为严霜，刺得人皮肤烧热。

这宛然是，在这寒冷之下，全世界都已凝结，而且身上的各圆部都用着烧红的铁刺穿。于是身体碎了，皮肤的小片，全从身上离开。从口中呼出的气，像一片云，略略升作青色的亮光，便又凝冻了隐去。

赛式加已经是第五日没有生意了。在这以前，伊就被人从伊的旧寓里打出，并且扣下了伊的最末的好看的腰带。

缓缓的怯怯的动着伊瘦小低弯的形体，在空虚的月下的路边；伊很觉得，仿佛伊在全世界上已经成了孤身，而且早不能通过这荒凉的境地了。伊的脚冻得一刻一刻的加凶，在索索作响的雪上，每一步都引起伊痛楚，似乎露出了鲜血淋漓的骨骼在石头上行走似的。

走到这惨淡的区处中间，赛式加才悟到了伊的没意义的生存的恐怖，伊于是哭了。眼泪从伊的发红的冷定的眼睛里迸出，凝结在暗的烂洞里面，就是以前安着伊的鼻子的地方。没有人看见这眼泪，月亮也同先前一样在大野上亮晶晶的浮着，散布出一样的明朗的青色的光辉。

没有人到来。说不出的感情，在伊只是增高增强起来，而且已经达到了这境界，就是以为人们际此，便要陷入野兽

111

的绝望，用了急迫的声音，狂叫起来。叫彻全原野，叫彻全世界。然而人是默着，只是痉挛的咬紧了牙关。

赛式加祈愿说："我愿意死，只是死。"但伊忽又沉默了。

这时候，在白色的路上，忽地现出一个男人的黑魆魆的形象，很快的近前，不久便听到雪野踏实的声音，也看见月亮照在他羔皮领上发闪。

赛式加知道，那是在道路尽头的工厂里的一个仆人。

伊在路旁站定，等候着他，用麻木的手交换的拽着袖口，将头埋在肩膀中间，脚是一上一下的顿着。伊的嘴唇似乎是橡皮做的了，只能牵扯的钝滞的动。伊很怕，怕要说不出一句话来。

"大爷～～～[1]。"伊才能听到的低声说。

走来的人略略转过脸来，便又决然的赶快走了。赛式加奋起绝望的勇气，直向前奔，伊跟住他走，一面逼出不自然的亲热的声音劝他说：

"大爷～～～……你同来，……真的。……好罢，就去……我们去罢。我给你看一件东西，会笑断你的肚肠的。……好，我们去。……总之，一定，我什么都做给你看，……我们去罢，爱的人。……"

过客仍旧只是走，对伊并不给一点什么注意。在他板着的脸上圆睁着眼睛，很不生动，似乎是玻璃做的。

赛式加从他的前面跳到后面，又紧缩了双肩，声音里是钝滞的呻吟，而且冷得只是喘气：

"你不要单看这，大爷〰〰，我现在这模样了，……我的身子是干净的。……我的住家并不远，我们去罢。……怎？……"

月亮高高的站在平野上，赛式加的声音在霜气的月光中异样的微弱的响。

"好，我们去罢，"赛式加喘息着又踢绊着说，但还是用了跳步在他前面走，"好，你不愿意，……那就求你给两个格利威涅克[2] 就是了。买点面〰〰包，我整一日还没有吃呢。……你给罢。……好，一个格利威涅克，大爷〰〰……爱的人。……"

他们来到一处极冷静的地方的时候，那过客默默的和伊走近了。他的异样的玻璃似的眼睛还是毫无生气的睁在月光里。

"好，你就只给一个格利威涅克，…… 我的好大爷〰〰……这在你算什么呢。"

一个最末的绝望的思想，忽然在伊的脑里想到了。

"我做，什么你乐意的。……真的，……我给你看这么

113

一件东西，……我是会想法儿的。……你愿意，我揭起衣服来，……便坐在雪里；……我坐五分钟，……你可以自己瞧着表，……真的，……我只要十戈贝克就坐了。……你真会好笑哩，大爷～～～"

这过客站住了，他的玻璃样的眼睛也因为一种感觉而生动起来，他用了短的断续的声音笑了。

赛式加正对他站着，冷得发抖，伊的眼睛紧紧的盯住他手上或脸上，竭力的陪笑。

"但你可愿意，我却给五卢布，不是十戈贝克么?"过客四顾着说。

赛式加冷得发抖，不信他，也不开口。

"你……听着，……脱光了衣服站在这里。我打你十下。——每一下半卢布，你愿么?"

他不出声的笑而且发抖。

"这冷呢。"赛式加哀诉似的说，惊讶和饿极和疑惑的恐怖，也神经的痉挛的穿透了伊的全身。

"这算什么，……你因此就赚到五卢布，就因为冷。"

"这也很痛罢，你的打。"赛式加含含糊糊的并且十分苦恼的吞吐着说。

"唔，什么，什么——痛? 你只要熬着，你就赚到五卢布。"

这过客往前走去了。

赛式加愈抖愈厉害：

"你……那就给五戈贝克罢。……"

这过客往前走去了。

赛式加想拉住他的手，但他擎上来便要打，而且忽然大怒起来，吓得伊倒跳。

这过客已经走远了两三步了。

赛式加哀诉的叫道，"大爷〰〰……大爷〰〰……这就是了，大爷〰〰"。

那人站住了，回过身来。

他从齿缝里简截的说道，"唔"。

赛式加迷迷惑惑的站着。于是伊慢慢的解了身上的结束。伊的冻着的手指，在伊仿佛是别人的了，而且自己也不知道，为什么缘故，伊的眼光总不能离开了那玻璃似的眼睛。

"喂，你……赶快，……有人会来，……"过客从齿缝里不耐烦的说。

寒气四面八方的包围了赛式加的裸体。伊的呼吸要堵住了，似乎有烧得通红的铁忽然粘着了伊的全身，冰冻的皮肤，都撕裂下来了。

"你快打罢。"赛式加喃喃的说，便自己转过背来向着男人；伊的牙齿格格的厮打。

伊一丝不挂的站在他面前，这精赤的小小的身体，在月光寒气和夜里的大野中间，皎洁的雪上，显得非常别致。

"喂，"他鸣动着喉咙喘吁吁的说，"瞧这……要是你能熬，……在这里，五卢布；……要是不能，你叫了，那就到鬼里去！……"

"是了，……你打。……"伊的冻坏的嘴唇喃喃的说；伊全身因为寒冷，都痉挛蜷缩起来了。

过客走到身旁便打，突然间举起他细的手杖，使了全力，落在赛式加的瘦削伶仃的脊梁上。刀割似的创伤从伊身上直钻到脑子里。伊的周围的一切仿佛都成了怕人的痛楚的感觉，合凑着奔流。

"啊。"赛式加的嘴唇里迸出一个短的惊怖的声音来。伊前走了两三步，用伊的两手痉挛的去按那遭打的处所。

"拿开手，……拿开手！……"他跟在伊后面，喘吁吁的叫喊说。

赛式加抽回膊肘，第二下便忽然的又将一样的难当的痛楚烙着伊了。伊呻吟倒地，两手支拄着。正倒下去时，又在

116

伊裸体上，加上了白热的刀剸似的打扑。伊的裸露的肚子便匐在地面，并且几乎失了知觉的咬着积雪。

"九。"有钝滞的喉鸣的声音计着数；同时在伊的身体上又飞过了新的闪电，发出一个新的湿的响声。有东西迸裂了，极像是冰冻的芜菁，于是鲜血喷在雪上。赛式加辗转着像一条蛇，翻过脊梁去，积雪都染了血；伊的洼下的肚皮，在月光底下发亮。正在这一刻，又打着伊左边的胸脯，噗的破了。

"十。"有人在远地里叫。于是赛式加失了神。

但伊又即刻苏醒过来了。

"喂，起来，你这死尸，拿去，"一个急躁不过的声音叫喊说，"我去了，……唔？"

裸体的赛式加将发抖的手痉挛的爬着地面，趔趔趄趄的想站起身，鲜血顺了伊的身子往下滴。伊已经不很觉得寒冷，只在伊所有的肢节里，都有一种未尝经历过的衰弱，不快，苦闷的颤抖和拉开。

伊悯悯的摸着打过的湿的处所，去穿伊的衣裳。待到伊穿上那冰着的褴褛衣服，很费却许多工夫；伊在月光皎洁的大原野上静静的蠢动。

当过客的黑影已经消灭，伊穿好了衣裳之后，伊才摊开

117

伊捏着拳头的手来。在血污的手掌上，金圆像火花一般
灿烂。

——五个，伊想，伊便抱了大的轻松的欢喜的感情了。
伊迈开发抖的腿向市上走去，金圆在捏紧的手中。衣服擦着
伊身体，给伊非常的痛楚。但伊并不理会这件事。伊的全存
在已经充满了幸福的感情，……吃，暖，安心和烧酒。不一
刻，伊早忘却，伊方才被人毒打了。

——现在好了；不这么冷了——伊喜孜孜的想，向狭路
转过弯去，在那里是夜茶馆的明灯，忽然在伊面前辉煌起
来了。

阿尔志跋绥夫（Mikhail Artsybashev）的经历，有一篇
自叙传说得很简明：

"一八七八年生。生地不知道。进爱孚托尔斯克中学校，
升到五年级，全不知道在那里教些甚么事。决计要做美术
家，进哈尔科夫绘画学校去了。在那地方学了一整年缺一礼
拜，便到彼得堡，头两年是做地方事务官的书记。动笔是十
六岁的时候，登在乡下的日报上。要说出日报的名目来，却
有些惭愧。开首的著作是 *V Sljozh*，载在 *Ruskoje Bagastvo*
里。此后做小说直到现在。"

118

阿尔志跋绥夫虽然没有托尔斯泰（Tolstoi）和戈里奇（Gorky）这样伟大，然而是俄国新兴文学的典型的代表作家的一人；他的著作，自然不过是写实派，但表现的深刻，到他却算达了极致。使他出名的小说是《阑兑的死》（*Smert Lande*），使他更出名而得种种攻难的小说是《沙宁》（*Sanin*）。

阿尔志跋绥夫的著作是厌世的，主我的；而且每每带着肉的气息。但我们要知道，他只是如实描出，虽然不免主观，却并非主张和煽动；他的作风，也并非因为"写实主义大盛之后，进为惟我"，却只是时代的肖像：我们不要忘记他是描写现代生活的作家。对于他的《沙宁》的攻难，他寄给比拉尔特的信里，以比先前都介涅夫（Turgenev）的《父与子》，我以为不错。攻难者这一流人，满口是玄想和神闷，高雅固然高雅了，但现实尚且茫然，还说什么玄想和神闷呢？

阿尔志跋绥夫的本领尤在小品；这一篇也便是出色的纯艺术品，毫不多费笔墨，而将"爱憎不相离，不但不离而且相争的无意识的本能"，浑然写出，可惜我的译笔不能传达罢了。

这一篇，写雪地上沦落的妓女和色情狂的仆人，几乎美丑泯绝，如看罗丹（Rodin）的雕刻；便以事实而论，也描

119

尽了"不惟所谓幸福者终生胡闹，便是不幸者们，也在别一方面各糟蹋他们自己的生涯"。赛式加标致时候，以肉体供人的娱乐，及至烂了鼻子，只能而且还要以肉体供人残酷的娱乐，而且路人也并非幸福者，别有将他作为娱乐的资料的人。凡有太饱的以及饿过的人们，自己一想，至少在精神上，曾否因为生存而取过这类的娱乐与娱乐过路人，只要脑子清楚的，一定会觉得战栗！

现在有几位批评家很说写实主义可厌了，不厌事实而厌写出，实在是一件万分古怪的事，人们每因为偶然见"夜茶馆的明灯在面前辉煌"便忘却了雪地上的毒打，这也正是使有血的文人趋向厌世的主我的一种原因。

一九二〇年十月三十日记

本篇及译者附记，最初发表于一九二〇年十二月《新青年》月刊第八卷第四号。本书以《现代小说译丛》为选录底本

注释：

1　Kava-j-ier 本是 Kavalier，因为冷了，发不出的音。〰〰表声音的引长。

2　Griwenik 是十戈贝克币的通称，一戈贝克约值中国十文。

医生

————————————————————〔俄〕阿尔志跋绥夫

一

和一个沉默寡言的巡警做了伴，医生跨过了潮湿的边路，穿着空虚的街道走。他的高大的模样在这边路上，仿佛反映在破碎的昏暗的镜里一般。围墙后摇着干枯的树枝；大风一阵一阵的吹，冲着铁的屋山，而且将冷的水滴掷到人脸上。倘使他的怒吼停顿下来，那就暂时的寂静了，人便从远处听得隐隐的，然而十分清楚，忽而单响，忽而连发的枪声。在南边大教堂的黑影后面，交互的起伏着一道微弱的红色，从下面照着垂下的云；那云在熹微的光线中，宛然是一条大蟒的红灰色的蜿蜒的身体。

"在哪里放枪呢?"医生探问说，两手深藏在袖子里，又看着自己的脚。

"这我不能知道。"巡警回答说，但医生在他音调上，就觉察出他是知道的，只是不愿意说。

"在坡陀耳么?"医生固执的问，其时他已经很嫌恶，几乎下颔要生痛了。

"那地方，我不知道，"巡警用了一样的声音答话，"我们该赶快了。先生。……"

"这被诅咒的蠢物!"医生一面想，一面咬了牙，赶快的走。

风还是一阵一阵的吹；在间断时，还只是听得这一样的远的隐隐的射击。

"但是谁将警厅长[1]打伤了?"医生一面生病似的仔细听着射击，并且追问说。

"被犹太人，大约是那里面的谁，……"巡警用了照样的毫无区别的声音回答；这神情，似乎无论谁伤了谁或者杀了谁，都于他全不相干，而且其时只是固执的想着一件全属于个人的事务。

"用了什么?"

"用一柄手枪……放了，据说，于是伤了他。"

"这为什么呢?"

"这我不能知道。"

在这单调的简短的回答里藏着些东西，就是各样详细的探问，请求，激昂，全都无用的事。

医生的胸脯里，沉重的不平只是升腾上来，几乎塞住了喉咙。他自己内中推定，那警厅长是被犹太人自卫团[2]的一个团员打伤的，据医生所知道，那珂萨克兵，曾经奉了他的命令，射击过他们。

他眼前浮出一幅图像来，是一群不整齐的人堆，都是没有好兵器的惊跳起来的气厥的人们，被他们的狂督的激昂和他们的同情所驱使，奔向市区里去，那地方是在狩野的非人类的咆哮里，捣毁房屋，撕裂可怜的破衣，弄在污秽里，而且在绝望的恐怖中已经发了狂的人，正受着屠戮。他们闯过去，拿着不完全的兵器，凌乱的去突击那凶徒队，于是整齐的毫不宽容的一齐射击，便径射这人堆；在污秽的街道上面撒满了他们的死尸。医生在自己面前看得这图像非常分明，便这样反对起来，至于他以为最好是即时回去，并且对这巡警粗鲁的说：

"哪，听他像一条狗子似的倒毙去！……生来是一条狗子便该狗子似的死！"但他又自己制住了。

"我没有这样做的道理……我是医生；不是法官！"

这根据在他已经觉得不可动摇。他却又从别的思路上，增加上去想：

"况且……倒在地上的人，不要去打他！"

这感想，是自己也以为含糊，同时又不愿意来承认的感想，激动而且苦恼他。这内心的战争和在光滑的路角上被风的吹着，使他很不容易向前进。

巡警在后面不停的走，而在医生，对于这乌黑的单调的形相的跟随，渐渐耐烦不得了。一种苦恼的冤屈的感情，仿佛无端被人叱责似的，紧紧的钉住了他。

"我想，人可以给我送一匹马来！"他的声音生病似的发着抖；他对于他这无谓的抗议，自己也觉得奇异。

"马是都在路上了。在全市里寻医生，我本想给先生叫一辆马车，然而他们，这鬼，全都藏起来了。"巡警用了较为活泼的仔细想过的音调说。

"还是赶快罢，先生！……"

二

警厅长的住宅面前站着许多巡警和两个骑马的珂萨克，鞍上横着枪。那马时时摇头，风将他的尾巴向着一旁吹拂。珂萨克人全不动，似乎他并非活人，却是那马的没有灵魂的附加物；……如果马匹走到街心，也仿佛是，只是它自己的意思，将骑者从这地方驮到别的地方去。巡警们默默的看着走来的医生，又默默的让给他路，灰色外套的沃珂罗陀契尼[3]恭恭敬敬的举手到帽檐。

"你得到了？……一个医士？……"他问。

"是的，医士！"巡警得胜似的回答，往前走去，开了通到楼梯的门。

"请，先生！……"

通到前房的门是开着的，……这地方颇暗，但邻室却点着一盏灯，那光斜射到前房的地上，走出一个胖的区官[4] 来；门口还现出许多别的警官和一个漂亮的宪兵官。

"一个医士？"区官一样的明晰的问，"得到了么？"

"得到了！"那跑在前面的，灰色外套的沃珂罗陀契尼开了门才回答说。

医生不说话，勉强着态度，抱了屈辱的感想，似乎他意外的搅在不愉快的案件中间，不知道如何才能逃脱，他摸弄了许多时的领襟，脱去外套和橡皮鞋，于是又除下眼镜来，用手帕比平常格外长久的摩擦。

这瞬间他忽然想起了，怎样的当他还在学生时候，为着一件要事必须往一家人家去，而先前不久却因了误会被人从这里逐出的，而且那羞辱的感情怎样厉害的迫压于他，至使他肢节的每一运动都造成近乎天然的痛楚。这时他无端的咳嗽，皱了眉心，从眼镜边下放出眼光来，拙笨的踏着地板，走进那明亮的屋里去。

"病人在哪里？"他烦恼的问，并不看人；他又努了力，不去注意那些正向他的专等的许多脸。他只看见，宪兵官便正是那一个，是近时来搜查过他的住所的。

"即刻，先生，……请这边，这边，……"区官急口的说，指着路。

迎面匆匆的走出一个苗条的女人，衣裳缠着伊的脚。伊长着漆黑的，哭过的因此显得非常之大的眼睛；伊的柔软的脖颈全伸在衣领的花边镶条的外面。伊是这样美，至于连医生也吃惊的看了。

"柏拉通·密哈罗微支，医士么？"伊问，用了枯燥的，因为激动而迸散了的声音。

"医士，医士，安玛·华希理夫那，……那就，你放心罢，……现在一切都好了。……现在——我们就使他站起来！……"区官急口的说，显出莽撞，男子常常对着标致的女人说的，不应有的家庭的亲切来。

伊抓住医生的两手，紧紧的一握，软软的，并且说，其时伊大开的两眼正看着他的脸："体上帝的意志，先生，请你帮助，……你这边来，赶快，……如果你看见他怎样的苦恼！……我的上帝呵，他们将他……打在……肚里了，……先生！"

于是伊欷歔起来，用伊的柔软的两手掩了脸，也如伊的胸脯一般，在又白又软的花边镶条下，露出嫩玫瑰的颜色来。

"安玛·华希理夫那，你不要这么急！现在，怎样了？"

那胖区官抬起了短的两手。

"你镇静点，慈善的太太，……这即刻……"医生也喃喃的说，同情使他软和了声音。但当说话时，他的眼光落在伊手上；他就记得了，今日一个相识的人怎样对他说：凶徒们撕开了怀孕的犹太女人的肚皮，塞进床垫的翎毛去。

"你为什么不另请一个别人呢?"他很含混的问，没有抬起眼来。

伊诧异的圆睁了眼睛。

"上帝呵，我们请谁去呢? 合市里只有你是惟一的俄国的医生，……却不能去请犹太人：……他们现在对他都怀恨，……先生! ……"

区官走近一些了；医生懂得这举动。他满抱着嫌恶一瞥周围，却又制住了自己；只是红了脸，而且愤愤的一睒他近视的眼睛。

"唔，好，那就……病人在哪里?"

"这边，这边，先生! ……"伊慌忙大声说，提起衣裳，赶快的往前走。

"大约你要人帮忙，……"区官急口说。

"我用不着人!"医生截断了话，自己得意着趁这机会的撒些野，跟了警厅长的妻走去了。

127

他们匆匆的经过了两间昏暗的房屋，大约是食堂和客厅；因为医生以为在昏黄中，看出一张白的桌上摆着还未撤去的茶炊，图画，一张翼琴，虽然漆黑，却在暗地里发光，以及一面镜。两脚互换的踏着坚硬的矸蜡的地板，和柔软的毛毡；一切东西上都带着不可捉摸的奢华的气味。医生因此又觉得非常苦闷起来，仿佛有一件不愉快的可耻的事的缠绕，使他自己堕落了。

在一个门后面响着在医生是听惯的，单调的，垂死的人的断续的呻吟，这音响却使他轻松了；他立刻明白，他什么应当做，和什么是搁下不得的了。这时他已经自己向前；他首先跨进了病人的屋里去。

这地方很明亮，嗅到撒勒蒗克精（Salmiakgeist），沃度仿谟（Yedform），和一些更烈的气息；其中透出沉重的深邃的从内部发出的呻吟。慈善的看护妇胸前挂着红十字站在床边；那褥子上，血污的罩布挂在一旁，没有枕，伸开了全身，异样的挺了胸脯躺着的，是警厅长。他的蓝色的裤子解了钮扣褪向下边，小衫高高的卷在胸上，而其间断续的，非常费力似的，起伏着精光的肚皮。

医生仔细的看定他，并且说：

"姊妹，你给亮，请……"

128

但警厅长的妻便自己跳到桌旁去，拿过灯来，很俯向前，似乎驼着一个可怕的重负。这时火焰从下面向伊照着伊眼里含着异样的闪光；如果这从伊丈夫的肚子上移到医生脸上的时候，又显出伊那孩子似的，天真的恐怖的神色。

医生弯下身去，在这眩目的光线的范围中，于他只剩下发红的肚皮带着一个暗色的肚脐以及下面的乌黑的毫毛，抖抖的起落。受伤的人的脸正在阴影里，医生是完全忘却了。

"哦，这里……"他机械的对自己说。

那地方，当肋骨弓的尽处，是一个细小的，暗红色的窟窿。那周围非常整齐，已经有些青肿而且染了玫瑰色的血污了，这似乎很微细，至于使人全不能相信他的危机，但那苦痛的挣扎，仿佛全身尽了所有的力，都在伤处用劲一般的，却分明说出了这可怕的苦恼和逼近的危险。

"哦，哦，……"医生重复说。

他伸出两个手指去按那伤口的周围，皮肉软软的跟着下去了，但这上面忽而轩起一道可怕的波纹来，一种简单的不像人的狂呼，便在左近什么地方，医生的肘膊底下发喊。

玫瑰色衣服女人手里的灯，到了这模样了，至于医生即刻机械的接住他。他前面看见一个苍白的，可怜的而且极美的脸，于是他的心又起了热烈的同情，伊放下臂膊，无助的

129

挂在身上。

"伊抽紧了!"医生想,——仔细的察看着伊这仓皇的举动。

"慈善的太太,……你不要这样着急。……我们还是出去的好,……在这里没有你的事。"他拘谨的试向伊去劝告,同时又抓住了伊的臂膊。

伊用了粗野的圆睁的眼睛看定他。

"不,不……不用,不用……赶快,先生,赶快……体上帝的意志!"

但医生扶了臂膊只向外边送,伊也从顺的离开了房间。

使女在客厅上点了灯,那柔和的红光,便使弯曲的家具的圆面和画框的昏沉的金色,都从阴暗里显露出来了。门口是区官的红而且圆的脸,想问不问的往里看,医生将女人几乎勉强的引到这地方,给伊坐到躺椅上去。

"你不要到那边去,……你停在这里!……那边看护妇就够了。我立刻去叫助手[5]来。你太着急了,……你停着,……"

"已经遣人到助手那里去了。"区官答应说。

伊听着,伊的黑而发光的眼并不离开了医生;似乎伊有点没有懂。医生刚一动,伊便敏捷的像猫一样,抓住了他的手。

"先生,体上帝的意志,你说实话,…… 这不危险么?……他要死么?……"

言语间有什么阻碍了伊；最末的话伊努了力才能含糊的说。

医生愈加悟到，伊正感着怎样的忧愁；他的同情更其强盛了。

"唔，什么，……"他想，是回答他自己的不分明的感情；"各有各的，……这暴行也和那各种别的暴行一样可怕。……在伊自然是只有他在世界上最贵重，纵然有一切的，……而在他便是他的性命最贵重，也如别的人。……我的职务是，救助一切，……不应当……将病人分出有罪和无罪来！……"

"你镇静点，慈善的太太，"他弯了过于高大的瘦身子，柔和的向伊俯视下去，"一切，靠上帝保佑，将要有头绪了。伤是重的，的确，但你们邀我，还是这时候，……真的，这幸而，邀我有这样快，……"他反复的说，使他的话加起斤两来。

虽然一切全未妥当不异从前，他还没有动手，那黑眼睛却柔软了，消失了伊的发热似的闪光；蕴藉而且感荷，伊忽然觉得很软弱，倒在躺椅里了。

"我谢你，先生！……"伊用了深信的妩媚的调子低声说。

"你去就是，我不再搅扰了。……但如有事，……那边，……你便叫我。先生！"

131

医生违反了自己的意志，又将眼光瞥到洁白的花边工作的波纹，黑头发，玫瑰色的身体和瑟瑟发响的绢衣上面去。

"怎样的一个壮观的美呵！"他诧异的想，"而又是……女人，……这凶徒的同衾的人！……稀奇，上帝在上！……是的，在这光明的世界上都这样！"——一面跨进房去，他转上了门的旋锁。先前一样的闻得药气味，先前一样的在床上笼着苦楚的声嘶的呻吟。慈善的看护妇不动的坐在旁边，在伊胸前是惹眼的红十字。

"你听，姊妹，你叫助手去，并且给我取了器具来，此外的我写给他罢，他应该自己给我，……他都知道。……"

"就是，"看护妇从顺的说，站起身，"但这已经遣人到各处去了，先生。……"

"你又说去，暂时不要有人来；……受伤的人要安静。……你止住了他的夫人。……"

医生独自留在受伤的人的床前，他小心的将灯安在几上，近些床，自己便坐在近旁的椅子上。

警厅长永远是不动的躺着。他的脸长着又多又美的胡子，他的手在指上戴着指环，他的腿蹬着长统的漆靴，也一样的不动。只有那精光的发红的肚子，却用了紧张的摆动，异样的难熬的而且受逼似的动弹，筋肉都杂乱无章的抽向一

132

边，似乎他正在枉然费力，想推出一件什么深入在他里面的作鲠的东西来。

每当枉然的费力之后，全身便发一回抖，又从蓬松的红须底下，迸出嘶嗄的声音，宛然是不自觉的病中的笑声，也像是极悲痛极恐怖的叹息。

医生知道，他能够怎样做，来助这有机组织对于苦痛的战胜；他第一眼先行看定，这警厅长的苗实的身体虽然重伤，倘其间不生变状，或疗治并不过迟，是担受得住的。他又照例的不耐烦起来了。

他拿过那满盖着金红色毫毛的手来，这先前确是很强壮，但现在却橡皮一般软了，于是便诊脉。

这刹时，呻吟停止了。医生忙向受伤的人看，知道他已经苏醒了。

"现在，你觉得怎样?"他问。

警厅长默着。他的肚子还照旧，艰难的高低。眼珠在低垂的眼睑底下昏浊的无生气的看。

医生已经相信他自己是看错了，但这瞬间胡子发了抖，一种异样的声音，似乎从身体的最里面的深处发出来的，轻微的而且分明的说：

"痛，……先生，……我要死了，……安玛在哪里

133

呢，……我的妻?"

"你的夫人由我送出去了。因为伊太兴奋。你不会死，没有的事，并没有这样重。……"医生回答说，安慰着。用了他常对病人说的，用惯的切实的声音。

"痛，……"警厅长更低声的重复说，叹一口气。

"不要紧，……我们将要一切理出头绪来了。……你只忍耐一点。"医生用了同样的声音回答说。

然而警厅长已经又昏过去了，从金红色的胡子底下，连续的进出艰苦的呻吟来。

医生看了表，叹息，站起身，那伤口早经看护妇洗净了，暂时也没有事情做。他觉得烦躁的不安。房里面闷而且热，灯火点得太明。他混乱起来了，思想像烟之在风中一般环绕。他走近窗户；他开了眺望窗[6]，靠着冷玻璃向街上看；那清冷的洁净的空气，波涛似的从他头上流进房中，吹动他的头发，他觉得舒服了。

街上正寂静，寂寞的黄色的街灯俨然的无聊的点着，并且照着人家漆黑的窗户和沉默的招牌。许多屋脊上头，耸着大教堂里昏暗的钟楼的高轮廓；这后面是闪着才能辨认的远远的微红。

这提起了医生的坡格隆[7]的记忆了；他忽又含糊的失了

主见，这正是整日的呕吐似的给他烦恼的事。他从眺望窗伸出头去，侧耳的听。确乎没有听到什么，但随后却风送了单发的远地里的枪声来。

……吧，……啪，……啪，……这隐隐的在空中飘浮，而在这短的钝的声响中，便跟着悲惨的运命。

"上帝呵，这何时有一个终局！……"医生想。

在房后面，对他回答似的发出提高的断续的呻吟。

迫压似的思想透过了医生的脑里了。

"上帝呵。他这里，……他有着怎样一个又美又可爱的妻，他自己多少强壮而且健康，围绕着他是怎样的丰裕的奢华，他还该有怎样的健康而且活泼的孩子；……但他却并不满足这幸福。欢喜这生活，并且宝重这欢喜；他倒去干这等事！这在他是无须的，属于分外的，可怕的，……他该明白罢。那是造了怎样的孽了。然而虽然……"

寒风更烈的吹着屋脊；床上又发了呻吟。

医生靠着窗边不安的细听；他以为听得一声喊，但也不能辨别，是否并非他自己的疑心。在他脸上，本已通红而且汗湿的，下起不甚可辨的雨的细滴来了。伸开长颈子，他左右的看，在正对面认出一方大的白色的招牌："鱼栈。"

隐约的有一种东西来到他脑里了，但忽而用了极大的速率

135

弥满了他的思想，又从这长成一幅鲜明的眩目的图像来。六七个月以前他应过一个商人的邀请，这人是得了轻的中风症的。

这胖东西躺在安乐椅子上像一匹新剥皮的母猪；他的脸是青的，宛然一个死人；他的呼吸又艰难又嘶嗄，他的手脚抽搐了许多回，人就知道，他有怎样的苦闷了。

医生那空用尽了方法，只要是学问所及的事；他不睡而且不倦的整夜的医治，终于使他站起来了。而这一个商人墨斯科皤涅珂夫在三日之前，曾对着一群破烂而且酩酊，几乎不像人样的人们，在大教堂前，分给他们烧酒和做旗的花布。他那又红又胖的脸兴奋得发亮，又用了他的嘶嗄的声音乱嚷些糊涂话，这就化了这一次的残虐，杀人与强奸。

"那我曾，……倘那时我不曾医好他，"医生想，"现在就许要多活出几十个人，……我做了什么事？……"

他惘惘的离开了窗门，似乎自己要唤起一种记忆来，而却没有。他走到床边，对了警厅长的脸锋利的看。这很青，衰惫，有许多回，呻吟每一厉害，金红色的胡子下面便露出白而且阔的牙齿；于是全脸上现了狡猾的，动物的表情。

一个忿怒的嫌恶的大波动忽而冲着医生了，所有环象——这卧室的奢侈的陈设，夫妇床的显然的无耻的并列，和裸露的身子带着他红肿的皮肤，……都成了难堪的实质的反感了。

"人应该自制，……我没有这权利，没有依照一己的感情的权利！"他自己在思想中叫喊，"而且，我自然是不走的，不要舍弃了将死的人。"他想，用了假作的切实，分明的决定了表情。

"何以舍他不得？何以！——这却不能。……"

完全的无主失了他的气力了。他从礼服的后袋里很拙的扯出手巾来，那衣缝便不可收拾的开了裂，于是慢慢的接续的在那流着大粒的汗的脸上只是揩。

"呸，鬼！……但这是甚么事，……终于没有人来呢?"他突然暴躁的想，已经忘却，是他自己禁止的了。但他自己又立时觉察，他之所以只指望什么地方有一个来人，便因为想靠一个别的人抱着别的感情，来替代和鼓舞他的固有的"我"。

"那真可怕呵，倘若一个人的神经坏掉了！这被诅咒的时间。"他很绝望，无声的说，徐徐回转身。他的举动又暧昧又游移，仿佛违反了一个别人的意志而行止，而且对于这反抗，又时时刻刻，必须战胜似的。

因为一种什么的原因，又只引他向窗口去了。

他刚向黑暗中一探望，他前面立刻现出一幅临末这几日的纷乱的悲惨的眩目的光景来。一个少年的尸体运到他的医

137

院里来了。缺了脸，人已经不能推测，被害的是怎样的人，只在头颅所变的丑恶的一团，血污淋漓的质地上，现出那软头发的攒簇。随后他又记起一个高等女学生来，是年幼的犹太的闺女，他几于每天早上，和伊遇见在前往医院的途中，伊是苗条，快乐，以及伊干净的灰色的制服，黑的裙，高鞋，和黑头发围着玫瑰色的额角，在伊都见得很出色。对于这劳倦的医生，从伊姿态上，常常嘘出最初的女性青年的清新的吹息来；他愿意和伊遇见，正如愿意遇见每年中，还瑟缩，然而已经是光明快乐的春天。而伊也被害了。伊的死尸，是医生在这一日里所见的第二个。在一条巷内，一所门窗破碎的熏坏了的房子的近旁，末屑和污秽的破布中间，灰色的潮湿的步道上，他看见一点特别的鲜明的东西：凶徒们将伊在这房子里强奸了，剥光衣服，从窗洞摔在街石上，在那地方，据医生耳闻，人还拖着伊的一只脚，在泥泞里曳了许久的时光。在伊还未长成的胸脯上，挂着几片黑条，是被石头撕裂的皮肉，乌黑的解散的头发，在污泥中浆硬了，离头有一唉辛[8] 之长，一条精光的折断的腿，无力的弯在石缝里。

这才在他合着的眼睑下含了热泪，流出眼镜边外来了。于是这说不尽的悲惨的光景，带着噩梦似的恐怖，骤然间变了商人墨斯科皤涅珂夫的不成样子的胀大的嘴脸了。生着走血的大眼睛，歪着阔嘴，而周围又鬼怪一般的跳着破烂的，因为烧酒而肿胀的人们的，发狂似的形相。

“不，……这不是人！”忽而外观上很冷静，响亮而且坚决的，医生说。

在这恐怖中，那被害的闺女的脸消失了。

跄跄踉踉的，又喃喃的自己说些话，医生竭全力支撑起来，离开了窗门，又向警厅长的床这边走，但他刚到房子中央，又火急的转了向，做一个拒绝的手势，并不向病人一瞥，便出去了。

“我不能！”他很悲愤的说。

三

他在客厅里正撞着慈善的看护妇；他便闪在一旁，让给伊的路。这一瞬间，他是在一种异样的半无意识状态里了；他后来自己也不能记忆，其时正想些什么事。看护妇站住，安安静静的问他，从下面仰看了他的脸：

“又遣人去了。先生，……到谛摩菲雅夫和医院里。……”

医生似乎正在倾听什么别的东西，向着伊的额上，那白帽子下面露出一小团毛发的地方，沉思的看；于是他答应说：

“嗳，哦，……是了。……”

139

"你许是要什么罢？我准备去。……水么？"看护妇
又问。

"好，……水！"医生愤怒的大叫，对于这鹘突和叫喊连
自己也惊怖了。这刹那，他的眼光正遇到看护妇的诧异的
眼，在伊眼光里，他看出了以为受侮的神情。

他想要说，给一个申明，自己是为着甚么事。但只是无
力的一挥手，穿过客厅出去了。

他走，并不留心的，经过了一切的房屋，他觉着警厅长
的妻的忧疑恐惧的眼光，那正从躺椅里站起来的，向着自己。
但也并不对伊看，走进前房，便用那发抖的手穿起外套来。

伊跟在他后面，向他略伸开了一半露出的，裹着花边的
手臂，不安的问道：

"你要到哪里去，先生？什么事？"

在伊后面，拙笨的伸开了两手，站着区官，从他头上，
探着宪兵官的脸。

医生转过身去，是已经穿好了橡皮鞋和外套的了，帽子
拿在手里，不知何故的他经过他们的前面，进了食堂，并且
说，看着地板，满脸发青：

"我不能，……你另外叫别的人！……"

惑乱的惊怖睁大了伊乌黑的眼睛了，伊合了手。

"先生，你怎么了！我去邀谁呢？……我已经对你说过，……到处……只有你是惟一的……为什么？你自己欠康健么？"

医生吐出不知怎样的一种声气，因为他不能即刻说出话来。

"呜，……不的，……我康健！我完全康健！"他大声说，激昂起来，全身发着抖。

死人似的青色骤然一律的盖了伊的脸。伊闭了口，注视着他，从这固定的玻璃一般的眼光上，医生忽然知道，伊也懂得他了。

"先生！"宪兵官恫吓的开口，但伊便用手阻止了他。

"你不肯医治我的男人，因为他……"伊低声说，伊只微微的动着发抖的松懈的嘴唇。

"是的，……"医生想要简明的答复，但这话粘在喉咙里没有出来。他只抽动着肩膀和手指。

"请你听！"区官焦躁起来了；但不知何故的仍然吞住，迷惑的向各处看。

沉默了片时。那女人显出失据和无望的表情。紧紧的看定了医生的眼睛，医生是执拗的只看着加罩的食桌的桌脚。

"先生！"伊用了紧张的畏葸的哀求说。

医生骤然抬起眼来，但没有答话。他这里正起了一场苦闷的隐藏的战争：对一个垂死的人和伊，在无助的绝望里，舍弃了，这似乎全然不该，是犯罪和不法；一走，而且因为这一走便可以分明切实的说，竟是宣告了一个全无抵抗的困苦的人的死刑。

像一个回旋圈子的可怕的速率似的，他只想寻出一条出路来，而竟没有。他忽而相信，这是简单明白的事，进去，医治，慰安，但紧接着觉得这也是简单明白的事，正应该——走。这的缴绕了别的。

"先生！"伊又用了一样的紧张的哀求说，这时伊很屈向他，张开了臂膊。

医生突然感到了全在这思想串子以外的事，是他因为穿了外套温暖了，倘他走到街上，便会受寒；于是他仿佛觉得，脱下外套来，到了病人那里，而当他面前又看见了这脸，带着金红色的美观的胡须和又白又阔的牙齿。

"不，这是不能的！"这通过了他的脑中。

在这思想之前他又恐怖起来了，他眼前又浮出那被杀的少年的打烂的脸的血粥，和高等学校女学生的裸露的腿来，他听得一个相识的人说："他们撕开了肚子而且塞进床垫的翎毛去。"而一种新的，几乎闷杀人的愤懑，又复抓住他了。他声嘶的叫道：

"我不能!"

于是他向伊略略弯身,做一个拒绝的手势,转向门口去,一声全出于意外的着急的大叫又从伊留住了他。

"你不应当这样!……你是有医治的责任的,……我要控诉去,你要后悔的,……柏拉通密哈罗微支!……"

区官宪兵官和两个别的警官都一样的向前房走近一步来。似乎是,他们一伙,由玫瑰色衣服的女人率领着,要挡住他。他蹙了脸回过头去。

女人当面站着,伊的黑眼睛已经睁圆了;伊的纤手痉挛的捏了拳头,对他伸出了全体:

"你不应当!你知道,什么?我要强迫你!……"

"伊凡诺夫!"区官叫喊说,红着脸。

"嗳哈!伊凡诺夫么?"医生说,用了异样的声音,拖长着,将那门的把手,那已经用手捏住了的,放下了,"你恫吓我么?……那么,好!……如果我这样做,自己知道,为什么……我是有医治人的责任的?……谁说的?……如果我嫌恶,我就毫没有什么责任。……你的男人是野兽,他现在苦恼着,唔。虽然对不起,还是很少。……我医治他?救这人的命,这……你说的是什么,你懂么?……你倒不自己羞,亏你能说出口,替他哀求。……唉!不能,……不～～～

143

能！他倒毙去，他倒毙去，狗似的，我连指头也不动。……拘留我！……我们瞧罢。……"

他那低的略带女性的声音嚷着说，他的细小的近视眼得胜而且毫不姑容的发了光。这刹时他尝着甜美的复仇的感觉，一切道德的苦痛的出路，以及从他全生涯中抢去了欢乐的，气厥的愤怒的出路，是寻到了。他不自觉的奇特的微笑，渐渐高声的咆哮，全不管周围要出什么事。

花边镶条的女人似乎要跌倒了；伊这变了可憎的凋萎的脸上，被苍白色扫尽了最后的颜色了。伊无助的跄踉，痉挛的动着嘴唇，而且无声的无力的哀求似的，向他伸着手。

"先——先生！"他终于在自己的叫喊里，听出伊的微弱的声音来。

他赶紧住了话，诧异似的向伊看，仿佛他完全忘却了当着伊的面了。

"我……我知道，先生，……"伊涩滞的说，"先生，……他自己有，……先生！……"

医生骤然改变了神情。

"这……这不能算一个辩解。"他吃吃的说。

"我知道，先生，……但这样他就要死。……"

"然而……"医生发话，又复愤恨起来。

144

伊一面抓住他外套的袖子，打断了他的话。

"是的，是的，先生，……我并不这样想。……我懂……并不这样。……但我爱他。先生，……没有他我就要死。……唔，我也难受的，我……先生，凭一切圣灵的名字。在你这里没有一滴的同情么？……我们有孩子！……"伊突然跪下了。

"安玛·华希理夫那，你做什么！"喊着，径奔向伊，是区官和宪兵官，但伊推开了他们。

这是非常之意外而且异样，至于医生也踉跄倒退了。伊膝行向他，后面拖着发响的玫瑰色的裙裾，而一个华美的弱女子的外表是这样动人，致使医生的精神上，又回来了一切的锋利的苦痛了。

汗珠成了大粒流在他脸上，手脚都颤动，几乎要破碎了。他暂时之间，觉得他已经不能反抗，自己觉得失了意志，但这时区官来捉住他的袖子，便涨满了愤恨的可怕的狂涛，将已经准备了的允许都破裂了，他掣回手，向门口直闯过去。

伊抓住他的袖子，对他叫喊，因为伊未经抓紧，两手落在地上了，不动的倒着，像一个玫瑰色衣服和乱头发的堆。

伊被搀起了，但当医生关门时候，他见伊还在地上；很

145

使他有些难堪；人在他后面奔走，区官叫着兵们；他听得他们的脚步声已经在楼梯下震动。医生浑身抖着，胡乱的抓住了阑干，他急急的，逃走着，用那跨下去的脚尖探着楼梯。他眼前转着火光的圆圈，一种沉重的散漫的感情压住了他，如一座山之于一颗砂砾。

一九〇五至六年顷，俄国的破裂已经发现了，有权位的人想转移国民的意向，便煽动他们攻击犹太人或别的民族去，世间称为坡格隆。Pogrom 这一个字，是从 Po（渐渐）和 Gromit（摧灭）合成的，也译作犹太人虐杀。这种暴举，那时各地常常实行，非常残酷，全是"非人"的事，直到今年，在库伦还有恩琴对于犹太人的杀戮，专制俄国那时的"庙谟"，真可谓"毒遍四海"的了。

那时的煽动实在非常有力，官僚竭力的唤醒人里面的兽性来，而于其发挥，给他们许多的助力。无教育的俄人，以歼灭犹太人为一生抱负的很多；这原因虽然颇为复杂，而其主因，便只是因为他们是异民族。

阿尔志跋绥夫的这一篇《医生》（Doktor）是一九一〇年印行的《试作》（Etivdy）中之一，那做成的时候自然还在先，驱使的便是坡格隆的事，虽然算不得杰作，却是对于他同胞的非人类行为的一个极猛烈的抗争。

在这短篇里，不特照例的可以看见作者的细微的性欲描写和心理剖析，且又简单明了的写出了对于无抵抗主义的抵抗和爱憎的纠缠来。无抵抗，是作者所反抗的，因为人在天性上不能没有憎，而这憎，又或根于更广大的爱。因此，阿尔志跋绥夫便仍然不免是托尔斯泰之徒了，而又不免是托尔斯泰主义的反抗者——圆稳的说，便是托尔斯泰主义的调剂者。

人说，俄国人有异常的残忍性和异常的慈悲性；这很奇异，但让研究国民性的学者来解释罢。我所想的，只在自己这中国，自从杀掉蚩尤以后，兴高采烈的自以为制服异民族的时候也不少了，不知道能否在平定什么方略等等之外，寻出一篇这样为弱民族主张正义的文章来。

一九二一年四月二十八日译者附记

本篇及译者附记，最初发表于一九二一年九月《小说月报》第十二卷号外《俄国文学研究》。本书以《现代小说译丛》为选录底本

注释：

1　一省中的最高警察官。

2　当虐杀犹太人的时候，犹太人民自己组织了一个武装的保护机关，名自卫团。

147

3　Okolodotshnij 是最下级的警官。

4　一个警区的主任。

5　是一个诊治的助手，所有的教育程度，是经过了国家的考试，可以在乡间代理医生。

6　俄国的窗户上大抵有一个小半窗，可以开阖；那大窗框，在冬天往往用泥堵塞起来，不再动。

7　详见跋语。

8　Arshin，俄国尺度名。一唉辛约中国二尺余。

战争中的威尔珂——件实事

————————————〔勃尔格利亚〕跋佐夫

人取他入营的时候，他藏在草料阁上的干草里，……年老的父亲往镇里去了，为的是央求官府，不要取威尔珂[1]去，因为他是独养子，没有人能理生计，饲牛和布种的了。

留在家里的只有年老的母亲，是须得打发开那些问起威尔珂的人的。

"巴巴[2]维陀……叫威尔珂来！他应该上镇去，……他是豫备兵，……他须得扛枪，……"克米德[3]对伊说。

"威尔珂没有在家，我的小儿子。[4]"

"母亲维陀！……威尔珂大概是躲了罢？……"经过门旁的豫备兵们问说。

"没有，小儿子！……我藏他在哪里呢？……从前天起，我便不知道他在哪里，……他不是废物！……你们都知道他。……"

但此时来了伊凡·摩利希维那，是豫备兵的指挥者。他从头一直武装到脚。人知道他是一个狠毒的人，全村的人们在他面前都发抖。

149

"祖母！……倘若威尔珂在明天早晨我们开拔之前，还不来入伍，我一捉到他，立刻给他一百棍！……你要记取！……"

"但那是为什么呢！……你们寻到他，就立刻打死我！……他不是一个废物！你不知道么？……"吃惊的母亲维陀喃喃的说，而且挂念着坐在草料阁上的威尔珂。

"用骨樱树做的棍子一百下！……一下也不能少！……"伊凡重复说，走了。

那威尔珂呢？……他热病似的抖着，从他自己挖在屋顶上的窟窿里，窥探着他。他听到了可怕的摩利希维那的恐吓，而且更加害怕了。

他赶紧溜到顶篷上的一个角落里，爬向干草，自己埋在这里面一直到脖颈。

他这样的等到夜。

第二日一清早他从罅隙间往外看：村的空地上站着一群豫备兵，都是他的伙伴，都高兴，都穿制服，而且他们用秋花装饰着的帽子上，在太阳里耀着小小的金狮子，……他们嘴里衔着黄杨木的小枝条，他们也用这饰了枪口，……子弹，珍珠一般的排着，交叉在他们的胸前，……而且挂在他们身旁的铁叶的水瓶，又安排得怎样好，……太阳反射在这上面！……

寂静笼罩了全群。豫备兵们成了行列对着他的小屋子走。

伊凡·摩利希维那从酒铺子走近这边来。他戴一顶帽高得像一条烟囱，这旁边插一支白羽。

他在队前面站住，向他们说了几句话，用手做一个信号，……他们便缓缓的动作了，一律，整齐，而他在他们的前面。他们之后，在杂色的一大群里，是亲属和朋友，来和他们作别的。

歌是大声的唱起来了，很响亮。……

威尔珂倾听着，……他听不饱这甜美的音节，……而且歌将他的声调弥满了全村落，……天空和森林。……

他们走了，……消失了。……

风时时送给他在空中反响的歌的声调来。

这真是战争的一点妙处呵！……

糊涂威尔珂的心在胸膛里发了抖，……他向下边看，……从上到下满是尘土挂着干草和蛛网。……围住他的是浑浊的气味，黑暗，鼠子弄剩的零星。……有几处，从罅隙间射进些微的太阳光线来，……所谓偷偷的光亮。……

151

而那边……开阔的平野，明朗的天，照耀着纯净的太阳，……溪涧里的流水潺潺的响，鸟雀自由的腾上天空中，……而他的伙伴向着碧绿的旷野里开步走而且歌唱。……

没有多想，威尔珂从阁上的四方口溜进房中，在壁上抓了枪，走过牛棚，抚摩了花牛，在那额上的星点上接了吻，不使母亲看见的跳过篱笆，便奔向平野去，仿佛有人追赶他似的。

豫备兵们开步走而且歌唱，……他们的刺刀在太阳下电光一般闪烁，……他们的军旗像张开两翅的大鸟似的飞扬。……

众人之前走着伊凡·摩利希维那。他时时转过身来，发些号令，于是又和他的大帽子向前大踏步的走。

威尔珂追到他们的时候，歌沉默了，队伍解散了，大家叫喊起来，因为威尔珂一光降，各人都得了愿意的人了。

"乌玛利丹……乌玛利丹！……你怎样了？……你是怎样的一个英雄呵！……你究竟先在哪里呢？……"这一部分大声说。

"乌玛利丹来了！……"别一部分叫道，——"现在我们不怕什么了，而且要俘虏苏丹哩！……"

"开步走！……开步走！……而且高兴罢！……开步走！……开步走！……君士但丁堡是我们的！……"

豫备兵们都欢笑而且纳罕的看着乌玛利丹的威尔珂，在他身上有几处还挂着蛛网。

威尔珂红了脸，也不作声。

伊凡·摩利希维那微微的笑，但他便即皱了额，锋利的叫喊道："够了，这够了！……你们为什么这样笑？……好，威尔珂！……开步走！……"

豫备兵们又成了行列向前走。

但在他们过第一个土冈以前，人已经将乌玛利丹的威尔珂改称"少尉"了。

晚上，他们到了菲列波贝尔。

人使他们歇在饥饿之野的新营里。

第二日早晨，兵官来巡逻，听过摩利希维那的报告，去了。

这于威尔珂都适意：有肉的汤，新的兵外套和伙伴，和军歌和愉快，—— 一切，只要是心里所希求的。他惯熟了新生活，同化了兵们的习惯和言语，……他早没有一点再像先前的威尔珂了。

人来点名。

153

"有!"他尽力的叫,其时挺直的像一条弦,而且从从容容的一瞥长官的眼。

别的人戏弄他。

"威尔珂……"伊凡·摩利希维那大声说,他已经任为军官了,——"你将帽上的小狮子缀颠倒了!……野东西!……"

"遵命,您勃拉各罗提。……[5]"而且威尔珂很尊敬的看一看他的长官。

每瞬间都到来新兵的输送,是分给豫备兵去教练的。

威尔珂分到了大约十个村人和五个市人。伊凡·摩利希维那对于一个市人有些反对而且可怕的苛待他。

他现在寻到报仇的机会了。

"威尔珂!……"他将他的下属叫到旁边。

当威尔珂傍他站着的时候,他问,这时他用眼睛睃着站在队伍里的新兵:"他们服从你?……"

"他们服从,您勃拉各罗提。……"

"你看见那边的那一个大个儿人么?……"

"我看见他,您勃拉各罗提。……"

"这是一个狗子,……这是,……你懂么?……好好的留心着,……不准他动一动,……倘若他走得坏,给他一脚；……他看得不直，便一拳打在狗嘴上：……不要宽容他，……前面去，给我能看到，……"

"遵命！……"

威尔珂回到他的新兵那里，少尉也背向了市人了。

威尔珂理会不得，何以少尉只吩咐打那大个儿人。村人中却有几个是练习的狮儿，按着号令，那大个儿走得最好，少尉大人不是错误了么？他的头脑不能捉摸这事，但自从那时以来，不知什么缘故，他在这大个儿人之前自己觉得慌张了。

晚上，摩利希维那叫他到官房里。

"威尔珂，对那驴子究竟怎样了？……"

"遵命，您勃拉各罗提。……"

"他那狗嘴肿了么？……"

"一点没有，您勃拉各罗提，他的事做得很合法。……"

少尉蹙了额。

"听着，你是一匹骆驼。明早操练的时候我来，……无论他怎样，你便在我的面前将他大骂，否则鬼捉你！……"

威尔珂悚然的去了。

他觉得，自从那少尉升迁之后，更加坏了，到末后，……谁知道呢，……这大约是这样的风气。……

次日早晨，少尉到操练这里来，额上带着一道很深的皱。

威尔珂觉得滴下冷汗来。

刚发首先的号令："一，二！"威尔珂便立刻走向大个儿人，拉住他的制服，喊出钝的，低微的声音来，似乎是出在地底里："请……您！……"

此外他不能再说了，他单是哀求似的看着大个儿。

几个兵，是市人，不由得微笑起来，当他们看见威尔珂的可怜的地位，他自己不知道，他是在天上还在地上的时候。……

摩利希维那愤然的咬了牙，青了脸，跳向威尔珂并且打在他脸上，至于他鲜血直涌出鼻子来。

这使军官更加暴躁了，他喊道："威尔珂！……二十四小时的禁锢……没有面包！……"

威尔珂的罚是严重的。

他哭了一整夜，他全走进他的忧愁里了。他记起他的母亲，那伊如果想到他，便在那里欷歔的，……他的父亲，那两脚已经不能做吃重的工作的，……棚里的花牛，那此时正在四顾，看威尔珂来抚摩他与否的，……他想的很久。雄鸡啼到第三回，最初的黎明开始了，暗暗的进了小窗子，……

全营立刻醒来，惩罚的期间过去了，他又去操练，……而且又看见野少尉的矗矗的脸了。

不，……他今晚便跑开这里，只要一昏暗，……出什么事，出来就是……

虽然，威尔珂却并不能实行了他的计划。人将伊凡·摩利希维那调到不知什么地方去了，而他的位置上来了一个有理的像人的军官。

于是威尔珂留着。

第一个军官即刻看出了威尔珂的能干，他的服从和心的简单来。

有一天，他当着大队之前，因为一件任务的好成绩，大声的称赞他。

"好，威尔珂！……你是一个勇敢的汉子。……我希望大家，都像这样的兵士，像你似的。……"

威尔珂仿佛觉得，他有如回了天堂了，从这刹时起，他就准备定，只要有长官的一个眼色便拼死。这使他活泼起来了，而且他又开始问那伙伴，是否立刻便有对于土耳其人的战争，他有这样的兴致，要用他的刺刀刺死几个土耳其人，他日见其好战了。

"威尔珂……你在战争中真要打死一群土耳其人

么？……"他的伙伴恶意的问他说。

"他们的娘要哭他们。……"

"你怎样打死他们呢？……你实在还没有战争过。……"

"什么……我？……"激昂的威尔珂回答说，他走到旁边，紧捏了枪，——看一看，用刺刀向空中便刺。

大家都躲闪，因为这赫怒的威尔珂，是真会将人刺在那刀尖在日光下发闪的刺刀上的。不意中有人拍他的肩膀。

他转过去。

他面前站着他的长官，而且一半微笑一半严厉的对他看。

威尔珂挺直的站着，羞得没有话。

"我愿意看见你对着真的敌人也有这样勇。……"长官说。

"遵命，您勃拉各罗提。……"

这是一八八五年。十一月二日（旧历，即新历的十五日）人将全团运到饥饿之野去，并且排了队，不久，团长骑着马到来，晓谕大众，说那米兰，那塞尔比亚王，对勃尔格利亚宣告了不合理的战争，以及当晚这全团便向野外进军去对仗，防守祖国的边疆。

为了同塞尔比亚开战而起的，首先的无意识的快乐之后
（普通的高兴是威尔珂也有份的），威尔珂的头里起了大扰乱
了。他捉摸不到两件事：第一，塞尔比亚何以倒不向那又坏
又非基督教徒的土耳其去出兵呢，此外，是人要到塞尔比
亚，渡过海去，不可怕么？……

然而他没有工夫，打听这些事了，大家满手都是事，这
边那边的跑而且匆匆的集起东西来，因为都要上火车去。

车站上塞满了人，……母亲们哭着和兵们别离，……女
儿用树叶环绕他们的帽，……另外的人又用松柏枝插在枪膛
上。……单是和他作别的没有人，……没有人诉说，说他出
征的事，……热情抓住了他，但没有时候了；他们要归队，
音乐演奏起来，大众诀别他们，高叫一声"呼而啦！……[6]"
而且列车走动了。

自两天以来，苏飞亚的旷野，已经被在高峻的连根震动
的密朵式山发出反响来的炮声轰得烦厌的了，……山将他愤
怒的头角包在浓云里。……

旧苏飞亚[7]，勃尔格利亚的首都，也一样的恐怖，……市
街上是纷乱和拥挤，……市街上是哀愁，……而且人心——
闷闷的。

白旗缀着红十字的到处飘扬，市镇变成一所医院了，车子载着伤兵不绝的到来，……而且从战场上又永是传来暗淡的消息，……大炮声愈加逼近，愈加怕人，空气激荡了，玻璃在窗户上发着抖。……

苏飞亚后边，在斯理夫尼札这方面，大道全被军人掩得乌黑了，他们来：从罗陀贝尔沼泽的内地，从黑海和白海[8]的沿岸，从多瑙来的这些英雄们。他们将黑夜做成白天，他们一面走一面睡，他们没有一点食物到嘴里，而且这于他们是很适意的！

你听到么？……他们还唱歌当作大炮的轰声的答话，虽然他们直到唇边都溅满了泥污，只有他们的枪发着闪，而欢喜却主宰了他们的心。……他们知道，勃尔格利亚人看他们，谈论他们，期待他们什么事，他们知道，勃尔格利亚人为他们祷告。

向西方望过去，只见满路是拿着插上的刺刀的步兵，……铁的车轮轧轧的响，……他们曳着沉重的大炮和弹药车，……倘他们一躲闪，困倦的骑兵便将他们溅上了泥污！……但是如何奇特的骑兵呵！……三个人骑在一匹马上，正如拉兑兹奇的兵，当他们驰向式普加去战争，帮助民军的时候似的。[9]

现在斯理夫尼札是第二式普加了，多一个兵一粒弹——便能救得祖国，……我们的英雄们都知道这事，而且上帝所以将铁一般的力量和不可见的羽翼给他们。……

在一小时之前，斯理夫尼札后面的全线上，激起了可怕的战斗。三日以来，已经是大炮不住的怒吼，而且千万的枪弹嗵哨着的了。浓密的青色的烟雾罩着战场，不肯收敛了去。

敌人的集合的车垒从各方面奔突进来，又到处退了回去。前天他们比我们强三倍，昨天强两倍，今天是势力相等了。

战争在左翼发作起来了，在中军，以及在右翼，这是我们的威尔珂就在里面的。他战的以一当十，很骇人。

那坟山，勃尔格利亚人从这里射击出去的处所，昨天是属于塞尔比亚人的。经反抗袭击之后，我们的军队将塞尔比亚人从这阵地上逼走了，——敌人退到对面的土冈上，是他在夜间筑了堡垒的地方。……他向我们四面用了火来，又用枪弹的雹霰来震动比塞尔比亚较低的我们的阵地，……塞尔比亚人是看不见的，……在烟雾里，这边那边的出没着黑帽的尖顶，而刹时都又消灭了。

161

时间经过了，战斗永是继续着。每瞬间升起塞尔比亚人堡垒的那可怕的火来。

我们的队伍节省子弹，不再徒然的来开枪，他们等候着号令"前进！"以用刺刀去回报那射击，……其时我们的少年静听着枪弹的嗯哨，或者那打在地面的钝滞的声音。……我们的大炮一发响，他们便将眼光跟着榴霰弹而且呐喊道："呼而啦！……"倘若这炮火命中了的时候。

只有威尔珂一个人没有停止开枪，……他一个人定规的回答敌人，因此大抵的枪弹都落在他四近。大半是这事使他发怒，就是从昨天早上起没有一点食物到过嘴里，……因为这不住的火，面包是不能运到堡垒的了。威尔珂的脏腑抽得如一条蛇的圆圈。他在牙齿间咒骂而且永是接连的射击。……

然而——饥饿克服了市镇。……

威尔珂站起身来，伸直了，并且开手向战友的背囊里去搜索，看可能发见一片面包，……他全没有一回听到枪弹的嗯哨，那永是稠密的落在他四近的。

"你伏在地面上，乌玛利丹！……"众人嘟囔，因为吃惊着威尔珂的鲁莽。

但威尔珂默着，站直了，又弯下去，遍摸所有的衣

162

袋，……他终于寻到一片霉了的饼干，于是他站得挺直的咬进去，对抗塞尔比亚人，……一粒枪弹贴近了他的嘴直飞过去，将那饼干带得很远了。……

这是塞尔比亚人的一个大错：他使威尔珂狂怒了；……为惩罚他们起见，他将臂膊擎在空中，并且用了死力叫喊起来道："呼而啦！……呼而啦！……呼而啦……"

百数颗枪弹攒着这狂怒者呼呼的响……威尔珂不害怕，……"天使保佑无罪者"——谚语说，……战友相信，威尔珂是发了疯了，但他们不能反对他，而且躺在地上跟着威尔珂的号令呐喊道："呼而啦！……"

队的指挥官惴惴的看着威尔珂的无畏；但这出戏是每瞬间都能变成悲剧的，而威尔珂是一个出类拔萃的兵。……

"威尔珂！……伏在地上！……"军官命令说。

但他似乎聋聩了，威尔珂只是不住的向塞尔比亚人挥着臂膊而且叫喊："呼而啦！……呼而啦！……呼而啦！……"

而且躺在地面上的伙伴们学着他的话："呼而啦！……呼而啦！……呼而啦！……"

稀奇！……这愤怒的狂度是传染的，威尔珂的叫喊延烧了众人的心，……几个人起来了，因为要照着威尔珂做，……现在他是真的指挥官了。

163

排长将额蹙成皱襞，命令的叫道："乌玛利丹，我命令你，……伏在地上！……大家都伏在地上！……我不愿无益的牺牲！"

"您勃拉各罗提，……"威尔珂第一回说，——"他们逃走了！……呼而啦！……"指挥官起来，用他的望远镜去照看塞尔比亚的阵地。

而且真的，……塞尔比亚人逃走了，……从这喊声"呼而啦"上，他们推想，以为勃尔格利亚人攻进来了。

二十分时之后，勃尔格利亚军占领了高的塞尔比亚的阵地并没有开一回枪。

威尔珂躺在医院里三个月，因为左臂上一个伤，是他在札里勃罗特所受的，左手从此以来于工作便没有用。他以后还是在战地一般模样，而且永是成了这样的威尔珂乌玛利丹。伙伴们仍是玩笑的称他"少尉"，虽然他们忘不掉，他便是，在斯理夫尼札占领堡垒的一个人。他也并没有忘记这件事，他每遇机会便讲他战争的回忆。

倘若兵营是兵的学校，战争便是他的高等学校了。而且——事实上——威尔珂知道了领解了许多的事物。只有一件，这简单的农夫不能懂：人为什么和塞尔比亚人打仗呢？

我们的聪明的政治家对于这肤浅的幼稚的问题，立刻给我们一个准备妥帖的回答。……

　　然而我觉得，正如在我们这里一样，在我们的邻人那里也有百千的简单的农夫正如威尔珂的，直到现在，还不能懂得为了谁，这战争是必要而且不可免呢，因为他们是只用得着及时的太阳和雨泽的。……

　　简单的头脑！

　　勃尔格利亚[10]文艺的曙光，是开始在十九世纪的。但他早负着两大害：一是土耳其政府的凶横，一是希腊旧教的锢蔽。直到俄土战争之后，他才现出极迅速的进步来。惟其文学，因为历史的关系，终究带着专事宣传爱国主义的倾向，诗歌尤甚，所以勃尔格利亚还缺少伟大的诗人。至于散文方面，却已有许多作者，而最显著的是伊凡·跋佐夫（Ivan Vazov）[11]。

　　跋佐夫以一八五〇年生于梭波德，父亲是一个商人，母亲是在那时很有教育的女子。他十五岁到开罗斐尔（在东罗马尼亚）进学校，二十岁到罗马尼亚学经商去了。但这时候勃尔格利亚的独立运动已经很旺盛，所以他便将全力注到革命事业里去；他又发表了许多爱国的热烈的诗篇。

跋佐夫以一八七二年回到故乡；他的职业很奇特，忽而为学校教师，忽而为铁路员，但终于被土耳其政府逼走了。革命时，他为军事执法长；此后他又与诗人威理式珂夫（Velishkov）编辑一种月刊曰《科学》，终于往俄国，在阿克塞完成一部小说，就是有名的《轭下》，是描写对土耳其战争的，回国后发表在教育部出版的"文学丛书"中，不久欧洲文明国便几乎都有译本了。

他又做许多短篇小说和戏曲，使巴尔干的美丽，朴野，都涌现于读者的眼前。勃尔格利亚人以他为他们最伟大的文人；一八九五年在苏飞亚举行他文学事业二十五年的祝典；今年又行盛大的祝贺，并且印行纪念邮票七种：因为他正七十周岁了。

跋佐夫不但是革命的文人，也是旧文学的轨道破坏者，也是体裁家（Stylist），勃尔格利亚文书旧用一种希腊教会的人造文，轻视口语，因此口语便很不完全了，而跋佐夫是鼓吹白话，又善于运用白话的人。托尔斯泰和俄国文学是他的模范。他爱他的故乡，终身记念着，尝在意大利，徘徊橙橘树下，听得一个英国人叫道："这是真的乐园！"他答道："Sire，我知道一个更美的乐园！"——他没有一刻忘却巴尔干的蔷薇园，他爱他的国民，尤痛心于勃尔格利亚和塞尔比亚的兄弟的战争，这一篇《战争中的威尔珂》，也便是这事的悲愤的叫唤。

这一篇，是从札典斯加女士的德译本《勃尔格利亚女子与其他小说》里译出的；所有注解，除了第四第六第九之外，都是德译本的原注。

一九二一年八月二二日记

本篇及译者附记，最初发表于一九二一年十月《小说月报》第十二卷第十号《被损害民族的文学号》。本文以《现代小说译丛》为选录底本

注释：

1 Velko，勃尔格利亚人的名字，和益尔伏忒与塞尔比亚的 Vuk 相同，意义是狼。（俄文称狼为 Volk，波兰文是 Wilk。）——原注

2 Baba，斯拉夫语，意义是老人。——原注

3 Kmiet，意义是村长。——原注

4 斯拉夫种人相称，幼的对于老的常是父母或祖父母，长的便称他为儿子之类，不必定是亲属。

5 到塞尔比亚战争时，就是到俄国军官的解职时为止，兵们都用俄国式尊称他们的长官。现在是他们只说：中尉，大佐之类。——原注

6 Hurra 是欢喜或激励的喊声，或者意译作万岁，不甚切合，现在就改为音译。

7　Sofia，勃尔格利亚语的 Sredec，就是罗马的 Ulpia Sredea。——原注

8　指 Aigaia 海。——原注

9　俄土战争时，曾在式普加大战。拉兑兹奇是此时和民军反抗土军的人。

10　今译保加利亚。——编者注

11　今译伐佐夫。——编者注

疯姑娘

〔芬兰〕明那·亢德

人叫伊"疯姑娘"。伊住在市街尽头的旧坟地后面,因为人在那里可以付给较为便宜的房价。伊只能节俭的过活,因为伊的收入只是极微末:休养费二百八十马克和手工挣来的一点的酬劳。在市街里,每一间每月要付十马克,伊租伊的小房子只七个,这当然是不好而且住旧的了,火炉是坏的,墙壁是黑的,窗户也不严密。但伊在这里已经住惯,而且自从伊住了十年之后,也不想再搬动;于伊仿佛是自己的家乡了。

伊没有一个可以吐露真心的人,然而伊倘若沉思着坐在伊的小房子里,将眼光注定了一样东西,这房子在伊眼睛里便即刻活动起来,和伊谈天,使伊安静。伊现在和别的人们少有往来了。伊觉得躲在这里,伊因此只在不得已时才出外,只要伊的事务一完结,伊便用急步跑了回来,并且随手恨恨的锁了门,似乎是后面跟着一个仇敌。

人并非历来叫伊"疯姑娘"。伊曾经以伊的名字赛拉赛林出过名,而且有过一时期,这名字是使心脏跳动起来,精

169

神也移到欢喜里。然而这久已过去了。伊现在是一个瘦削的憔悴的老处女。孩子们，那在街上游戏的，倘看见伊，便害怕，倘伊走过了，却又从后面叫道："疯姑娘！疯姑娘！"先生们走过去，并不对伊看，还有妇女们，是伊给伊们做好了绣花帐幔的，使伊站在门口，而且慈善的点一点头，倘伊收过工钱，深深的行了礼。再没有人想到，伊也曾经年青过，美丽过的。在那时认识伊的，已经没有多少，而且即此几个，也在生活的迫压里将这些忘却了。

然而伊自己却记得分明，而且那时的纪念品也保存在伊那旧的书架抽屉里。在那里放着伊那时的照相，褪色而且弯曲，至于仅能够看出模样来。然而却还能看出，伊怎样的曾经见得穿着伊的优美洁白的舞蹈衣服，并那曼长的螺发，露出的臂膊，和花缘的绫衫。伊当这衣服的簇新的华丽时，在伊一生中最可宝贵而且最大成功的日子里，穿着过的。伊那时和伊的母亲在腓立特力哈文。一只皇家的船舶巡行市镇的近旁，一天早晨在哈泰理霍伦下了锚。人说，一个年青的大公在船上，并且想要和他的高贵的随员到陆地来。市镇里于是发生了活泼的举动了。家家饰起旗帜花环和花卉来，夜间又在市政厅的大厅上举行一个舞蹈会。

在这舞蹈会上赛拉得了一个大大的忘不掉的光荣：年青

170

的大公请伊舞蹈而且和伊舞蹈！他只舞蹈了一次，只和伊——那夜的愉快是没有人能够描写。赛拉到现在，倘伊一看照相，还充满着当时享用过的幸福的光辉。伊当初似乎是昏愦了，但此后不久大公离开宴会，众人都赶忙来祝贺伊的时候，伊的心灌满了高兴和自负。伊被先生们环绕着，都称伊为"舞蹈会的女王"，希求伊的爱顾，从此以后，伊便无限量的统治了男人的心了。

在这"纪念品"中，又看见一堆用红绳子捆着的，从伊的先前的崇拜者们寄来的信札，而且满是若干平淡若干热烈的恋爱的宣言。但当时伊对于这些现已变黄褪色的信札并不给以偌大的价值，伊只是存起来当作胜利的留痕。他们里面没有一个能够温暖了伊的心，伊对于写信者至多也不过有一点同情罢了。

"你究竟怎样想呢？"伊的母亲屡次说，"你总须选定一个罢！"

但赛拉惦着大公并且想，"我已经选好了！"伊就是幻想，对于大公生了深刻的印象了。他何以先前只和伊舞蹈呢；这岂不能，他一旦到来而且向伊求婚么？这类的事不是已经常有么？有着怎样的自负，伊便不对他叙述伊的诚实的恋爱，只使他看伊的崇拜者的一切的信札，给他证明，伊已

171

经抛掉了几多的劝诱了。

年代过去了，但大公没有来。赛拉读些传奇的小说而且等候。伊深相信，倘使大公能够照行他本身的志向，他便来了。然而人自然是阻挠他，所以他等着。赛拉是全不忧愁，虽然伊的母亲已经忍不下去了。母亲实在不知道，伊抱着怎样的大希望，打熬在寂寞里；这希望倘若实现出来，伊才更加欢喜的。

但有一回，母亲说出几句话，这在伊似乎剑尖刺着心坎了，当伊又使一个很有钱很体面的材木商人生了大气，给母亲一个钉子的时候："你便会看见了，你要成一个老处女！"

最初，赛拉过分的非笑这句话，但这便使伊懊恼起来；因为伊忽然觉得诧异，近来那些先生们并不专是成群的围在伊身边了。这因为这里钻出了两个小丫头来，人说，那是很秀丽，但据赛拉的意思是不见得的。那还是"全未发育的，半大的雏儿"，没有体统和规矩。而人以为这秀丽！这是一种不可解的嗜好！倘伊对于这事仔细的想，伊觉得是不至于的。男人们追随着女孩儿其实只是开玩笑，而伊们因为呆气却当作真实了；伊对于这些并不怕。但是伊决计，在其次的舞蹈会上伊因此要立起一个赫赫的证据来。为了这目的，伊便定好一件新的，照着最近的时装杂志做出来的衣裳，用白丝绸，没有袖子，前后面深翦截，使可以显出伊的腴润的身段。

满足着而且怀抱着伊的胜利，伊穿过明晃晃的大厅去。那些小女孩们可敢，和伊来比赛么？

还没有！伊们都逗留在大厅的最远的屋角里，互相密谈，瞥伊一眼，又窃窃的嘻笑，用手掩着嘴，正是在这一种社会生活里没有阅历的很年青的女儿所常做的。伊们里面能有一个是"舞蹈会的女王"么？不会有的，只要伊在这里！

但伊们的嘻笑激刺了伊，伊有这兴趣，要对伊们倨傲一回，而这事在舞蹈的开初便提出一个便当的机会了，当伊在圆舞之后走进梳妆室去，整理伊的额发的时候。伊们在这里站立和饶舌，那时是最适当的。伊直向桌子去，并且命令的说："离开镜子罢，你们小女孩！"

人叫伊们"小女孩"的时候，不会怎样触怒的，这赛拉很知道。但是伊们不能反抗，该当服从，并且给伊让出一个位置来。在镜中伊能看见，那些人怎样的歪着嘴而且射给伊愤怒的眼光呵。这在伊都一样；然而伊看见一点别的东西，使伊苦痛起来了：伊看见一个金闪闪的卷螺发的头，澄蓝的眼睛和一副年少清新的脸——这该便是那个，是人所特别颂扬的那个了。赛拉转过身去，为要正对着伊看，伊实在不见得丑。在伊这里，对于赛拉确可以发生一个危险的竞争者，

173

因为伊有一点东西是赛拉所不能再有的——最初的青年的魔力。一种忧惧的感情将伊威逼的抓住了,伊再受不住对着这面貌更久的看。伊们为什么站在门口,伊们为什么不让伊只剩一个人呢?或者伊还应该给伊们一个"钉子"罢。

"这间屋是专为着完全的成人的。"伊说,向伊们转过背去。

女孩子懂了,便开了门,为的是要出去。但伊们出去时喃喃的说,赛拉听到了这句话:"伊多少大模大样呵,这老处女!"

其时伊追向伊们,闪电一般,而且不及反省,便给那金卷螺发的一个发响的嘴巴。这瞬间,从聚着许多女士们的邻室中,起了一种惊愕的叫喊。

那金卷螺发的啼哭了。赛拉推伊出去,跟着关了门。

老处女!她们敢于叫伊老处女!血液涌上伊的头,而且在伊血管里发沸。痉挛的紧握了伊的手。伊的心动悸,伊的颤颤,伊的脉突突的跳了。伊从官能里,寻不出一个明白的思想来。在伊耳朵里只是反复的响着这不幸的言语:老处女!

伊无意的走到镜前面。阿,怕人,伊什么模样了!脸色灰白,眼睛圆睁,眼光粗野,脖颈紫涨了。这一照又使伊发起反省来。这形相是伊不能回到舞蹈厅里去的。伊试使伊平静下去，喝些水，又在房里面往来的走。伊听到音乐的合奏了。

老处女！伊们对伊不得再是这样叫！伊的最近的求婚者，材木商人，现就在场的。伊赶紧决了意，再喝一杯水，再向镜里看一回伊的像，见得那形相已经回复伊的平常模样了。伊匆匆的从桌上取起伊的扇子来，用快步走进大厅去。那时正奏法兰西，而且伊还没有被邀请。

伊站在厅门口的近旁，用眼光向四处只一溜。这里站着材木商人。赛拉招呼他过来："我和你舞这法兰西，倘你有这兴致？"伊同时微笑，伊相信，这话是给他一个大大的印象了。

木材商人诚实的鞠躬，然而冷冷的。"可惜我对于这娱乐定该放弃了，我这里已经约好了一位女士！"于是他退回去了。

对偶都排成了。许多先生们仿佛还没有女士，但没一个到伊这里来。这是什么意思呢？伊满抱了坏的猜疑向各处看。而且的确，现在伊觉得：女人都用了伊的眼光打量伊并且互相絮絮的说。人分明谈着梳妆室里的事。但那些先生们也听到了这事么？这在伊，仿佛是绞住了伊的喉咙了。

人发一个信号，法兰西便开场。伊还是永远站在伊的地位上。伊内中满怀了忧惧。这能么？伊的确不被邀请么？这类的事在伊是未曾有过的！伊的眼前发了黑，伊仅能够支持了。各样变换的感情在伊这里回旋，被损的自负，气忿，苦

175

痛，羞辱，最末是顾虑，怕伊的魔力会要永远过去了。这似乎一个重担子搁在伊身上。

当伊看见各对偶穿插的舞出变化多端的动作的时候，伊忽而觉得无力，至于怕要躺下了。女人们的近旁是一把空椅子，伊想走到那边去，但这瞬间又看到了乐祸的眼睛和叵测的微笑。伊缩住了，转向门口去。伊只得走了，出去空地里！

伊穿上外衣，经过了整条的长路来到家里，自己并没有知道。待到进了伊的屋子里，这才慢慢的有起意识，能寻出清楚的思想来。伊究竟做了什么呢？不过惩治了一个倔强的女孩子。最先伊们又实在太不识羞了，但伊们自然不肯对人说。为什么大家相信伊们呢？为什么没有一个人来询问伊，究竟这事实是怎样的呢？唉，人们统统是这样之坏而且恶呵！

伊哭出来了，而且自己觉得平静点。伊觉得女人们统在伊的眼前，以及在伊们脸上的这高兴！人嫉妒伊，所以伊们喝着彩。但那些向来先意承志的，伊的所有的崇拜家，伊的武士，在哪里呢？他们也都是可怜的骗子。但伊要对他们报仇。伊决不再到宴会那里去，假使在街上遇到他们，伊也不看他们了，他们在这晚上还须想！

伊从此留在家里许多时。舞蹈会有了多次了；伊永是等候着，等人来通知，来约会，但是总没有这宗事。没有人到伊这里来，倘伊有时遇见了伊的旧相识，他们对伊也异常的冷淡而且拒绝。伊自然也不招呼了。

伊觉得不幸而且寂寞。伊未曾感受过，也并不知道，伊须怎样的救伊的忧愁。母亲是从早到晚管理着家务。赛拉不能帮助伊，这在伊觉得干燥，平常，没风韵！伊还不如坐在伊房里，做梦而且痴想，或者看些冒险的小说，借此忘却伊的生活的无聊。伊在这中间发见了伊的将来的新希望和新信仰。大公便是不来，也可以有一天有一个富足的高贵的旅客，看见伊而且即刻爱上伊的。他们即刻结了婚，而这富翁便携伊远走了去，这时市镇上的少年先生们可就要根本的懊恼了。

伊的避暑庄旁有一个小小的丘样的土堆，汽船在这前面经过。每逢好天气，伊便走到那里，白装束，披着长的卷螺发，头上戴一顶优美的夏帽子。伊躺在丘上面，用肘弯支拄起来，将衣服安排好许多的襞积，卷螺发的小圈子在肩膊周围发着光，而且那一只手，那支着脸的，是耀眼的白。在自己前面伊摊着一本翻开的书；但眼光并不在这里，却狂热的射在水面上。伊这样的等着伊的豪富的高贵的新郎，伊的幻想的目的。只要他在船上，他便应该看出伊在山上的了。他们看见而且感动而且赶到伊这里来，那只是一眨眼间的事。

船舶永远是驶过去，每天，望远镜和镜子正在照看伊；

但伊仍然保着原模样，也不敢将眼光太向那边看；他该是狂热的在水面上远远地浮过去了。然而伊却也看，谁在船上，尤其是怎样的先生们；因为伊委实在他们中间搜寻着盼望者，豫想者，不识者，在他全生涯中对伊眷爱，崇拜，仰慕的人。

然而日子过去了。伊的热望更加强。伊永是切实的候在山上。星期去的快，夏天消失，秋天近来了。伊早不半躺在那里了，捏了手端正的坐着。眼睛早不止在水面上，却向那边搜索汽船去了。倘这一出现，伊便抱了恐怖和希望迎头的看，一直到近来。伊满腔恐惧的看那些伊在舱面上寻出来的各旅客。难道他永久不来么？

没有人来。人都回市镇去了。冬天携了它的长串的宴会又开首，——这时节，是伊向来满抱了欢喜的盼望，而且总是给伊新的胜利的。但现在多少各别呵！伊和市镇的"社会"早没干系了。现在伊满装了愤恚，从外面眺望着这生活和活动；人并不缺少伊，人不愿意和伊在一处。而且伊也不愿意迁就，无论如何——不能，也不愿的！伊尽其所能之多，咒骂那意见有这样坏这样下等的人间，并且为自己领到一种安静的封锁的生活里去。一个孤独的老女人的无欢的日子横在伊面前，早已无可挽救了。这一天一天的向伊逼进来的，是一件确实的事。在男人们的冷淡的招呼里，女人们的轻视的眼光里，伊读出这话来：老处女！而且这话对于伊的效力是蛇咬一般了。

接着这些年只是形成了一长串的无效的希望。伊的生活是没有彩色的凄凉的灰色了。并没有发生一点事，来打断这单调，并没有高兴的印象来刷新伊的精神。伊当初是接连的瞒着自己的相信着，后来便不然，因为伊已经不希望了。然而又来了运命的一击，使伊的生活更加悲哀：伊的母亲死了，伊的惟一的扶助，伊的最末的朋友。伊没有一个可以申诉伊的忧患的人，没有一个为伊担心，没有一个问起伊的事。伊啼哭而且悲叹，伊不愿意饮食了。伊咒骂这嫌憎伊驱逐伊的，侮慢那除伊之外，对于一切全都大慈大悲的神明的世界。然而母亲躺着，又僵又冷，合着眼睛，死色盖了脸，没有听到伊的哀鸣。

终于是伊的气力耗尽了。伊再也不觉得悲哀或忧患。伊的心，伊的将来，一切啼哭和忧苦之后的伊的脑，是空虚了。伊并无感觉的坐在那里，而且向前看。债主到来，卖去伊的衣裳和家具，伊并不关心了。凡有不称心的事，都不能惹起伊的注意或愤激来。伊的房屋是荒凉而且空虚；但在伊也全一样。后来有人对伊说，伊应该搬走了。当初伊没有懂，人将这说给伊许多回；于是伊大声的笑了，歇了片时，凝视他们而且又是笑。

自此以后，伊便称为"疯姑娘"，而且孩子们见伊便害怕。

最初，人给伊在蒸馏巷里备了一所住屋。伊搬到那边去，带着一张床，一张桌子和一个旧书架，这抽屉里放着打皱的造花，花带，糖果说明书，伊少年时候的照相和信札，是伊一直后来收集起来并且捆在一处的。

当伊后来搬出市外的时候，伊也带了这些东西去。在这些的观览时，伊便想到伊一生中短期的欢乐，而且暂时之间，忘却伊现在是一个老处女和"疯姑娘"。

勃劳绥惠德尔（Ernst Brause Wetter）作《在他的诗和他的诗人的影像里的芬兰》（*Finnland im Bilde Seiner Dichtung und Seine Dichter*），分芬兰文人为用瑞典语与用芬兰语的两群，而后一类又分为国民的著作者与艺术的著作者。在艺术的著作者之中，他以明那·亢德（Minna. Canth）为第一人，并且评论说：

"……伊以一八四四年生于单湄福尔，为一个纺纱厂的工头约翰生（Gust. Wilh. Johnsson）的女儿，他是早就自夸他那才得五岁，便已能读能唱而且能和小风琴的'神童'

的。当伊八岁时，伊的父亲在科庇阿设了一所毛丝厂，并且将女儿送在这地方的三级制瑞典语女子学校里。一八六三年伊往齐佛斯吉洛（Tyväskylä）去，就是在这一年才设起男女师范学校的地方；但次年，这'模范女学生'便和教师而且著作家亢德（Joh. Ferd. Canth）结了婚。这婚姻使伊不幸，因为违反了伊的精力弥满的意志，来求适应，则伊太有自立的天性；但伊却由他导到著作事业里，因为他编辑一种报章，伊也须'帮助'他；但是伊的笔太锋利，致使伊的男人失去了他的主笔的位置了。

"两三年后，寻到第二个主笔的位置，伊又有了再治文事的机缘了。由伊住家地方的芬兰剧场的邀请，伊才起了著作剧本的激刺。当伊作《偷盗》才到中途时，伊的男人死去了，而剩着伊和七个无人过问的小孩。但伊仍然完成了伊的剧本，送到芬兰剧场去。待到伊因为艰难的生活战争，精神的和体质的都将近于败亡的时候，伊却从芬兰文学会得到伊的戏曲的奖赏，又有了开演的通知，这获得大成功，而且列入戏目了。但是伊也不能单恃文章作生活，却如伊的父亲曾经有过的一样，开了一个公司。伊一面又弄文学。于伊文学的发达上有显著的影响的是勃兰克思（Georg Brandes）的书，这使伊也知道了泰因（Taine），斯宾塞（Spencer），弥尔（Mill）和蒲克勒（Buckle）的理想。伊现在是单以现代的倾向诗人和社会改革家站在芬兰文学上了。伊辩护欧洲文明的理想和状态，输入伊的故乡，且又用了极端急进的见解。伊又加入于为被压制人民的正义，为苦人对于有权者和富人，为妇女和伊的权利对于现今的社会制度，为博爱的真基督教对于以伪善的文句为衣装的官样基督教。在伊创作里，显示着冷静的明白的判断，确实的奋斗精神和对于感情生活的锋利而且细致的观察。伊有强盛的构造力，尤其表见于戏曲的意象中，而在伊的小说里，也时时加入戏曲的气息；但在伊缺少真率的艺术眼，伊对一切事物都用那固执的成见的批评。伊是辩论家，讽刺家，不只是人生观察者。伊的眼光是狭窄的，这也不特因为伊起于狭窄的景况中，又未经超出这外面而然，实也因为伊的理性的冷静，知道那感情便太少了。伊缺少心情的暖和，但出色的是伊的识见，因此伊所描写，是一个小市民范围内的细小的批评。……"

现在译出的这一篇，便是勃劳绥惠德尔所选的一个标本。亢德写这为社会和自己的虚荣所误的一生的径路，颇为细微，但几乎过于深刻了，而又是无可补救的绝望。培因（R. N. Bain）也说："伊的同性的委曲，真的或想象的，是伊小说的不变的主题；伊不倦于长谈那可怜的柔弱的女人在伊的自然的暴君与压迫者手里所受的苦处。夸张与无希望的悲观，是这些强有力的，但是悲惨而且不欢的小说的特色。"大抵惨痛热烈的心声，若从纯艺术的眼光看来，往往有这缺陷；例如陀思妥也夫斯奇（Dostojevski）的著作，也常使高兴的读者不能看完他的全篇。

一九二一年八月十八日记

本篇及译者附记，最初发表于一九二一年十月《小说月报》第十二卷第十号《被损害民族的文学号》。本文以《现代小说译丛》为选录底本

183

父亲在亚美利加

〔芬兰〕亚勒吉阿

也像许多别的农夫和流寓的人们一样，跋垒司拉谛·密珂忽然想起来了，到"亚美利加"去。这思想，不绝的烦劳他，于是他一冬天，既如正二月时节，全不能将他抛开了。现在这已经不只是时时挂在心上的想头了，却成了一种苦恼的真心的热望。他的思想，已经留连于亚美利加的希望之山，而在那地方，访求着他时时刻刻所访求的幸福之石了。

他当初全不过自己秘密的想。但有一回，当他的女人悲伤的诉说，说是"穷苦总不会完"的时候，密珂便忍不住说了出来：

"这总有一个完，倘我春天到亚美利加去！"

"你！"女人叫着说，伊的眼便异样的发了光，这是欢喜呢还是惊愕呢？

这一日伊不再诉苦了。伊待遇伊丈夫，只是用了一种较深的敬畏和较大的留神，过于从前了。

这出行实在定在春天。密珂从他田庄的抵押，筹到了旅费。

出行的日期愈逼近，那女人也愈忧虑了。但如男人问道："你有什么不舒服呢？"伊也不说出特别的缘由来。

出行的日期正到了。女人从早晨便哭，——至于使伊那有病的眼睛再没有法子好。

"不要这样哭，"过了一会之后，男人说，"倘若上帝给我幸福，我们不至于长久分离的！"

"不是……，但……"

"什么但……"

这在男人，似乎觉得其中藏着一种的疑惑。但当告别的瞬间以前，女人凄楚的哭着，倒在他怀里，并且吃吃的说：

"不要忘却我，父亲，……要想到孩子们。"

"忘却！你想到哪里去了？……你用了你的猜疑，使我直到心的最里面也痛了！"

"不，爱的密珂，我不是这意思！但世界是这样坏，……而我一人和三个小的孩子们留在这里，……田庄是为了你的旅费，抵押出去了，……不要生气，父亲，但我的心是这样的塞满了！"

密珂对于这话，几乎要给一句强硬的回答；但在他女人还只是拥抱着的时候，他的心柔软了。于是他将孩子抱在臂上，接吻他们，——挨次的个个接了吻，此后便是那母

185

亲。……

是的，上帝知道，密珂全没有想到，撇下他们竟有这样的艰难。——只要有人肯来要他工作，他便不再出门去了——不，决不的。

然而现在他必须出门去！

女人哭了整两日。这是极凄楚的恐慌，是各样忧惧的想象的一个结果，这其间便要发现的。但伊的眼泪为了"道罗"（Dollars）这一个思想，也渐渐的干燥起来。孩子们也想着他，而且在村里说："父亲寄亚美利加道罗给我们，我们便可以买点什么好东西了！"

最初密珂屡次的写信。他也时时寄一点钱。他常说：后来要寄一宗大款，这只是一点小零用。

年月过去了。书信的间隔愈加久长，银信的间隔也愈加不可靠。时候坏，他不能不换他的工作而且又生病了，他这样写。但其他盼望将来的嘱咐，是不绝的。

母亲的面容永是显得忧愁，而面包也永是紧缩起来了。

密珂已经去了五年。从三年多以来，他便没有写一封信给家里。

春天到了。

燕子又从南方回来了,造伊的巢在跋垒司拉谛的低矮的屋背下。伊每日对着孩子们,讲那丰饶的南方的土地,那里是葡萄已熟,圆的美丽的无花果弯曲了树上倔强的枝条。燕子讲些什么,孩子们没有懂;然而他们领会得,这是一点快活的事,即此一点,人就可以欢喜而且拍起他们那瘦的小手来。

"或者这燕子见过父亲?"有一天,中间的孩子质问说,是一个女儿。

"是的,倘能够知道这个。"最大的说。那最小的一个,是因此才引起他想到父亲,而于此却全不能记起的,问道:

"父亲强壮么?"

"是的,的确。"最大的保证说。

"如果父亲回家来。"那中间的又说。

然而人还是永远听不到父亲的事。

野草在茅屋周围渐渐的发绿了,土埂上的小果树丛也著起花来。母亲掘开了石质的屋旁的田地,栽下马铃薯去,孩子们都热心的帮伊。夏天将他们青白的两颊染得微红了,……单是空气里有滋养料的!母亲也觉得心里轻松些;夏季用了轻妙的画笔,在他色彩装饰上描出将来的希望,较为光明一点了。

伊晒出密珂的皮衣,皮帽和衣裳来,都挂在马铃薯田的

187

篱柱上，——"倘他回来，他看见，我们并没有忘了他，也不使他的衣裳给虫子蛀坏呢。"

正是这瞬间来了那农人，是借给密珂旅费的："哪，人还没有听到你们的密珂么？"

那女人不安起来了。否认的回答，不是好主意，而承认也一样的危险："近时他没有，……"

"这是一个坏人！倘没有从他便寄钱来，我就得卖了这草舍和一点田地。这快要不够了。"

这在女人，似乎心脏都停顿了，而且伊也全不知道，应该怎样的回答。当那农人许可，还等到明年春天的时候，伊才能够再嘘出一口气来。

秋天到了。

母亲哭的愈多了。伊的按捺的语气，往往当对待孩子的时候，在忍不住的愤激的话里，发表出来。于是他们便自己蹲在炉灶后面的昏黑的角里，而其中的一个偷偷的说道："倘若父亲永不回到家里来，……"

别一个便说："回家！一定！倘若他有了别的女人，……"

孩子们不很懂，这是什么意思，倘遇见人们说着这事，说那父亲在外面有了别的女人了，但他们倘看见他们的母亲，泪在眼里永没有干，他们便直觉的感得，父亲是很不好很不好，母亲是很艰难，而且他们是很饥饿。……

然而人还是永没有听到父亲的事！

芬兰和我们向来很疏远；但他自从脱离俄国和瑞典的势力之后，却是一个安静而进步的国家，文学和艺术也很发达。他们的文学家，有用瑞典语著作的，有用芬兰语著作的，近来多属于后者了，这亚勒吉阿（Arkio）便是其一。

亚勒吉阿是他的假名，本名菲兰兑尔（Alexander Filander），是一处小地方的商人，没有受过学校教育，但他用了自修工夫，竟达到很高的程度，在本乡很受尊重，而且是极有功于青年教育的。

他的小说，于性格及心理描写都很妙。这却只是一篇小品（Skizze），是从勃劳绥惠德尔所编的《在他的诗和他的诗人的影像里的芬兰》中译出的。编者批评说：亚勒吉阿尤有一种优美的讥讽的诙谐，用了深沉的微笑盖在物事上，而在这光中，自然能理会出悲惨来，如小说《父亲在亚美利加》所证明的便是。

本篇及译者附记，最初连载于北京《晨报》一九二一年七月十七日第七版、十八日第五版。本文以《现代小说译丛》为选录底本

挂幅

———————————————————————————〔日〕夏目漱石

　　大刀老人决计在亡妻的三周年忌日为止，一定给竖一块石碑。然而靠着儿子的瘦腕，才能顾得今朝，此外再不能有一文的积蓄，又是春天了。摆着赴诉一般的脸，对儿子说道，那忌日也正是三月八日哩，便只答道，哦，是呵，再没有别的话。大刀老人终于决定了卖去祖遗的珍贵的一幅画，拿来做用度。向儿子商量道，好么？儿子便淡漠到令人愤恨的赞成道，这好罢。儿子是在内务省的社寺局里做事的，拿着四十圆的月给。有妻子和两个小孩子，而且对大刀老人还要尽孝养，所以很吃力。假使老人不在，这珍贵的挂幅，也早变了便于融通的东西了。

　　这挂幅是一尺见方的绢本，因为有了年月，显着红黑颜色了。倘挂在暗的屋子里，黯淡到辨不出画着什么东西来。老人则称之为王若水所画的葵花。而且每月两三次，从柜子里取了出来，拂去桐箱上的尘埃，又郑重的取出里面的东西，立刻挂在三尺的墙壁上，于是定睛的看。诚然，定睛的看着时，那红黑之中，却有瘀血似的颇大的花样。有几处，也还微微的剩着疑是青绿的脱落的瘢痕，老人对了这模糊的唐画的古迹，就忘却了似乎住得太久了的住旧了的人间。有时候，望着挂幅，一面吸烟，或者喝茶。否则单是定睛的看。祖父，这什么？孩子说着走来，想用指头去触了，这才记起了年月似的，老人一面说道动不得，一面静静的起立，便去卷挂幅。于是孩子便问道，祖父，弹子糖呢？说道是了，我买弹子糖去，只是不要淘气罢，嘴里说，手里慢慢的卷好挂幅，装进桐箱，放在柜子里，便到近地散步去了。回来的时候，走到糖店里，买两袋薄荷的弹子糖，分给孩子道，哪，弹子糖。儿子是晚婚的，小孩子只六岁和四岁。

和儿子商量的翌日，老人用包袱包了桐箱，一清早便出门去，到四点钟，又拿着桐箱回来了。孩子们迎到门口，问道，祖父，弹子糖呢？老人什么也不说，进了房，从箱子里取出挂幅来，挂在墙上，茫然的只管看。听说走了四五家古董铺，有说没有落款的，有说画太剥落的，对于这画，竟没有如老人所豫期的致敬尽礼的人。

儿子说，古董店算了罢。老人也道，古董店是不行的。过了两星期，老人又抱着桐箱出去了。是得了绍介，到儿子的课长先生的朋友那里去给赏鉴。其时也没有买回弹子糖来。儿子刚一回家，便仿佛嗔怪儿子的不德义似的说道，那样没有眼睛的人，怎么能让给他呢，在那里的都是赝物。儿子苦笑着。

到二月初旬，偶然得了好经手，老人将这一幅卖给一个好事家了。老人便到谷中去，给亡妻定下了体面的石碑，其余的存在邮局里。此后过了五六天，照常的去散步，但回来却比平常迟了二时间。其时两手抱着两个很大的弹子糖的袋。说是因为卖掉的画，还是放心不下，再去看一回，却见挂在四席半的啜茗室里，那前面插着透明一般的腊梅。老人便在这里受了香茗的招待。这比藏在我这里更放心了，老人对儿子说。儿子回答道，也许如此罢。一连三日，孩子们尽吃着弹子糖。

本文及余下十篇选自国木田独步等著，周作人等译《现代日本小说集》，上海商务印书馆一九三○年版

克莱喀先生

克莱喀（W. J. Craig）先生是燕子似的在四层楼上做窠
的。立在阶石底下，即使向上看，也望不见窗户。从下面逐
渐走上去，到大腿有些酸起来的时候，这才到了先生的大
门。虽说是门，也并非具备着双扉和屋顶；只在阔不满三尺
的黑门扇上，挂着一个黄铜的敲子罢了。在门前休息一会，
用这敲子的下端剥啄剥啄的打着门板，里面就给来开门。

来给开的总是女人。因为近视眼的缘故罢，戴着眼镜，
不绝的在那里出惊。年纪约略有五十左右了，想来也该早已
看惯了世间了，然而也还是只在那里出惊，睁着使人不忍敲
门的这么大的眼睛，说道"请"。

一进门，女的便消失了。于是首先的客房——最初并不
以为是客房，毫没有什么别的装饰，就只有两个窗户，排着
许多书。克莱喀先生便大抵在这里摆阵。一见我进去，就说
道"呀"的伸出手来。因为这是一个来握手罢的照会，所以
握是握的，然而从那边却历来没有回握的时候。这边也不见
得高兴握，本来大可以废止的了，然而仍然说道"呀"，伸

193

出那毛毧毧的皱皮疙瘩的，而且照例的消极的手来。习惯实在是不可思议的事。

这手的所有者，便是担任我的质问的先生。初见面时，问道报酬呢？便说道是呵，一瞥窗外边，一回七先令怎么样，倘太贵，多减些也可以的。于是我定为一回七先令的比例，到月底一齐交，但有时也突然受过先生的催促。说道，君，因为有一点用度，可以付了去么等类的话。自己便从裤子的袋里掏出金币来，也不包裹，说道"哦"的送过去，先生便说着"呀，对不起"的取了去，摊开那照例的消极的手，在掌上略略一看，也就装在裤子的袋里面了。最窘的是先生决不找余款。将余款入下月份，有时才到其次的星期内，便又说是因为要买一点书之类的催促起来。

先生是爱尔兰人，言语很难懂。倘有些焦躁，便有如东京人和萨摩人吵闹时候的这么烦难。而且是很疏忽的焦急家，一到事情麻烦起来，自己便听天由命而只看着先生的脸。

那脸又决不是寻常的。因为是西洋人，鼻子高，然而有阶级，肉太厚。这一点虽然和自己很相像，但这样的鼻子，一见之后，是不会起清爽的好感情的。反之，这些地方却都乱七八糟的总似乎有些野趣。至于须髯之类，则实在黑白乱生到令人悲悯。有一回，在培凯斯忒理德（Becker Street）遇见先生的时候，觉得很像一个忘了鞭子的马夫。

先生穿白小衫和白领子，是从来没有见过的。始终穿着花条的绒衫，两脚上是臃肿的半鞋，几乎要伸进暖炉里面去而且敲着膝头，——这时才见到，先生是在消极的手上戴着金指环的。——有时或不敲而擦着大腿，教给我书。至于教给什么，则自然是不懂。静听着，便带到先生所乐意的地方去，决不给再送回来了。而且那乐意的地方，又顺着时候的变迁和天气的情形，发生各样的变化。有时候，竟有昨日和今日之间搬了两极的事情。说得坏，那就是胡说八道罢，要评得好，却是给听些文学上的座谈，到现在想起来，一回七先令，本来没有可以得到循规蹈矩的讲义的道理，这是先生这一面不错，觉得不平的我，却糊涂了。况且先生的头，也正如那须髯所代表的一般，仿佛有些近于杂乱的情势，所以倒是不去增加报酬，请讲更其高超的讲义的好，也未可知的。

先生所得意的是诗。读诗的时候，从脸到肩膀边便阳炎似的振动。——并非诳话，确乎振动了。但是归根究底，却成了并非为我读，只是一人高吟以自乐的事，所以总而言之，也还是这一面损。有一次，拿了思温朋（Swinburne）

195

的叫作《罗赛蒙特》（*Rosamond*）的东西去，先生说给我看一看罢，朗吟了两三行，却忽而将书伏在膝髁上，说道，唉唉，不行不行，思温朋也老得做出这样的诗来了，便叹息起来。自己想到要看思温朋的杰作《亚泰兰多》（*Atalanta*）便在这时候。

先生以为我是一个小孩子。你知道这样的事么，你懂得那样的事么之类，常常受着无聊不堪的事的质问。刚这样想，却又突然提出了伟大的问题，飞到同辈的待遇上去了。有一回，当我面前读着渥忒孙（Watson）的诗，问道，这有说是有着像雪黎（Shelley）的地方的人和说全不相像的人，你以为怎样？以为怎样，西洋的诗，在我倘不先诉诸目，然后通过了耳朵，是完全不懂的。于是适宜的敷衍了一下。说这和雪黎是相像呢还是不相像，现在已经忘却了。然而可笑的是，先生那是照例的敲着膝头，说道我也这样想，却惶恐得不可言。

有一日，从窗口伸出头去，俯视着忽忽的走过那辽远的下界的人们，一面说道，你看，走过的人们这么多，那里面，懂诗的可是百个中没有一个，很可怜。究而言之，英吉利人是不会懂诗的国民呵。这一节，就是爱尔兰人了得，高尚得远了。——真能够体会得诗的你和我，不能不说是幸福哩。将自己归入了懂诗的一类里，虽然很多谢，但待遇却比较的颇冷淡，我于这先生，看不出一点所谓情投意合的东西来，觉得只是一个全然机械的在那里饶舌的老头子。

然而有过这样的事。因为对于自己所住的客寓很生厌了，就想寄居在这先生的家里看，有一天，照例的讲习完毕之后，请托了这一节，先生忽然敲着膝髁，说道，不错，我给你看我的家里房屋，来罢，于是从食堂，从使女室，从边门，带着各处走，全给看遍了。本来不过是四层楼上的一角，自然不广阔。只要两三分时，便已没有可看的地方。先生于是回到原位上，以为要说这样的家，所以什么处所都住不下，给我回绝了罢，却忽而讲起跋尔忒·惠德曼（Walt Whitman）的事来。先前，惠德曼曾经到自己的家里来，逗留过多少时，——说话非常之快，所以不很懂，大半是惠德曼到这里来似的，——当初，初读那人的诗的时候，觉得有全不成东西的心情，但读过几遍，便逐渐有趣起来，终于非常之爱读了。所以……

借寓的事，全不知道飞到哪里去了。我也只得任其自然，哦哦的答应着听。这时候，似乎又讲到雪黎和谁的吵闹的事，说道吵闹是不好的，因为这两人我都爱，我所爱的两个人吵闹起来，是很不好的，颇提出抗议的话。但无论怎样

197

抗议，在几十年前已经吵闹过的了，也再没有什么法。

因为先生是疏忽的，所以自己的书籍之类很容易安排错。倘若寻不见，便很焦急，仿佛起了火灾似的，用了张皇的声音叫那正在厨下的老妪。于是那老妪也摆着一副张皇的脸，来到客房里。

"我，我的《威志威斯》（*Wordsworth*）放在哪里了？"

老妪依然将那出惊的眼，睁得碟子似的遍看各书架，无论怎样的在出惊，然而很可靠，便即刻寻到《威志威斯》了。于是 Here Sir 的说着，仿佛聊以相窘似的，塞在先生的面前。先生便掣夺一般的取过来，一面用两个手指，毕毕剥剥的敲着腌臜的书面，一面便道，君，威志威斯……的讲开场。老妪显了愈加出惊的眼退到厨下去。先生是二分间三分间的敲着《威志威斯》。而且好容易叫人寻到了的《威志威斯》竟终于没有翻开卷。

先生也时时寄信来。那字是决计看不懂的。文字不过两三行，原也很有反复熟读的时间，但无论如何总是决不定。于是断定为从先生来信，即是有了妨碍，不能授课的事，省去了看信的工夫了。出惊的老妪偶然也代笔，那就很容易了然。先生是用着便当的书记的。先生对了我，叹息过自己的字总太劣，很困窘。又说，你这面好得多了。

我很担心，用这样的字来起稿，不知道会写出怎样的东西来呢。先生是亚覃本《沙士比亚集》（*Arden Shakespeare*）的出版者。我想，那样的字，竟也会有变形为活版的资格么？然而先生却坦然的做序文，做札记。不宁惟是，曾经说道看这个罢，给我读过加在《哈谟列德》（*Hamlet*）上头的绪言。第二次去的时候，说道很有趣，先生便嘱咐道，你回到日本时，千万给我介绍介绍这书罢。亚覃本《沙士比亚》集的《哈谟列德》，是自己归国后在大学讲讲义时候得了非常的利益的书籍。周到而且扼要，能如那《哈谟列德》的札记的，恐怕未必再有的了。然而在那时，却并没有觉得这样好。但对于先生的沙士比亚研究，却是早就惊服的。

在客房里，从门键这一边弯过去，有一间六席上下的小小的书斋。先生高高的做窠的地方，据实说，是这四层楼的角落，而那角之又角的处所，便有着在先生是最要紧的宝贝在那里了。——排着十来册长约一尺五寸阔约一尺的蓝面的簿子，先生一有空一有隙，便将写在纸片上的文句，钞入蓝面簿子里，仿佛悭吝人积蓄那有孔的铜钱一般，将那一点一点的增加起来，作为一生的娱乐。至于这蓝面簿子就是《沙翁字典》的原稿，则来此不久便已知道了。听说先生因为要达成这字典，所以抛弃了威尔士（Wales）某大学的文学

199

的讲席，腾出每日到不列颠博物馆去的工夫来。连大学的讲席尚且抛弃，则对于七先令的弟子的草草，正不是无理的事。先生的脑里，是惟此字典，终日终夜盘桓磅礴而已的。

也曾问过先生，已经有了勘密特（Schmidt）的《沙翁字典》了，却还做这样的书么？于是先生便仿佛不禁轻蔑似的，一面说道看这个罢，一面取出自己所有的《勘密特》来给我看。试看时，好个《勘密特》前后两卷一叶也没有完肤的写得乌黑了。我说着"哦"的吃了惊，只对《勘密特》看。先生其时颇得意。君，倘若做点和《勘密特》一样程度的东西，我也不必这样的费力了。说着，两个手指又一齐毕毕剥剥的敲起乌黑的《勘密特》来。

"究竟，从什么时候起，来做这样的事的呢？"

先生站起身，到对面的书架上，仿佛寻些什么模样，但又用了照例的焦躁的声音叫道，全尼（Jane），全尼，我的《道覃》（Dowden）怎么了？老妪还没有出来，已经在问《道覃》的所在。老妪又出惊的出来了。而且又照例的 Here Sir 的相窘一回，退了回去。先生于老妪的一下并不介怀，肚饿似的翻开书，唔，在这里，道覃将我的姓名明明白白的写在这里；特别的写着研究沙翁的克莱喀氏。这书是一千八百七十……年的出版，所以我的研究，还在一直以前呢……

自己对于先生的忍耐，全然惊服了。顺序便问什么时候才完功。谁知道什么时候呢，是尽做到死的呵，先生说着，将《道罩》放在原处所。

我此后不久便不到先生那里去了。当不去的略略以前，先生曾说，日本的大学里，不要西洋人的教授么？倘我年纪青，也去罢。颇显着无端的感到无常的神色。先生的脸上现出感动，只有这一回。我宽慰说，岂不还年青么？答道那里那里，说不定什么时候有什么事，因为已经五十六岁了，便异样的入了静。

回到日本之后，约略过了两年，新到的文艺杂志上，载着克莱喀氏死掉的记事。是沙翁的专门学者的事，不过添写着两三行文字罢了。那时候，我放下杂志想，莫非那字典终于没有完功，竟成了废纸了么？

游戏

——〔日〕森鸥外

木村是官吏。

或一日，也如平日一样，午前六点钟醒过来了。是夏季的初头。外面是早就明亮了的，但使女顾忌着，单不开这一间的雨屏。蚊帐外是小小的燃着的洋灯的光，这独寝的闺，见得很寂寞。

伸出手去，机械的摸那枕边。这是寻时表。是颇大的一个镍表，有的说，这就是递信省买给车掌的东西。指针也如平日一样，恰恰指着正六点。

"喂，不开屏门么?"

使女一面拭着手，出来开雨屏。外边照旧是灰色的天空中，下着微细的雨。并不热，但是湿漉漉的空气触在脸上。

使女在单衫上，嵌进肉里去的绑了卷袖绳，将雨屏一扇一扇的装进屏箱去。额上沁出汗来了，这上面，紧贴着缭乱的短头发。

心里想:"哦，今天也是一运动便热的日子呵。"从木村的租住屋到电车的停留场为止，有七八町。步行过去时，即使出门时候以为凉，待走到却出汗了。就是想到了这件事。

走出廊下洗着脸，记起今天有须赶紧送给课长的文件的事来。然而课长的到来是在八点半，所以想，八点钟到衙门就是了。

于是显着颇高兴的快活的脸，看着阴气的灰色的天空。倘给不知道木村的人一看见，便要诧异他有甚有趣，却装着那样的脸的罢。

出来洗脸的时候，使女便赶忙的叠了蚊帐，卷起被褥来。走过这处所，开了纸障子，便是书房。

两个书几，拦成九十度角的摆着。这前面铺着垫子。坐在这里，擦着了火柴，吸一支朝日[1]。

木村做事，是分为立刻非做不可的事，和得闲才做的事的。将一张几收拾得精空，逢到赶紧要做的事，便拿到这上面去。而且这赶紧要做的事一完结，便将搁在那一张几上的物件，接着拿到这边来。搁着的物件总很多。堆积着的。这是照了缓急积叠起来的，比较的急的便放在最上面。

木村拿起那搁在垫子旁边的《日出新闻》来，摊在空虚的一张几上，翻开第七面。这是文艺栏所在的地方。

将朝日的掉下的灰，吹落在几的那边，一面看。脸上仍然很快活。

203

从纸障子的那边，听得拂子和扫帚的声音很剧烈。是使女赶忙的在那里扫卧房。拂子的声音尤厉害，木村也常常发过话，但改了一日，便又照旧了，不用那扎在拂子上的纸条拂，却用柄的一头拂的。木村称这事为"本能的扫除"。鸽子孵卵的时候，用那削圆棱角的白粉笔兑换了鸽卵，也仍然抱着白粉笔。忘了目的，单将手段来实行。不记得为了尘埃而拂，却只是为了拂而拂了。

但这位使女，虽然躬行本能的扫除，躬行"舌战"，然而活泼，也还中用，所以木村是满足的。舌战云者，是罗曼主义时代的一个小说家所说的话，就是说使女一遇着主人出门，便跑到四近各处去饶舌。

木村看完了什么之后，略略皱一皱眉。大抵无论何时，凡是放下新闻的时候，若不是极 Apathigue（漠然）的表情，便是皱一皱眉。这就因为新闻的记载，是成不了毒也做不了药的东西，或者是木村以为不公平的东西的缘故。既如此，似乎不看也就是了，然而仍然看。看了之后，显出无动于衷的神色，或者略略皱一皱眉，便立刻恢复了快活的脸。

木村是文学者。

在衙门里，办着麻烦的，没精打采的，增添补凑的那些事，快要成为秃头了，也历来没有阔，但在当作文学者这一面，却颇也为世所知的。并没有做什么好著作，而颇也为世所知。且不特为世所知而已。一旦为世所知，做官这一面便变了外放之类，被当作已经死了似的看待，一直到将成秃头之后，再回东京，才作为文学者而复活起来。实在是很费手脚的履历。

倘说木村看了文艺栏，觉得不公平是因为自利，被贬便怒，被褒便喜，哪怕是冤枉的罢。不论我的事，人的事，看见称赞着无聊的东西，糟蹋着有味的东西，所以觉得不公平的。不消说，遇有说着自己的时候，便自然感得更切实。

卢斯福（Roosevelt）遍地的走，说着"见得不公平就战罢"的道要。木村何以不战呢？其实，木村前半生中，也曾大战过来的。然而目下正在做官，一发议论，便做不出著作了。自从复活以来，虽然坏，也在做著作，议论之类是不能发的。

这一日的文艺栏上，写着这样的事：

"在文艺上，有所谓情调。情调是成立于 Situation（情况）的上面，然而是 Indéfinissable（不可言说）的。登在与木村有关系的杂志上的作品，无一篇有情调。木村自己的东西也似乎没有情调。"

约而言之，就是这一点。而且反之，还揭着所谓有情调的文艺的例，但这些也并不是木村——佩服的东西。这之中，连木村以为体面的作家，不做那样的文章才好的东西之流，也举在例子里。

要之写在那里的话，在木村是不很懂。即使看了"成立在 Situation 之上的情调"这话，也是什么都不能想清楚的。哲学的书，论艺术的书，木村也看得颇不少了，但看这句话，却是什么都不能想清楚。诚然，在文艺里，也有着要说是 Indéfinissable，便也可以说得似的，有趣的地方的。这能想。然而 Situation 是什么呢？不是说古来的剧曲之类，将人物分配了时候和处所而做成的东西么？这与巴尔（Hermann Bahr）以为旧文艺的好处，在急剧，丰富，有变化的行为的紧张这些话，岂不是没有差别么？说是单能在这样的东西上成立，在木村是不懂的。

木村也并非自信有如此之强的人，但对于这不懂，却不以为自己的脑子坏。其实倒反为记者想起了颇可悯而且失敬的事。一看那揭着的有情调的作品的例，便想到尤其失敬的事来了。

木村的犟蹙的脸，即刻快活起来了。而且因了单身人都整饬的脾气，好好的折了新闻，放在书房的廊下的角落里。这样放着，使女便拿去擦洋灯，有用剩的，卖给废纸担。

这写得颇长了，而实际是二三分间的事。吸一支朝日之间的事。

将朝日的烟蒂抛在当作灰盘用的石决明壳里，木村同时仿佛想到了什么似的，独自笑着，一捧就捧着积在旁边几上的十几本 Manuscripts（原稿）似的东西，搬到衣橱上去了。

这是日出新闻社所托付的应募剧本。

日出新闻社悬了赏，募集剧本的时候，木村是选者。木村有着连呼吸也运不过来的事务，没有看应募剧本的工夫。要匀出这样的工夫来，除了用那吸烟的休憩时间之外再没有别的法。

在吸烟休憩时候，是谁也不愿意做不愉快的事的。应募剧本之流，看了觉得有趣的，是十之中说不定是否有一。

而竟答应了看卷者，是受了托，勉勉强强的答应下来的。

木村常常被《日出新闻》的第三面上说坏话。无论什么时候，总是用"木村先生一派的风俗坏乱"这一句话的。有一回，因为有一个剧场，要演西洋的谁所做的戏剧，用了木村的译本的时候，也写着这照例的坏话。要说起这是怎样的剧本来，却不但是在 Censure（检阅）严到可笑的柏林和维也纳，都准印成书本去发行，连在剧场扮演，也毫不为奇

207

的，颇为甜熟的剧本罢了。

然而这是三面记者所写的事。木村不明白新闻社里的事情，新闻社的艺术上的意见，没有普及到第三面也并不见怪的。

现在看见的却两样。在文艺栏，即使有着个人的署名，然而并不加什么案语，便已登载的议论，则也如政治的社说一般，便当作该社的文艺观来看待，也就无所不可罢。在这里，说木村所做的东西没有情调，木村参与选择的杂志上所载的作品也没有情调，那就是说木村是不懂文艺的了。何以教不懂文艺的人，来选剧本的呢？倘若没有情调的剧本入了选，又怎么好呢？这样做法，对得起应募的作者么？作者那边固然对不起，而于这边也对不起的，木村想。

木村是被称为坏的意义这一面的 Dilettante（游戏于艺术的人）的，以此即使不落这样的难，来看并不有趣的东西，也还可以过活。总而言之，廓清这一大堆的事，是敬谢不敏了，这样想着，所以搬到衣橱上去的。

写起来长了然而这是一秒间的事。

隔壁的屋子里，本能的扫除的声音停止了，纸障子开开了。搬出饭来了。

木村用那混着芋头的酱汤来吃早饭。

吃完饭，喝一杯茶，脊梁上便沁出汗来。夏天究竟是夏天哪，木村想。

木村换上洋服，将一个整包的朝日塞在衣袋里，走向大门去。这里已经摆着饭包和洋伞，靴子也擦好了。

木村撑了伞，橐橐的出去了。到停留场去的路，是一条店铺栉比的狭路，经过的时候，店主人要打招呼的店是大抵有一定的几家的。这里便留心着走。这四近，对木村怀着好意来打招呼之类的也有，冷淡的装着不相干的脸的也有，至于抱着敌对的感想的人，却仿佛没有似的。

于是木村先推察这些招呼的人是怀着怎样的心情。第一，他们确乎想，做小说的人是一种古怪人。以为古怪人的时候，立刻又觉得是可怜的人，所以来给一点 Protégé（惠顾）的。这在招呼的表情上可以看得出。木村对于这事，并不以为可憎，但不消说，自然也不觉得多谢。

正如邻近的人的态度一样，木村这人，在社交上也不很有什么对头。也只有当作呆子看，来表点好意的人，和全然冷淡，置之不理的人罢了。

加以在文坛上，又时时被驱除。

木村想，只要人们肯置之不理，这就好了。虽说置之不理惟有著作却要请准他做做的。心里想，不要看错了东西，

209

便破口骂倒等等就好，倘有和自己有着相同的感的人，那就运气了。这是在心的很深很深的地方这样想。

到停留场的路走了一半的时候，从横街里走出一个叫作小川的人来了。这人也在同衙门里办事，每三回里大约总有一回遇在路上的。

"自以为今天早一点，却又和你遇着了。"小川说，偏了伞子，并着走。

"这样的么，……"

"平常不是总是你先到么。想着些什么似的。想着大作的趣向罢。"

木村每听到这样的话。便感着被搔了痒的心情。但仍旧摆着照例的快活的脸，不开口。

"近来，翻了一翻《太阳》，里面有些说你在衙门里的秩序的生活和艺术的生活，是正相矛盾，到底调和不得的这类话。见了么？"

"见过了。说的是坏乱风俗的艺术和官吏服务规则，并无调和的方法这等意思罢。"

"原来，是有着风俗坏乱这类字面的。我却没有这样的去解释。单当作艺术和官吏了。政治之流，倘尽着现状这样下去，是一时的东西，艺术是永远的东西呵。政治是一国的

210

东西，艺术是人类的东西呵。"小川是衙门里的饶舌家，木村始终觉得讨厌的，但努力不教露出这颜色。他仿佛老病复发似的，响亮起来了。"然而，你看着卢斯福在各处讲演的演说罢。假使依了此公所说的来做，政治也就不是一时的东西了。不单是一国的东西了。再将这事高尚一点，政治便成为大艺术哩。我想，这和你们的理想倒许是一致的，怎样？"

木村以为很糊涂，极要皱一皱眉了，却熬着。

这之间，到了停留场。因为是末站，所以早出晚归，便正须坐在满座的车子上。两人在红柱子下，并撑了伞立候着，走过二辆车，好容易才挤上了。

两人都挽在皮带上。小川似乎饶舌还没有够。

"喂，我的艺术观如何？"

"我是不去想这些事的。"木村懒懒的答。

"怎样想，才动笔的呢？"

"并不怎样想。要做的时候便做。可以说，仿佛和要吃的时候便吃差不多罢。"

"本能么？"

"也并非本能。"

"何以？"

"意识了做的。"

211

"哼。"小川显了异样的脸色说，不知道怎么想去了，从此直到下电车，没有再开口。

和小川分了手，木村走到自己的房屋面前，将帽挂在帽架上，插上伞。挂着的帽子还只有二三顶。

门开着，挂着竹帘。经过了穿着白制服的听差的旁边，走到自己的桌前去。先到的人也还没有出手来办公，在那时摇扇子。也有交换"早上好"的。也有默默的用下颏打招呼的。所有的脸都是苍白的没有元气的脸。这也无怪，每一月里没有一个不生一回病的。不生的，只有木村。

木村从贴着"特别案卷"的签条的，熏旧的书架上，取出翻潮的文件来，在桌子上堆了两大堆。低的一堆，是天天办去的东西，那上面，有一套拖着舌头似的，贴着红签的文件。这就是今天必须交给课长的要紧的事情。高的一堆，是随时慢慢办去便成的公事。除了本分的分任事务之外，因为要订正字句，从别的局所里，也有文件送到木村这里来。那些东西，倘有并不紧急的，便也归在这里面。

取出了文件，坐在椅子上，木村便摸出那照例的车掌的表来看。到八点还差十分。等课长到来为止，还有四十分。

木村翻开那高的一堆的上面的文件来，看了一回，便用糊板上的浆糊，贴上纸条，在这里写上些什么去。纸条是许多张的用纸捻子穿着，拌在桌子旁边的。在衙门里，称之为附笺。

木村泰然的坐着，飒飒的办公，这其间，那脸始终很快活。这样的时候的木村的心情，是颇有些难于说明的。这人不论做什么事，总抱着孩子正在游戏一般的心情。同是游戏，有有趣的，也有无聊的。这办事，却是以为无聊的这一类。衙门的公事，并不是笑谈。那是政府的大机关的一个小齿轮，自己在回旋的事，是分明自觉着的。自觉着，而办着这些事的心情，却像游戏一般。脸上之所以快活者，便是这心情的发现。

办完一件事，就吸一支朝日。这时候，木村的空想也往往胡闹起来。心里想，所谓分业者，在抽了下下签的人，也就成了很无聊的事了。然而并没有觉得不平。虽然这样，却又并不怀着以此为己的命运的，类乎 Fatalistc（运命论者）的思想。也常想，这样的事务，歇了怎样呢。于是便想到歇了以后的事。假定就目前的景况，在洋灯下写，从早到晚的著作起来罢。这人在著作时候，也抱着孩子正在闹心爱的游戏似的心情的。这并非说没有苦处。无论做什么 Sport（玩耍），都要跳过障碍。也未尝不知道艺术是并非笑谈。拿在自己手上的工具，倘交给巨匠名家的手里，能造出震惊世界

213

的作品的事，是自觉着的。然而一面自觉，一面却怀着游戏的心情。庚勃多（Gambetta）的兵，有一次教突击而气馁了，庚勃多说吹喇叭罢，但是进击的谱没有吹，却吹了Réveil（起床）的谱。意大利人站在生死的界上，也还有游戏的心情。总而言之，在木村，无论做什么都是游戏。同是游戏，心爱的有趣的这一种，比无聊的好，是一定不易的。但倘若从早到晚专做这一种，许要觉得单调而生厌罢。现在的无聊的事务，却也还有破这单调的功能。

歇了这事务之后，要破那著作生活的单调，该怎么办呢？这是有社交，有旅行。然而都要钱的。既不愿用旁观别人钓鱼一般的态度，到交际社会去；要做了戈里奇（Gorky）那样的 Vagabondage（放浪）觉得愉快，倘没有俄国人这样的遗传，又仿佛到底不行似的。于是想，也许仍然是做官好罢。而这样想来，也并没有起什么别的绝望似的苦痛的感想。

有时候，空想愈加放纵起来了，见了战争的梦，假设着想，喇叭吹着进击的谱，望了高揭的旗，快跑，这可是爽快呵。木村虽然没有生过病，然而身材小，又瘦削，不被选去做征兵，因此未曾上过阵。但听人说过，虽曰壮烈的进击，其实有时也或躲在土袋后面爬上去的，这时记起来了。于是减少了若干的兴味。便是自己，倘使身临其境，也不辞藏身土袋之后而爬的。然而所谓壮烈呀爽快呀之类的想象稀薄了。其次又设想，即使能够出战，也许编入辎重队，专使搬东西。便是自己，倘教站在车前就拉罢，站在车后便推罢。然而与壮烈以及爽快，却愈见其辽远了。

有时候，见着航海的梦。倘凌了屋一般的波涛，渡了大洋，好愉快罢。在地极的冰上，插起国旗来，也愉快罢，这样架空的想。然而这些事也有分业的，说不定专使你去烧锅炉的火，这么一想，Enthusiasm（热诚）的梦便惊醒了。

木村办完了一件事，将这一起案卷，推向桌子的对面，从高的一堆上又取下一套案卷来。先前的是半纸的格子纸，这回的是紫线的西洋纸了。密密的贴在手掌上，宛然是和竹竿一同捏着了蜗牛的心情。

这时为止，已经渐次的走出五六个同僚来，不知什么时候桌子早都坐满了。摇过八点的铃，暂时之后，课长出来了。

木村当课长还未坐下的时候，便拿了贴着红签的文件过去了，略远的站着，看课长慢慢的从 Portefeuille（护书）里取出文件来，揭开砚匣的盖子，磨墨。磨完了墨之后，偶然似的转向这边来了。是比起木村来，约小三四岁的一个年青

215

的法学博士，在眼鼻紧凑，没有余地，敏捷似的脸上，戴着金边的眼镜。

"昨天嘱咐的文件……"说了一半话，送上文件去。课长接了，大略的看完，说道："这就好。"

木村觉着卸了重担似的心情，回到自己的位子上。一回通不过的文件，第二回便很不容易直截了当的通过。三回四回的教改正。这之间，那边也种种的想，便和最先所说的话有些两样起来。于是终于成为无法可施。所以一回通过便喜欢了。

回到位子上一看，茶已经摆着了。八点到地的时候一杯，午后办公时候三点前后一杯，是即使不开口，听差也会送来的。是单有颜色，并无味道的茶。喝完之后，碗底里沉着许多滓。

木村喝了茶，照旧泰然的坐着，不歇的飒飒的办事。低的一堆的文件的办理，只要间或拿出簿子来一参照，都如飞的妥帖了。办妥的东西，加了检印，使听差送到该送的地方去。文件里面，也有直送给课长那里的。

这其间又送来新文件。红签的立刻办，别的便归入或一堆中；电报大抵照红签的一样办。

正在办事，骤然热起来了，一瞥对面的窗，早上看见灰色的天空的处所，已经团簇着带紫的暗色的云了。

看那些同僚的脸，都显着非常疲乏的颜色，大抵下颚弛缓挂下了，脸相看去便似乎长了一些了。屋子里潮湿的空气，浓厚起来，觉得压着头脑。即使没有现在这样特别的热的时候，办公时间略开头，从厕所回来，一进廊下，那坏的烟草的气息和汗的气味，也使人有要噎的心情。虽然如此，比起到了冬天，烧着暖炉，关上门户的时候来，夏天的此时又要算好得多了。

木村看了同僚的脸，略略皱一皱眉，但立刻又变了快活的脸，动手办公事。

过了片时，动了雷，下起大雨来了，雨点打着窗户，发出可怕的声音。屋里的人都放下事务向窗户看。木村右邻的一个叫山田的人说：

"正觉得闷热，到底下了暴雨了。"

"是呵。"木村向右边转过快活的照例的脸去说。

山田一见这脸，仿佛突然想到了似的，低声说道：

"你固然是迅速的办着事，但从旁看来，不知怎的总仿佛觉得在那里开玩笑似的。"

"哪有这样的事呢。"木村恬然的答。

木村被人这么说，已经不知多少次了。说这人的表情，言语，举动，都催促别人说出这样的话，也无所不可的。在衙门里，先代的课长也说是欠恳切，很厌恶。文坛上，则批评家以为不认真，正在贬斥他。娶过一回妻，不幸而走散了，平生因为什么机会冲突起来的时候，说道"你只在那里愚弄我"，便是那细君的非难的大宗。

木村的心情，是无所谓认真认假的，但因为对于一切事的"游戏"的心情，致使并非哪拉（Nora）的细君，也感到被当作傀儡，当作玩物的不愉快了。

在木村呢，这游戏的心情是"被给予的事实"。和木村往还的一个青年文士曾经说，"先生是欠缺着现代人的紧要的性质的。这是 Nervosité（神经质）呵"。然而木村也似乎并不格外觉得不幸。大雨之后，接着小雨，但也没有什么很凉。

一到十一点半，住在远处的人便进了食堂吃饭去。木村是办事办到放午炮，于是一个人再吃饭的。

两三个同僚走向食堂的时候，电话的铃响起来了。听差去听了几句话，说道"请候一候"便走到木村这里来。

"日出新闻社的人，说要请说几句话。"

木村走到电话机那里。

"喂，我是木村，什么事呢?"

"木村先生么？劳了驾，对不起的很了。就是那应募的剧本呵，不知道什么时候可以看了呢。"

"是呵。近来忙，还不能立刻就看呢。"

"哦。"怎么说才好，暂时想着似的，"那就再领教罢。拜托拜托。"

"再见。"

"再见。"

微笑的影，掠过木村的脸上了。而且心里想，那剧本，一时未必走下衣橱来哩。倘是先前的木村，就会说些"那是决定不看了"之类的话，在电话上吵嘴。现在是温和得多了，但他的微笑中，却有若干的 Bosheit（恶意）在里面。然而这样的些少的恶意，也未必能成为尼采主义的现代人罢。

午炮响了。都拿出表来对。木村也拿出照例的车掌的表来对。同僚早已收拾了案卷，一下子退出去了。木村只和听差剩了两人，慢慢的将案卷收在书架里，进食堂去，慢慢的吃了饭，于是坐上了汗臭的满员的电车。

注释：
1　纸烟的名目。

219

沉默之塔

———————————————————————〔日〕森鸥外

　　高的塔耸在黄昏的天空里。

　　聚在塔上的乌鸦，想飞了却又停着，而且聒耳的叫着。

　　离开了乌鸦队，仿佛憎厌那乌鸦的举动似的，两三匹海鸥发出断续的啼声，在塔旁忽远忽近的飞舞。

　　乏力似的马，沉重似的拖了车，来到塔下面。有什么东西卸了下来，运进塔里去了。

　　一辆车才走，一辆车又来，因为运进塔里去的货色很不少。

　　我站在海岸上看情形。晚潮又钝又缓的，辟拍辟拍的打着海岸的石壁。从市上到塔来，从塔下到市里去的车，走过我面前。什么车上，都有一个戴着一顶帽檐弯下的，软的灰色帽的男人，坐在马夫台上，带了俯视的体势。

　　懒洋洋的走去的马蹄声，和轧着小石子钝滞的发响的车轮声，听来很单调。

　　我站在海岸上，一直到这塔像是用灰色画在灰色的中间。

走进电灯照得通明的旅馆的大厅里，我看见一个穿大方纹羽纱衣裤的男人，交叉了长腿，睡觉似的躺在安乐椅子上，正看着新闻。这令人以为从柳敬助的画里取下了服饰一般的男子，昨天便在这大厅上，已经见过一回的了。

"有什么有趣的事么?"我声张说。

连捧着新闻的两手的位置也没有换，那长腿只是懒懒的，将眼睛只一斜。"Nothing at all!"与其说对于我的声张，倒不如说是对于新闻发了不平的口调。但不一刻便补足了话："说是椰瓢里装着炸药的，又有了两三个了。"

"革命党罢。"

我拖过大理石桌子上的火柴来，点起烟卷，坐在椅子上。

因为暂时之前，长腿已在桌子上放下了新闻，装着无聊的脸，我便又兜搭说：

"去看了有一座古怪的塔的地方来了。"

"Malabar hill[1] 罢。"

"那是甚么塔呢?"

"是沉默之塔。"

"用车子运进塔里去的，是甚么呢?"

"是死尸。"

221

"怎样的死尸?"

"Parsi² 族的死尸。"

"怎的会死得这样多，莫非流行着什么霍乱吐泻之类么?"

"是杀掉的。说又杀了二三十，现载在新闻上哩。"

"谁杀的呢?"

"一伙里自己杀的。"

"何以?"

"是杀掉那看危险书籍的东西。"

"怎样的书?"

"自然主义和社会主义的书。"

"真是奇怪的配合呵。"

"自然主义的书和社会主义的书是各别的呵。"

"哦，总是不很懂。也知道书的名目么?"

"——写着呢。"长腿拿起放在桌上的新闻来，摊开了送到我面前。

我拿了新闻看。长腿装着无聊的脸，坐在安乐椅子上。

立刻引了我眼睛的"派希族的血腥的争斗"这一个标题的记事，却还算是客观的记着的。

派希族的少壮者是学洋文的，渐渐有些能看洋书了。英文最通行。法文和德文也略懂了。在少壮者之间，发生了新文艺。这大抵是小说；这小说，从作者的嘴里，从作者的朋友的嘴里，都用了自然主义这一个名目去鼓吹。和 Zola（左拉）用了 *Le Roman Expérimental*（《实验的小说》）所发表的自然主义，虽然不能说是相同，却也不能说是不相同。总而言之：是要脱去因袭，复归自然的这一种文艺上的运动。

所谓自然主义小说的内容上，惹了人眼的，是在将所有因袭，消极的否定，而积极的并没有什么建设的事。将这思想的方面，简括说来，便是怀疑即修行，虚无是成道。从这方向看出去，则凡有讲些积极的事的，便是过时的呆子，即不然，也该是说谎的东西。

其次，惹了人眼的，就在竭力描写冲动生活而尤在性欲生活的事。这倒也没有西洋近来的著作的色彩这么浓。可以说：只是将从前有些顾忌的事，不很顾忌的写了出来罢了。

自然主义的小说，就惹眼的处所而言，便是先以这两样特色现于世间；叫道：自己所说的是新思想，是现代思想，说这事的自己是新人，是现代人。

这时候，这样的小说间有禁止的了。那主意，便说是那样的消极的思想是紊乱安宁秩序的，那样的冲动生活的叙述是败坏风俗的。

恰在这时候，这地方发生了革命党的运动，便在带着椰瓢炸弹的人们里，发觉了夹着一点派希族的无政府主义者的事。于是就在这 Propagande Par Le Fait（为这事实的枢机传道所）的一伙就缚的时候，也便将凡是和社会主义、共产主义、无政府主义之类有缘，以至似乎有缘的出版物，都归在社会主义书籍这一个符牒之下，当作紊乱安宁秩序的东西，给禁止了。

这时禁止的出版物中，夹着些小说。而这其实是用了社会主义的思想做的，和自然主义的作品全不相同。

但从这时候起，却成了小说里面含有自然主义和社会主义的事。

这模样，扑灭自然主义的火既乘着扑灭社会主义的风，而同时自然主义这一边所禁止的出版物的范围，又逐渐扩大起来，已经不但是小说了，剧本也禁止，抒情诗也禁止，论文也禁止，俄国书的译本也禁止。

于是要在凡用文字写成的一切东西里，搜出自然主义和社会主义来。一说是文人，是文艺家，便被人看着脸想：不是一个自然主义者么，不是一个社会主义者么？

文艺的世界成为疑惧的世界了。

这时候，派希族的人便发明了"危险的洋书"这句话。

危险的洋书媒介了自然主义，危险的洋书媒介了社会主义。翻译的人是贩卖那照样的危险品的，创作的人是学了西洋人，制造那冒充洋货的危险品的。

紊乱那安宁秩序的思想，是危险的洋书所传的思想。败坏风俗的思想，也是危险的洋书所传的思想。

危险的洋书渡过海来，是 Angra Mainyu³ 所做的事。

杀却那读洋书的东西！

因为这主意，派希族里便学了 Pogrom⁴ 的样。而沉默之塔的上面，乌鸦于是乎排了筵宴了。

新闻上也登着杀掉的人的略传，谁读了什么，谁译了什么，列举着"危险的洋书"的书名。我一看这个，吃了惊了。

爱看 Saint-Simon（圣西蒙）一流人的书的，或者译了 Marx（马克思）的《资本论》的，便作为社会主义者论，绍介了 Bakunin（巴枯宁）、Kropotkin（克鲁巴金）的，便作为无政府主义者论，虽然因为看的和译的未必便遵奉那主义，所以难于立刻教人首肯，但也还不能说没有受着嫌疑的理由。

倘使译了 Casanova（凯萨诺跋）和 Louvet de Courvay

（寇韦）的书，便被说是败坏了风俗，即使那些书里面含有文明史上的价值，也还可以说未免缺一点顾忌罢。

但所谓危险的洋书者，又并不是指这类东西。

在俄罗斯文学里，何以讨厌 Tolstoi（托尔斯泰）的几篇文章呢，便因为无政府党用了《我的信仰》和《我的忏悔》去作主义的宣传，所以也可以说没有错。至于小说和剧本，则无论在世界上哪一国里，却还没有以为格外可虑的东西。这事即以危险论了。在《战争与和平》里，说是战争得胜，并非伟大的大将和伟大的参谋所战胜，却是勇猛的兵卒给打胜的，做这种观念的基础的个人主义，也是危险的事。这样穿凿下去，便觉得老伯爵的吃素，也因为乡下得不到好牛肉；对于伯爵几十年继续下来的原始生活，也要用猜疑的眼睛去看了。

Dostojevski（陀思妥也夫斯奇）在《罪与罚》里，写出一个以为无益于社会的贪心的老婆子，不必给伊有钱，所以杀却了的主人公来，是不尊重所有权；也危险的。况且那人的著作，不过是羊癫病的昏话。Gorky（戈里奇）只做些羡慕放浪生活的东西，蹂躏了社会的秩序，也危险的。况且实生活上，也加在社会党里呵。Artsybashev（阿尔志跋绥夫）崇拜着个人主义的始祖 Stirner（思谛纳尔），又做了许多用革命家来做主人公的小说，也危险的。况且因为肺病毁了身体连精神都异样了。

在法兰西和比利时文学里，Maupassant（莫泊桑）的著作，是正如托尔斯泰所谓以毒制毒的批评，毫没有何为而作的主意，无理想，无道德的。再没有比胡乱开枪更加危险的事。那人终于因为追蹑妄想而自杀了。Maeterlinck（梅迭林克）做了 *Monna Vanna* 一类的奸通剧，很危险呵。

意大利文学里，D'Annunzio（但农智阿）在小说或剧本上，都用了色彩浓厚的笔墨，广阔的写出性欲生活来。《死的市》里，甚至于说到兄妹间的恋爱。如果这还不危险，世间便未必有危险的东西了罢。

北欧文学里，Ibsen（易勃生）将个人主义做在著作中，甚而至于说国家是我的敌。Strindberg（斯忒林培克）曾叙述过一位伯爵家的小姐和伊的父亲的房里的小使通情，暗寓平民主义战胜贵族主义的意思。在先前，斯忒林培克本来屡次被人疑心他当真发了狂，现在又有些古怪起来了，都危险的。

在英国文学，只要一看称为 Wilde（淮尔特）的代表著作的 *Dorian Gray*，便知道人类的根性多少可怕。可以说是将秘密的罪恶教人的教科书，未必再有这样危险的东西了

227

罢。作者因为男色案件成为刑余之人，正是适如其分的事。Shaw（萧）同情于《恶魔的弟子》这样的废物，来当作剧本的主人公，还不危险么？而况他也做社会主义的议论哩。

在德国文学呢，Hauptmann（好普德曼）著一本《织工》，教他们袭击厂主的家去。Wedekind（惠兑庚特）著了《春的觉醒》将私通教给中学生了。样样都是非常之危险。

派希族的虐杀者之所以以洋书为危险者，大概便是这样的情形。

从派希族的眼睛看来，凡是在世界上的文艺，只要略有点价值的，只要并不万分平庸的，便无不是危险的东西。

这是无足怪的。

艺术的价值，是在破坏因袭这一点。在因袭的圈子里彷徨的作品，是平凡作品。用因袭的眼睛来看艺术，所有艺术便都见得危险。

艺术是从上面的思量，进到那躲在底下的冲动里去的。绘画要用没有移行的颜色，音乐要在 Chromatique（音色）这一面求变化，文艺也一样，要用文章现出印象来。进到冲动生活里去，是当然的事。一进到冲动生活里，性欲的冲动便也不得不出现了。

因为艺术的性质是这样，所以称为艺术家的，尤其是称为天才的人，大抵在实世间不能营那有秩序的生活。如Goethe（瞿提），虽然小，做过一国的总理，下至 Disraeli（迭式来黎）组织起内阁来，行过帝国主义的政治之类，是例外的；多数却都要发过激的言论，有不检的举动。George Sand（珊特）和 Eugene Sue（修），虽然和 Leroux（勒卢）合在一起，宣传过共产主义，Freiligrath（弗赖烈克拉德），Herwegh（海慧克），Gutzkow（谷珂）三个人，虽然和马克思合在一起，在社会主义的杂志上做过文章，但文艺史家并不觉得有损于作品的价值。

便是学问，也一样。

学问也破坏了因袭向前走。被一国度一时代的风尚一掣肘，学问就死了。

便在学问上，心理学也是从思量到意志，从意志到冲动，从冲动到以下的心的作用里，渐次深邃的穿掘进去。而因此使伦理生变化，使形而上学生变化。Schopenhauer（勖本华）是称为冲动哲学也可以。正如从那里出了系统家的 Hartmann（哈德曼）和 Wundt（鸿特）一般，也从那里出了用 Aphorismen（警句）著书的 Nietzsche（尼采）。是从看不出所谓发展的勖本华的彼岸哲学里，生了说超人的尼采的此岸哲学了。

229

所谓学者这一种东西，除了少年时代便废人似的驯良过活的哈德曼，和老在大学教授的位置上的鸿特之外，勖本华是决绝了母亲，对于政府所信任的大学教授说过坏话的东西。既不是孝子，也不是顺民；尼采是头脑有些异样的人，终于发了狂，也是明明白白的事实。

倘若以艺术为危险，便该以学问为更危险。哈德曼倾倒于 Hegel（赫格尔）的极左党而且继承无政府主义的思谛纳尔的锐利的论法，著了《无意识哲学的迷惘的三期》。尼采说的"神死了"，只要一想思谛纳尔的"神便是鬼"，便也不能不说旧。这与超人这一个结论，也不一样的。

无论是艺术，是学问，从派希族的因袭的眼睛看来，以为危险也无足怪。为什么呢：无论哪一个国度，哪一个时期，走着新的路的人背后一定有反动者的一伙觇着隙的。而且到了或一个机会，便起来加迫害。只有那口实，却因了国度和时代有变化。危险的洋书也不过一个口实罢了。

马剌巴冈的沉默之塔的上头，乌鸦的唱工正酣畅哩。

注释：

1 马剌巴冈，马剌巴是地名，在印度。

2 派希是一种拜火教徒。

3 拜火教里的恶神。

4 俄国内部渐要破裂的时候，政府想出方法来，煽动国民去仇杀异民族和异教徒，以转移他们的注意，世间谓之坡格隆，Po 是逐渐，Gromit 是破灭。

231

与幼小者

———————————————————————————〔日〕有岛武郎

你们长大起来，养育到成了一个成人的时候——那时候，你们的爸爸可还活着，那固然是说不定的事——想来总会有展开了父亲的遗书来看的机会的罢。到那时候，这小小的一篇记载，也就出现在你们的眼前了。时光是骎骎的驰过去。为你们之父的我，那时怎样的映在你们的眼里，这是无从推测的。恐怕也如我在现在，嗤笑怜悯那过去的时代一般，你们或者也要嗤笑怜悯我的陈腐的心情。我为你们计；惟愿其如此。你们倘不是毫不顾忌的将我做了踏台，超过了我，进到高的远的地方去，那是错的。然而我想，有怎样的深爱你们的人，现在这世上，或曾在这世上的一个事实，于你们却永远是必要的。当你们看着这篇文章，悯笑我的思想的未熟而且顽固之间，我以为，我们的爱，倘不温暖你们，慰藉，勉励你们，使你们的心中，尝着人生的可能性，是决不至于的。所以我对着你们，写下这文章来。

你们在去年，永久的失掉了一个的，只有一个的亲娘。你们是生来不久，便被夺去了生命上最紧要的养分了。你们的人生，即此就暗淡。在近来，有一个杂志社来说，教写一点"我的母亲"这一种小小的感想的时候，我毫不经心的写道，"自己的幸福，是在母亲从头便是一人，现在也活着"，便算事了。而我的万年笔将停未停之际，我便想起了你们。我的心仿佛做了什么恶事似的痛楚了。然而事实是事实。这一点，我是幸福的。你们是不幸的。是再没有恢复的路的不幸。阿阿，不幸的人们呵。

从夜里三时起，开始了缓慢的阵痛，不安弥满了家中，从现在想起来，已经是七年前的事了。那是非常的大风雪，便在北海道，也是不常遇到的极厉害的大风雪的一天。和市街离开的河边上的孤屋，要飞去似的动摇，吹来粘在窗玻璃上的粉雪，又重叠的遮住了本已包在绵云中间的阳光，那夜的黑暗，便什么时候，都不退出屋里去。在电灯已熄的薄暗里，裹着白的东西的你们的母亲，是昏瞀似的呻吟着苦痛。我教一个学生和一个使女帮着忙，生起火来，沸起水来，又派出人去。待产婆被雪下得白白的扑了进来的时候，合家的人便不由得都宽一口气，觉得安堵了，但到了午间，到了午后，还不见生产的模样，在产婆和看护妇的脸上，一看见只有我看见的担心的颜色，我便完全慌张了。不能躲在书斋里，专等候结果了。我走进产房去，当了紧紧的捏住产妇的

233

两手的角色。每起一回阵痛，产婆便叱责似的督励着产妇，想给从速的完功。然而暂时的苦痛之后，产妇又便入了熟睡，竟至于打着鼾、平平稳稳的似乎什么都忘却了。产婆和随后赶到的医生，只是面面相觑的吐着气。医生每遇见昏睡，仿佛便在那里想用什么非常的手段一般。

到下午，门外的大风雪逐渐平静起来，泄出了浓厚的雪云间的薄日的光辉，且来和积在窗间的雪偷偷的嬉戏了。然而在房里面的人们，却愈包在沉重的不安的云片里。医生是医生，产婆是产婆，我是我，各被各人的不安抓住了。这之中，似乎全不觉到什么危害的，是只有身临着最可怕的深渊的产妇和胎儿。两个生命，都昏昏的睡到死里去。

大概恰在三时的时候，——起了产气以后的第十二时——在催夕的日光中，起了该是最后的激烈的阵痛了。宛然用肉眼看着噩梦一般，产妇圆睁了眼，并无目的的看定了一处地方，与其说苦楚，还不如说吓人的皱了脸。而且将我的上身拉向自己的胸前，两手在背上挠乱的抱紧了。那力量，觉得倘使我没有和产妇一样的着力，那产妇的臂膊便会挤破了我的胸脯。在这里的人们的心，不由得全都吃紧起来，医生和产婆都忘了地方似的，用大声勉励着产妇。

骤然间感着了产妇的握力的宽松，我抬起脸来看。产婆的膝边仰天的躺着一个没有血色的婴儿。产婆像打球一般的拍着那胸膛，一面连说道葡萄酒葡萄酒。看护妇将这拿来了。产婆用了脸和言语，教将酒倒在脸盆里。盆里的汤便和剧烈的芳香同时变了血一样的颜色。婴儿被浸在这里面了。暂时之后，便破了不容呼吸的紧张的沉默，很细的响出了低微的啼声。

广大的天地之间，一个母亲和一个儿子，在这一刹那中忽而出现了。

那时候，新的母亲看着我。软弱的微笑。我一见这，便无端的满眼渗出泪来。我不知道怎样才可以表现这事给你们看。说是我的生命的全体，从我的眼里挤出了泪，也许还可以适当罢。从这时候起，生活的诸相便都在眼前改变了。

你们之中，最先的见了人世之光者，是这样的见了人世之光的。第二个和第三个也如此。即使生产有难易之差，然而在给与父母的不可思议的印象上却没有变。

这样子，年青的夫妇便陆续的成了你们三个的父母了。

我在那时节，心里面有着太多的问题。而始终碌碌，从没有做着一件自己近于"满足"的事。无论什么事，全要独自咬实了看，是我生来的性质，所以表面上虽然过着极普通的生活，而我的心却又苦闷于动不动便骤然涌出的不安。有

235

时悔结婚。有时嫌恶你们的诞育。为什么不待自己的生活的旗色分外鲜明之后,再来结婚的呢?为什么情愿将因为有妻,所以不能不拖在后面的几个重量,系在腰间的呢?为什么不可不将两人肉欲的结果,当作天赐的东西一般看待呢?耗费在建立家庭上的努力和精力,自己不是可以用在别的地方的么?

我因为自己的心的扰乱,常使你们的母亲因而啼哭,因而凄凉。而且对付你们也没有理。一听到你们稍为执拗的哭泣或是歪缠的声音,我便总要做些什么残虐的事才罢手。倘在对着原稿纸的时候,你们的母亲若有一件些小的家务的商量,或者你们有什么啼哭的喧闹,我便不由得拍案站立起来。而且虽然明知道事后会感着难堪的寂寞,但对于你们也仍然加以严厉的责罚,或激烈的言辞。

然而运命来惩罚我这任意和暗昧的时候竟到了。无论如何,总不能将你们任凭保姆,每夜里,使你们三个睡在自己的枕边和左右,通夜的使一个安眠,给一个热牛乳,给一个解小溲,自己没有熟睡的工夫,用尽了爱的限量的你们的母亲,是发了四十一度的可怕的热而躺倒了,这时的吃惊固然也不小,但当来诊的两个医生异口同声的说有结核的征候的时节,我只是无端的变了青苍。检痰的结果,是给医生们的鉴定加了凭证。而留下了四岁和三岁和两岁的你们，在十月杪的凄清的秋日里，母亲是成了一个不能不进病院的人了。

我做完日里的事，便飞速的回家。于是领了你们的一个或两个，忽忽的往病院去。我一住在那街上，便来做事的一个勤恳的门徒的老妪，在那里照应病室里的事情。那老妪一见你们的模样，便暗暗的拭着眼泪了。你们一在床上看见了母亲，立刻要奔去，要缠住。而还没有给伊知道是结核症的你们的母亲，也仿佛拥抱宝贝似的，要将你们聚到自己的胸前去。我便不能不随宜的支晤着，使你们不太近伊的床前。正尽着忠义，却从周围的人受了极端的误解，而又在万不可辩解的情况中，在这般情况中的人所尝的心绪，我也尝过了许多回。虽然如此，我却早没有愤怒的勇气了。待到像拉开一般的将你们远离了母亲，同就归途的时候，大抵街灯的光已经淡淡的照着道路。进了门口，只有雇工看着家。他们虽有两三人却并不给留在家里的婴儿换一换衬布。不舒服似的啼哭着的婴儿的胯下，往往是湿漉漉的。

你们是出奇的不亲近别人的孩子。好容易使你们睡去了，我才走进书斋去做些调查的工夫。身体疲乏了，精神却昂奋着。待到调查完毕，正要就床的十一时前后的时候，已经成了神经过敏的你们，便做了夜梦之类，惊慌着醒来了。

237

一到黎明，你们中的一个便哭着要吃奶。我被这一惊起，便
到早晨不能再闭上眼睛。吃过早饭，我红了眼，抱着中间有
了硬核一般的头，走向办事的地方去。

　　在北国里，眼见得冬天要逼近了。有一天，我到病院
去，你们的母亲坐在床上正眺着窗外，但是一见我，便说道
想要及早的退了院。说是看见窗外的枫树已经那样觉得凄凉
了。诚然，当入院之初，燃烧似的饰在枝头的叶，已是凋零
到不留一片，花坛上的菊也为寒霜所损，未到萎落的时候便
已萎落了。我暗想，即此每天给伊看这凄凉的情状，也就是
不相宜的。然而母亲的真的心思其实不在此，是在一刻也忍
不住再离开了你们。

　　终于到了退院的那一天，却是一个下着雪子，呼呼的吼
着寒风的坏日子，我因此想劝伊暂时消停，事务一完，便跑
到病院去。然而病房已经空虚了，先前说过的老妪在屋角
上，草草的捆当着讨得的东西，以及垫子和茶具。慌忙回家
看，你们早聚在母亲的身边，高兴的嚷着了。我一见这，也
不由得坠了泪。

　　不知不识之间，我们已成了不可分离的东西了。亲子五
人在逐步逼紧的寒冷之前，宛然是缩小起来以护自身的杂草
的根株一般，大家互相紧挨，互分着温暖。但是北国的寒

冷，却冷到我们四个的温度，也无济于事了。我于是和一个病人以及天真烂漫的你们，虽然劳顿，却不得不旅雁似的逃向南边去。

离背了诞生而且长育了你们三个人的土地，上了旅行的长途，那是初雪纷纷的下得不住的一夜里的事。忘不掉的几个容颜，从昏暗的车站的月台上很对我们惜别。阴郁的轻津海峡的海色已在后面了。直跟到东京为止的一个学生，抱着你们中间的最小的一个，母亲似的通夜没有歇。要记载起这样的事来，是无限量的。总而言之，我们是幸而一无灾祸，经过了两天的忧郁的旅行之后，竟到了晚秋的东京了。

和先前住居的地方不一样，东京有许多亲戚和兄弟，都为我们表了很深的同情。这于我不知道添多少的力量呵。不多时，你们的母亲便住在 K 海岸的租来的一所狭小的别墅里，我便住在邻近的旅馆里，由此日日去招呼。一时之间是病势见得非常之轻减了。你们和母亲和我，至于可以走到海岸的沙丘上，当看太阳，很愉快经过二三时间了。

运命是什么意思，给我这样的小康，那可不知道。然而他是不问有怎样的事，要做的事总非做完不可的。这年已近年底的时候，你们的母亲因为大意受了寒，从此日见其沉重了。而且你们中的一个，又突然发了原因不明的高热。我不忍将这生病的事通知母亲去。病儿是病儿，又不肯暂时放开我。你们的母亲却来责备我的疏远了。我于是躺倒了。只得和病儿并了枕，为了迄今未曾亲历过的高热而呻吟了。我的职业么？我的职业是离开我已经有千里之远了。但是我早经不悔恨。为了你们，要战斗到最后才歇的一种热意，比病热还要旺盛的烧着我的胸中。

正月间便到了悲剧的绝顶。你们的母亲已经到非知道自己的病的真相不可的窘地了。给做了这烦难的角色的医生回去之后，见过你们的母亲的脸的我的记忆，一生中总要鞭策我罢。显着苍白的清朗的脸色，仍然靠在枕上，母亲是使那微笑，说出冷静的觉悟来，静静的看着我。在这上面，混合着对于死的 Resignation（觉悟）和对于你们的强韧的执着。这竟有些阴惨了。我被袭于凄怆之情，不由得低了眼。

终于到了移进 H 海岸的病院这一天。你们的母亲决心很坚，倘不全愈，那便死也不和你们再相见。穿好了未必再穿——而实际竟没有穿——的好衣服，走出屋来的母亲，在内外的母亲们的眼前，潸然的痛哭了。虽是女人，但气象超拔而强健的你们的母亲，即使只有和我两人的时候，也可以说是从来没有给看过一回哭相，然而这时的泪，却拭了还只是奔流下来。那热泪，是惟你们的崇高的所有物。这在现今是干涸了。成了横亘太空的一缕云气么，变了溪壑川流的水的一滴么，成了大海的泡沫之一么，或者又装在想不到的人的泪堂里面么，那是不知道。然而那热泪、总之是惟你们的崇高的所有物了。

一到停着自动车的处所，你们之中正在热病的善后的一个，因为不能站，被使女背负着——一个是得得的走着——最小的孩子，是祖父母怕母亲过于伤心了，没有领到这里来——出来送母亲了。你们的天真烂漫的诧异的眼睛，只向了大的自动车看。你们的母亲是凄然的看着这情形。待到自动车一动弹，你们听了使女的话，军人似的一举手。母亲笑着略略的点头。你们未必料到，母亲是从这一瞬息间以后，便要永久的离开你们的罢。不幸的人们呵。

从此以后，直到你们的母亲停止了最后的呼吸为止的一年零七个月中，在我们之间，都奋斗着剧烈的争战。母亲是为了对于死要取高的态度，对于你们要留下最大的爱，对于我要得适中的理解；我是为了要从病魔救出你们的母亲，要勇敢的在双肩上担起了逼着自己的运命；你们是为了要从不可思议的运命里解放出自己来，要将自己嵌进与本身不相称的境遇里去，而争战了。说是战到鲜血淋漓了也可以。我和母亲和你们，受着弹丸，受着刀伤。倒了又起，起了又倒的

241

多少回呵。

你们到了六岁和五岁和四岁这一年的八月二日，死终于杀到了。死压倒了一切。而死救助了一切了。

你们的母亲的遗书中，最崇高的部分，是给予你们的一节，倘有看这文章的时候，最好是同时一看母亲的遗书。母亲是流着血泪，而死也不和你们相见的决心终于没有变。这也并不是单因为怕有病菌传染给你们。却因为怕将惨酷的死的模样，示给你们的清白的心，使你们的一生增加了暗淡，怕在你们应当逐日生长起来的灵魂上，留下一些较大的伤痕。使幼儿知道死，是不但无益，反而有害的。但愿葬式的时候，教使女带领着，过一天愉快的日子。你们的母亲这样写。又有诗句道：

"思子的亲的心是太阳的光普照诸世间似的广大。"

母亲亡故的时候，你们正在信州的山上。我的叔父，那来信甚而至于说，倘不给送母亲的临终，怕要成一生的恨事罢，但我却硬托了他，不使你们从山中回到家里，对于这我，你们有时或者以为残酷，也未可知的。现在是十一时半了。写这文章的屋子的邻室里，并了枕熟睡着你们。你们还幼小。倘你们到了我一般的年纪，对于我所做的事，就是母亲想要使我来做的事，总会到觉得高贵的时候罢。

我自此以来，是走着怎样的路呢？因了你们的母亲的死，我撞见了自己可以活下去的大路了。我知道了只要爱护着自己，不要错误的走着这一条路便可以了。我曾在一篇创作里，描写过一个决计将妻子作为牺牲的男人的事。在事实上，你们的母亲是给我做了牺牲了。像我这样的不知道使用现成的力量的人，是没有的。我的周围的人们是只知道将我当作一个小心的，鲁钝的，不能做事的，可怜的男人；却没有一个肯试使我贯彻了我的小心和鲁钝和无能力来看。这一端，你们的母亲可是成就了我。我在自己的孱弱里，感到力量了。我在不能做事处寻到了事情，在不能大胆处寻到了大胆，在不锐敏处寻到了锐敏。换句话说，就是我锐敏的看透了自己的鲁钝，大胆的认得了自己的小心，用劳役来体验自己的无能力。我以为用了这力，便可以鞭策自己，生发别样的。你们倘或有眺望我的过去的时候，也该会知道我也并非徒然的生活，而替我欢喜的罢。

雨之类只是下，悒郁的情况涨满了家中的日子，动不动，你们中的一个便默默的走进我的书斋来。而且只叫一声爹爹，就靠在我的膝上，啜啜的哭起来了。唉唉，有什么要从你们的天真烂漫的眼睛里要求眼泪呢？不幸的人们呵。再没有比看见你们倒在无端的悲哀里的时候，更觉得人世的凄

243

凉了。也没有比看见你们活泼的向我说过早上的套语，于是跑到母亲的照相面前，快活的叫道"亲娘，早上好?"的时候，更是猛然的直穿透我的心底里的时候了。我在这时，便悚然的在目前看见了无劫的世界。

世上的人们以为我的这述怀是呆气，是可以无疑的。因为所谓悼亡，不过是多到无处不有的事件中的一件。要将这样的事当作一宗要件，世人也还没有如此之闲空。这是确凿如此的。但虽然如此，我不必说，便是你们，也会逐渐的到了觉得母亲的死，是一件什么也替代不来的悲哀和缺憾的事的时候。世人说是不关心，这不必引以为耻的。这并不是可耻的事。我们在人间常有的事件中间，也可以深深的触着人生的寂寞。细小的事，并非细小的事。大的事，也不是大的事。这只在一个心。

要之，你们是见之惨然的人生的萌芽呵。无论哭着，无论笑着，无论高兴，无论凄凉，看守着你们的父亲的心，总是异常的伤痛。

然而这悲哀于你们和我有怎样的强力，怕你们还未必知道罢。我们是蒙了这损失的庇荫，向生活又深入了一段落了。我们的根，向大地伸进了多少了。有不深入人生，至于生活人生以上者，是灾祸呵。

244

同时，我们又不可只浸在自己的悲哀里。自从你们的母亲亡故之后，金钱的负累却得了自由了。要服的药品什么都能服，要吃的食物什么都能吃。我们是从偶然的社会组织的结果，享乐了这并非特权的特权了。你们中的有一个，虽然模糊，还该记得 U 氏一家的样子罢。那从亡故的夫人染了结核的 U 氏，一面有着理智的性情，一面却相信天理教，想靠了祈祷来治病苦，我一想他那心情，便情不自禁起来了。药物有效呢还是祈祷有效呢，这可不知道。然而 U 氏是很愿意服医生的药的，但是不能够。U 氏每天便血，还到官衙里来。从始终裹着手帕的喉咙中，只能发出嘶嗄的声气。一劳作，病便要加重，这是分明知道的。分明知道着，而 U 氏却靠了祈祷，为维持老母和两个孩子的生活起见，奋然的竭力的劳作。待到病势沉重之后，出了仅少的钱，计定了的古贺液的注射，又因为乡下医生的大意，出了静脉，引起了剧烈的发热。于是 U 氏剩下了无资产的老母和孩子，因此死去了。那些人们便住在我们的邻家。这是怎样的一个运命的播弄呢。你们一想到母亲的死，也应该同时记起 U 氏。而且应该设法，来填平这可怕的濠沟。我以为你们的母亲的死，便够使你们的爱扩张到这地步了，所以我敢说。

　　人世很凄凉。我们可以单是这样说了就算么？你们和

245

我，都如尝血的兽一般，尝了爱了。去罢，而且为了要从凄凉中救出我们的周围，而做事去罢。我爱过你们了，并且永远爱你们。这并非因为想从你们得到为父的报酬，所以这样说。我对于教给我爱你们的你们，惟一的要求，只在收受了我的感谢罢了。养育到你们成了一个成人的时候，我也许已经死亡；也许还在拼命的做事；也许衰老到全无用处了。然而无论在哪一种情形，你们所不可不助的，却并不是我。你们的清新的力，是万不可为垂暮的我辈之流所拖累的。最好是像那吃尽了毙掉的亲，贮起力量来的狮儿一般，使劲的奋然的掉开了我，进向人生去。

现在是时表过了夜半，正指着一点十五分。在阒然的寂静了的夜之沉默中，这屋子里，只是微微的听得你们的平和的呼吸。我的眼前，是照相前面放着叔母折来赠给母亲的蔷薇花。因此想起来的，是我给照这照相的时候。那时候，你们之中年纪最大的一个，还宿在母亲的胎中。母亲的心是始终恼着连自己也莫名其妙的不可思议的希望和恐怖。那时的母亲是尤其美。说是仿效那希腊的母亲，在屋子里装饰着很好的肖像。其中有米纳尔伐的，有瞿提的和克灵威尔的，有那丁格尔女士的。对于那娃儿脾气的野心，那时的我是只用了轻度的嘲笑的心来看，但现在一想，是无论如何，总不能单以一笑置之的。我说起要给你们的母亲去照相，便极意的加了修饰，穿了最好的好衣服，走进我楼上的书斋来。我诧异的看着那模样。母亲冷清清的笑着对我说：生产是女人的临阵，或生佳儿或是死，必居其一的，所以用临终的装束。——那时我也不由得失笑了。然而在今，是这也不能笑。

深夜的沉默使我严肃起来。至于觉得我的前面，隔着书桌便坐着你们的母亲似的了。母亲的爱，如遗书所说的一定拥护着你们。好好的睡着罢。将你们听凭了所谓不可思议的时这一种东西的作用，而好好的睡着罢。而且到明日，便比昨日更长大更贤良的跳出眠床来。我对于做完我的职务的事，总尽全力的罢。即使我的一生怎样的失败，又纵使我不能克服怎样的诱惑，然而你们在我的足迹上寻不出什么不纯的东西来这一点事，是要做的；一定做的。你们不能不从我的毙掉的地方，从新跨出步去。然而什么方向，怎样走法，那是虽然隐约，你们可以从我的足迹上探究出来罢。

幼小者呵，将不幸而又幸福的你们的父母的祝福带在胸中，上人世的行旅去。前途是辽远的，而且也昏暗。但是不要怕。在无畏者的面前就有路。

去罢，奋然的，幼小者呵。

一九一八年一月《新潮》所载

247

阿末的死

──〔日〕有岛武郎

一

阿末在这一晌，也说不出从谁学得的，常常说起"萧条"这一句话来了。

"总因为生意太萧条了，哥哥也为难呢。况且从四月到九月里，还接连下了四回葬。"

阿末对伙伴用了这样的口吻说。以十四岁的小女孩的口吻而论，虽然还太小，但一看伊那假面似的坦平的，而且中间稍稍窈进去的脸，从旁听到的人便不由得微笑起来了。

"萧条"这话的意思，在阿末自然是不很懂。只是四近的人只要一见面，便这样的做话柄，于是阿末便也以为说这样的事，是合于时宜的了。不消说，在近来，连勤勤恳恳的做着手艺的大哥鹤吉的脸上，也浮出了不愉快的暗淡的影子，这有时到了吃过晚饭之后，也还是粘着没有消除。有时也看见专在水槽边做事的母亲将铁浆（鱼名）的皮骨放在旁边，以为这是给黑儿吃的了，却又似乎忽然转了念，也将这煮到一锅里去。在这些时候，阿末便不知怎的总感到一种凄凉的，从后面有什么东西追逼上来似的心情。但虽如此，将这些事和"萧条"分明的联结起来的痛苦，却还未必便会觉到的。

阿末的家里，从四月起，接着死去的人里面，第一个走路的是久病的父亲。半身不遂有一年半，只躺在床上，在一个小小的理发店的家计上，却是担不起的重负。固然很愿意他长生，但年纪也是年纪了，那模样，也得不到安稳，说到照料，本来就不周到，给他这样的活下去，那倒是受罪了，这些话，大哥总对着每一个主顾说，几乎是一种说惯的应酬话了。很固执，又尊大，在全家里一向任性的习惯，病后更其增进起来，终日无所不用其发怒，最小的兄弟叫作阿哲的这类人，有一回当着父亲的面，照样的述了母亲的恨话，嘲弄道："咦，讨人厌的爸爸。"病人一听到，便忘却了病痛，在床上直跳起来。这粗暴的性气，终于传布了全家，过的是互相疾视的日子了。但父亲一亡故，家里便如放宽了楔子。先前很愿意怎样的决计给他歇绝了的，使人不得安心的喘息的声音，一到真没有，阿末又觉得若有所失了，想再给父亲搔一回背了。地上虽然是融雪的坏道路，但晴朗的天空，却温和得爽神，几个风筝在各处很像嵌着窗户一般的一天的午后，父亲的死骸便抬出小小的店面外去了。

249

其次亡故的是第二个哥哥。那是一个连歪缠也不会的，精神和体质上都没有气力的十九岁的少年，这哥哥在家的时候和不在家的时候，在阿末，几乎是无从分辨的。游玩得太长久了，准备着被数说，一面跨进房里去的时候，谁和谁在家里，怎样的坐着，尤其是眼见似的料得分明，独有这一位哥哥，是否也在内，却是说不定的。而且这一位哥哥便在家，也并无什么损益。有谁一謷蹙，便似乎就是自己的事似的，这哥哥立刻站起来，躲得不见了。他患了脚气病，约略二周间，生着连眼睛也塞住了的水肿，在谁也没有知道之间，起了心脏麻痹死掉了。那么瘦弱的哥哥，却这样胖大的死掉，在阿末颇觉得有些滑稽。而且阿末很坦然，从第二日起，便又到处去说照例的"萧条"去了。这是在北海道也算少有的梅雨似的长雨，萧萧的微凉的只是下个不住的六月中旬的事。

二

八月也过了一半的时节，暑气忽而袭到北地了。阿末的店面里，居然也有些热闹起来。早上一清早，隔壁的浴堂敲打那汤槽的栓子的声音，也响得很干脆，摇动了人们的柔软的夜梦。写着"晴天交手五日"的东京角觝的招贴，那绘画的醒目，从阿末起，全惊耸了四近所有的少年少女的小眼睛。从札幌座是分来了菊五郎[1] 班的广告，活动影戏的招贴也贴满了店头，没有空墙壁了。从父亲故去以来，大哥是尽了大哥的张罗，来改换店面的模样。而阿末以为非常得意的是店门改涂了蓝色，玻璃罩上通红的写着"鹤床"[2] 的门灯，也挂在招牌前面了。加以又装了电灯，阿末所最为讨厌的擦灯这一种职务，也烟尘似的消得没有影。那替代便是从今年起，加了一样所谓浆洗[3] 的新事情，阿末早高兴着眼前的变化，并不问浆洗是怎么一回事。

"家里是装了电灯哩。这很明亮，也用不着收拾的。"阿末这样子，在娃儿们中，小题大做的各处说。

在阿末的眼睛里，自从父亲一去世，骤然间见得那哥哥能干了。一想到油漆店面的，装上电灯的都是哥哥，阿末便总觉很可靠。将嫁了近地的木匠已经有了可爱的两岁的孩子了的，最大的大姊做来送给他的羽缎的卷袖绳，紧紧的束起来，大哥是动着结实的短小的身体，只是勤勤恳恳的做。和弟兄都不像，肥得圆圆的十二岁的阿末的小兄弟力三，伶俐的穿着高屐齿的屐子，给客人去浮皮，分头发。一到夏天，主顾也逐渐的多起来了。在夜间，店面也总是很热闹，笑的声音，下象棋的声音，一直到深更。那大哥是什么地方都不

251

像理发师，而用了生涩的态度去对主顾。但这却使主顾反欢喜。

在这样光彩的一家子里，终日躲在里面的只有一个母亲。和亡夫分手以前，嘴里没有唠叨过一句话，只是不住的做，病人有了絮烦的使唤的时候，也只沉默着，咄嗟的给他办好了，但男人却似乎不高兴这模样，仿佛还不如受那后来病死了的儿子这些人的招呼。或者这女人因为什么地方有着冷的处所罢，对于怀着温情的人，像是亲近暖炉一般，似乎极愿意去亲近。肥得圆圆的力三最钟爱，阿末是其次的宝贝。那两个哥哥之类，只受着疏远的待遇罢了。

父亲一亡故，母亲的状态便很变化，连阿末也分明的觉察了。到现在为止，无论什么事，都不很将心事给人知道的坚定的人，忽然成了多事的唠叨者轻躁者，爱憎渐渐的剧烈起来了。那谯诃长子鹤吉的情形，连阿末也看不过去。阿末虽然被宠爱，比较起来却要算不喜欢母亲的，有时从伊有些歪缠，母亲便烈火一般发怒，曾经有过抓起火筷，一径追到店面外边的事。阿末赶快跑开，到别处去玩耍，无思无虑的消磨了时光回来的时候，大哥已经在店门外等着了。吃饭房里，母亲还在委屈的哭。但这已不是对着阿末，却只是恨恨的说些伊大哥尚未理好家计，已经专在想娶老婆之类的事了。刚以为如此，阿末一回来，忽而又变了讨好似的眼光，虽然便要吃夜饭，却叫了在店头的力三和伊肩下的跛脚的哲，请他们去吃不知先前藏在哪里的美味的煎饼了。

虽然这模样，这一家却还算是被四邻羡慕的人家。大家都说，鹤吉既驯良，又耐做，现就会从后街店将翅子伸到前街去的。鹤吉也实在全不管人们的背地里的坏话和揄扬，只是勤勤恳恳的做。

<h2 style="text-align:center">三</h2>

八月三十一日是第二回的天长节，因为在先是谅暗，没有行庆祝，所以鹤吉便歇了一天工。而且将久不理会的家中的大扫除，动手做去了。在平时，只要说是鹤吉要做的事，便出奇的拗执起来的母亲，今天却也热心的劳动。阿末和力三也都一半有趣的，趁着早凉，勤快的去帮忙。收拾橱上时候，每每忽然寻出没有见过的或是久已忘却了的东西来，阿末和力三便满身尘埃的向角角落落里去寻觅。

"唅，看哪，末儿，有了这样的画本哩。"

"那是我的。力三正不知道哪里去了，还我罢。"

"什么。"力三一面说，顽皮似的给伊看着闹。阿末忽而在橱角上取出满是灰尘的三个玻璃瓶来了。大的一个瓶子

253

里，盛着通明的水，别一个大瓶和小瓶里是白糖一般的白粉。阿末便揭开盛着白粉的大瓶的盖子来。假装着将那里面的东西撮到嘴里去，一面说：

"力三，看这个罢。顽皮孩子是没份的。"

正说着，哥哥的鹤吉突然在背后叫出异常之尖的声音来了：

"干什么，阿末糊涂东西，要吃这样的东西……真吃了没有？"

因这非常的威势，阿末便吐了实，说不过是假装。

"那小瓶里的东西，耳垢大的吃一点看罢，立刻倒毙，好险。"

说到"好险"的时候，那大哥仿佛有些碍口，凝视着什么可怕的东西似的，装了吓人的眼睛，向屋里的各处看。阿末也异样的悚然了，便驯顺的下了踏台，接过回来帮忙的大姊的孩儿来，背在脊梁上。

日中之后，力三被差到后面的丰平川洗神堂的东西去了。天气只是热，跟着也疲倦起来了的阿末，便也跟在后面走。仿佛在广阔的细沙的滩上，抛着紫绀色的带子一般，流下去的水里面，玩着精赤的孩子们。力三一见，这便忍无可忍似的两眼发了光，将洗涤的东西塞给阿末，呼朋引类的跑下水里去了。而阿末也是阿末，并不洗东西，却坐在河柳的小荫下，一面眺望着闪闪生光的河滩。一面唱着护儿歌给背上的孩子听，自己的歌渐渐的也催眠了自己，还是不舒畅的坐着，两人却全都熟睡了。

不知受了什么的惊动，突然睁开眼。力三浑身是水，亮晶晶的发着光站在阿末的前面。他的手里，拿着三四支还未熟透的胡瓜。

"要么?"

"吃不得的呵，这样的东西。"

然而劳动之后，熟睡了一回的阿末的喉咙，是焦枯一般干燥了。虽然也想到称为札幌的贫民窟的这四近，流行着的可怕的赤痢病，觉得有些怕人，但阿末终于从力三的手里接过碧绿的胡瓜来。背上的孩子也醒了，一看见，哭叫着只是要。

"好烦腻的孩子呵，哪，吃去!"阿末说着，将一支塞给他。力三是一连几支，喝水似的吃下去了。

四

这晚上，一家竟破格的团聚起来，吃了热闹的晚饭。母亲这一日也不像平时，很舒畅的和姊姊说些闲话。鹤吉愉快

255

似的遍看那收拾干净的吃饭房，将眼光射到橱上，一看见摆在上面的那药瓶，便记起早上的事，笑着说：

"好危险，好怕人，对孩子大意不得。阿末这丫头，今天早上几乎要吃升汞哩……将这吃一点看罢，现在早是阿弥陀佛了。"

他一面很怜爱似的看着阿末的脸。这在阿末，是说不出的喜欢。无论从哥哥，或是从谁，只要从男性过来的力，便能够分辨清楚的机能渐渐成熟了，那虽是阿末自己也是无可奈何的事。不知是害怕，还是喜欢，总之一想到这是不能抗的强的力，意外的冲过来了，阿末便觉得心脏里的血液忽然沸涌似的升腾，弸破一般的勃然的脸热。这些时节的阿末的眼色，使鹤床连到角落里也都像是成为春天了。倘若阿末那时站着，便忽而坐下，假如身边有阿哲，就抱了他，腻烦的偎他的脸，或者紧紧的抱住，讲给他有趣的说话。倘若伊坐着，便突然想到了什么似的站上来，勤恳的去帮母亲的忙，或者扫除那吃饭房或店面。

阿末在此刻，一遇到兄的爱抚，心地也飘飘然的浮动起来了。伊从大姊接过孩子来，尽情纵意的啜着面颊，一面走出店外去。北国的夏夜，是泼了水似的风凉，撒散着青色的光，夕月已经朗然的升在河流的彼岸。阿末无端的怀了愿意唱一出歌的心情，欣欣的走到河滩去。在河堤上，到处生着月见草。阿末折下一枝来，看着青磷一般的花苞，一面低声唱起"旅宿之歌"来了。阿末是有着和相貌不相称的好声音的孩子。

"唉唉，我的父母在做什么呢?"

这一唱完，花的一朵像被那声音摇起了似的，憜腾的花瓣突然张开了。阿末以为有趣，便接着再唱歌。花朵跟着歌声。但不出声的索索的开放。

"唉唉，我的同胞和谁玩耍呢?"

忽而有微寒的感觉，通过了全身，阿末便觉得肚角上仿佛针刺似的一痛。当初毫不放在心上，但接连痛了两三回，便突然记起今吃了的胡瓜的事来了。一记起胡瓜的事，接着便是赤痢的事，早晨的升汞的事，搅成一团糟，在脑里旋转，先前的透激的心地，毁坏得无余，为一种豫感所袭，以为力三不要也同时腹痛起来，正在给大家担忧么，又为一种不安所袭，以为力三莫不是一面苦痛着，将吃了胡瓜的事，阿末和孩子也都吃了的事，全都招认出来了么，于是便惴惴的回家来。幸而力三却一副坦然的脸，和大哥玩着坐地角觚或者什么，正发了大声在那里哄笑呢。阿末这才骤然放了心，跨进房里去。

然而阿末的腹痛终于没有止。这其间，睡在姊姊膝上的孩子忽而猛烈的哭起来了。阿末又悚然的只对他看。姊姊露出乳房来塞给他，也并不想要喝。说是因为在别家，所以不行的罢，姊姊便温顺的回家去了。阿末送到门口，一面担心自己的腹痛，一面侧着耳朵，倾听那孩子的啼声，在凉爽的月光中逐渐远离了去。

阿末睡下之后，想起什么时候便要犯着赤痢的事来，几乎不能再躺着。力三虽然因为玩得劳乏了，睡得像一个死人，但也许什么时候会睁开眼来嚷肚痛，连这事都挂在心头，阿末终夜在昏暗中，映着伊的眼。

到得早上，阿末也终于早在什么时候睡着了，而且也全然忘却了昨天的事。

这一天的午后，突然从姊姊家来了通知，说孩子犯了很厉害的下痢。疼爱外孙的母亲便飞奔过去。但是到这傍晚，那可爱的孩子已不是这世间的人了。阿末在心里发了抖，而且赶紧惴惴的去留心力三的神情。

从早上起便不高兴的力三，到傍晚，偷偷的将阿姊叫进浴堂和店的小路去。怀中不知藏着什么，鼓得很大，从这里面探出粉笔来，在板壁上反复的写着"大正二年八月三十一日"这几个字，一面说：

"我今天起，肚子痛，上厕到四回，到六回了。母亲不在家，对大哥说又要吃骂……末儿，拜托你，不要提昨天的事罢。"

他成了哽咽的声音了。阿末早不知道怎样才好，一想到力三和自己明后天便要死，那无助的凄凉便轰轰的逼到胸口，早比力三先行啼哭起来。而这已被大哥听到了。

阿末虽如此，此后可是终于毫不觉得腹痛了，但力三却骤然躺倒，被猛烈的下痢侵袭之后，只剩了骨和皮，到九月六日这一日，竟脱然的死去了。

阿末仿佛全是做着梦。接续的失掉了挚爱的外孙和儿子的母亲，便得了沉重的歇斯迭里病，又发了一时性的躁狂。那坐在死掉的力三的枕边，睁睁的看定了阿末的伊的眼光，是梦中的怪物一般在依稀隐约的一切之中，偏是分明的烙印在阿末的脑里。

"给吃了什么坏东西，谋杀了两个了，你却还嘻嘻哈哈的活着，记在心里罢。"

阿末一记起这眼睛，无论什么时候，便总觉得仿佛就在耳边听得这些话。

阿末常常走进小路去，一面用指尖摸着力三留下来的那粉笔的余痕，一面满腔凄凉的哭。

259

五

靠着鹤吉的尽力，好容易才从泥涂里抬了头的鹤床，是毫不客气的溜进比旧来尤其萧条的深处去了。单是不见了力三的肥得圆圆的脸，在这店里也就是致命的损失。虽然医好了歇斯迭里病，而左边的嘴角终于吊上，成了乖张的脸相的母亲，和单在两颊上显些好看的血色，很消瘦，蜡一般皮色的大哥，和拖着跛脚的，萎黄瘦小的阿哲，全不像会给家中温暖和繁盛的形相。虽然带着病，鹤吉究竟是年青人，便改定了主意，比先前更其用力的来营业，然而那用尽了能用的力的这一种没有余裕的模样，实在也使人看得伤心。而阿姊也是阿姊，对阿末尤易于气恼。

这各样之中，在阿末一个人，没有了力三尤其是无上的悲哀，然而从内部涌溢出来的生命的力，却不使伊只想着别人的事。待到小路的板壁上消失了粉笔的痕迹的时候，阿末已成了先前一样的泼辣的孩子了。早晨这些时，在向东的窗下，背向着外，一面唱曲一面洗衣，那小衫和带子的殷红，便先破了家中的单调。说是只会吃东西，没有法，决定将叫作黑儿这一只狗付给皮革匠的时候，阿末也无论怎样不应承。伊说情愿竭力的做浆洗和纳抹布来补家用，抱着黑儿的颈子没有肯放。

阿末委实是勤勤恳恳的做起来了。最中意的去惯的夜学校的礼拜日的会里，也就绝了迹，将力三的高屐子略略弄低了些，穿着去帮大哥的忙。对阿哲也性命似的爱他了。即使很迟，阿哲也等着阿末的来睡。阿末做完事，将白的工作衣搭在钉上，索索的解了带子。赶紧陪阿哲一同睡。鹤吉收拾着店面而且听，低低的听得阿末的讲故事的声音。母亲一面听，装着睡熟的样子暗暗地哭。

到阿末在单衫上穿了外套，解去羽纱的垂结男儿带，换上那幸而看不见后面，只缠得一转的短的女带的时候，萧条萧条这一种声音，烦腻的充满了耳朵了。应酬似的才一热便风凉，人说这样子，全北海道怕未必能收获一粒种子，而米价却怪气的便宜起来。阿末常常将这萧条的事，和从四月到九月死了四个亲人的事，向着各处说，但其实使阿末不适意的，却在因为萧条，而母亲和哥哥的心地，全都粗暴了的事。母亲哇哇的呵斥阿末，先前也并非全然没有，而现在母亲和哥哥，往往动不动便闹了往常所无的激烈的口角。阿末见母亲颇厉害的为大哥所窘，心里也曾觉得快意，刚这样想，有时又以为母亲非常之可怜了。

六

六月二十四日是力三的末七。在四五日之前，过了孩子的忌日的大姊，不知为了缝纫或是什么，走到鹤床来，和哥哥说着话。

阿末今天一起床，便得了母亲的软语，因此很高兴。伊对于姊姊，也连声大姊大姊的亲热着，又独自絮叨些什么话，在那里做洗脸台的扫除。

"这也拜托——这只有一点，请试一试罢。"

阿末因这声音回头去看，是有人将天使牌香油的广告和小瓶的样本分来了。阿末赶忙跑过去，从姊姊的手里抢过小瓶来。

"天使牌香油呢，我明天要到姊姊家里托梳头去，一半我搽，一半姊姊搽罢。"

"好猾呵，这孩子是。"姊姊失笑了。

阿末一说这样的笑话，在吃饭房里默默的不知做着甚事的母亲，忽然变了愤怒了。用了含毒的口吻，说道赶紧弄干净了洗脸台，这样好天气不浆洗，下了雪待怎样，一面唠叨着，向店面露出脸来。哭过似的眼睛发了肿，充血的白眼闪闪的很有些怕人。

"母亲，今天为着力三，请不要这样的生气了罢。"大姊

262

想宽解伊，便温和的说。

"力三力三，你的东西似的说，那是谁养大的，力三会怎样，不是你们能知道的事。阿鹤也是阿鹤，满口是生意萧条生意萧条，使我做得要死，但看看阿末罢，天天懒洋洋的，单是身体会长大。"

大姊听得这不干不净的碎话，古怪的发了恼，不甚招呼，便自回去了。阿末一瞥那正在无可如何的大哥，便默默的去做事。母亲永是站在房门口絮叨。铅块一般的悒郁是涨满了这家的边际。

阿末做完了洗脸台的扫除，走出屋外去浆洗。还寒冷，但也可以称得"日本晴"的晚秋的太阳，斜照着店门，微微的又发些油漆的气味。阿末对于工作起了兴趣了，略有些晕热，一面将各样花纹的布片续续贴在板上。只有尖端通红了的小小的手指，灵巧的在发黑的板上往来，每一蹲每一站，阿末的身躯都织出女性的优雅的曲线的模样。在店头看报的鹤吉也怀了美的心，无厌足的对伊只是看。

在同行公会里有着事情。赶早吃了午饭的鹤吉走出店外的时候，阿末正在拼命做工作。

"歇一会罢，喂，吃饭去。"

他和气的说，阿末略抬头，只一笑，便又快活的接着做事了。他走到路弯再回头来看，阿末也正站直了目送伊的哥哥。"可爱的小子呵。"鹤吉一面想，却忽忽的走他的路。

也不管母亲叫吃午饭，阿末只是一心的工作。于是来了三个小朋友，说园游地正有无限轨道的试验，不同去一看么。无限轨道——这名目很打动了阿末的好奇心了。阿末想去看一回，便褪下了卷袖绳，和那三个人一同走。

在道厅和铁道管理局和区衙署的官吏的威严的观览之前，稍有些异样的敞车，隆隆的发了声音，通过那故意做出的障碍物去，固然毫没有什么的有趣，但到久违的野外，和同学放怀的玩耍，却是近来少有的欢娱。似乎还没有很游玩，便骤然觉得微凉，忙看天空，不知什么时候早就成了满绷着灰色云的傍晚的景色了。

阿末愕然的站住了，朋友的孩子们看见阿末突然间变了脸色，三个人都圆睁了双眼。

七

阿末回家看时，作为依靠的哥哥还没有回，只有母亲一个人在那里烈火似的发抖：

"饭桶，哪里去了。为什么不死在那里的，喂。"给碰过一个小小的钉子之后，于是说，"要他活着的力三偏死去，倒毙了也不打紧的你却长命。用不着你，滚出去！"

阿末在心里，也反抗起来，自己想道，"便杀死，难道就死么"，一面却将母亲揭下来叠好了的浆洗的东西包在包袱里，便出去了。阿末这时也正觉得肚饥，但并没有吃饭的勇气，然而临出去时，将搁在镜旁的天使牌的香油，拿来放在袖子里的余裕，却还有的。阿末在路上想道，"好，到了姊姊家里，要大大的告诉一通哩。便教死，人，谁去死"。伊于是走到姊姊的家里了。

平时总是姊姊急忙的迎出来的，今天却只有一个邻近寄养着的十岁上下的女孩儿，显着凄清的神气，走到门口来，阿末先就挫了锐气，一面跨进里间去，只见姊姊默默的在那里做针黹。因为样子不同了，阿末便退退缩缩的站在这地方。

"坐下罢。"

姊姊用了带刺的眼光，只对着阿末看。阿末既坐下，想要宽慰伊的姊姊，便从袖子里摸出香油的瓶来给伊看，但是姊姊全没有睬。

"你被母亲数说了罢。先一刻也到姊姊这里来寻你哩。"

用这些话做了冒头，里面藏着愤怒，外面却用了温和的口吻，对阿末说起教来。阿末开初，单是不知所以的听，后

265

来却逐渐的引进姊姊的话里去了。哥哥的营业已经衰败，每月的实收糊不了口，因此姊夫常常多少帮一点忙，但是一下雪，做木匠的工作也就全没有了，所以正想从此以后，单用早晨的工夫，带做点牙行一般的事，然而这也说不定可如意。力三也死了，看起来，怕终于不能不用一个徒弟，母亲又是那模样，时时躺下，便是药钱，积起来也就是一大宗。哲是有残疾的，所以即使毕了小学校的业，也全没有什么益。单在四近，从十月以来，付不出房租，被勒令出屋的有多少家，也该知道的罢。以为这是别家的事，那是大错的。况且分明是力三的忌日，一清早，心里怎么想，竟会独自无忧无愁的去玩耍的呵。便是不中用，也得留在家里，或者扫神堂，或者煮素菜，这样的帮帮母亲的忙，母亲也就会高兴，没人情也须有分寸的。说到十四岁，再过两三年便是出嫁的年纪了。这样的新妇，恐未必有愿意来娶的人。始终做了哥哥的担子，被人背后指点着，一生没趣的过活的罢，象心纵意的闹，现就讨大家的嫌憎，就是了。这样子，姊姊一面褶叠东西，一面责阿末。而且临了，自己也流下泪来：

"好罢，向来说，心宽的人是长寿的，母亲是不见得长久的了，便是哥哥，这么拼命做，说不定什么时候会生病。况且我呢，不见了独养的孩子之后，早没有活着的意味了，

266

单留下你一个，嘻嘻哈哈的闹罢。……提起来，有一回木就想要问的，那时你在丰平川，给孩子没有吃什么不好的东西么？"

"吃什么呢。"一向默默的低着头的阿末，赶散似的回答说，便又低了头，"便是力三，也一起在那里。……我也没有泻肚子的。"暂时之后，又仿佛分辩一般，加上了难解的理由。姊姊显了十分疑心的眼光，鞭子似的看阿末。

这模样，阿末在缄默中，忽然从心底里伤心起来了；单是伤心起来了。不知怎的像是绞榨一般，胸口只是梗塞起来，虽然尽力熬，而气息只促急，觉得火似的眼泪两三滴，轻微的搔着痒一般，滚滚的流下火热的面庞去，便再也熬不住，不由得突然哭倒了。

阿末哭而又哭的有一点钟。力三的顽皮的脸，姊家孩子的东舐西啜的天真烂漫的脸，想一细看，这又变了父亲的脸，变了母亲的脸，变了觉得最亲爱的哥哥鹤吉的脸了。每一回，阿末感得那眼泪，虽自己也以为多到有趣的奔流，只是不住的哭。这回却是姊姊发了愁，试用了各样的话来劝，但是没有效，于是终于放下，听其自然了。

阿末哭够了之后，偷偷的抬起脸来看，头里较为轻松，心是很凄凉的沉静了，分明的思想，只有一个沉在这底里。

267

阿末的脑里，一切执着消灭得干干净净了。"死掉罢。"阿末成了悲壮的心情，在胸中深深的首肯。于是静静的说道："姊姊，我回去了。"便出了姊姊的家里。

八

因为事务费了工夫，点灯之后许多时，鹤吉才回到家里来。店面上电灯点得很明，吃饭房里却只借了这光线来敷衍。那暗中，母亲和阿末离开了，孑然的坐着。橱旁边阿哲盖了小衾衣，打着小鼾声。鹤吉立刻想，这又有了口角了罢，便开口试说些不相干的闲话来看，母亲不很应答，端出盖着碗布的素膳来，教鹤吉吃。鹤吉看时，阿末的饭菜也没有动。

"阿末为什么不吃的？"

"因为不想吃。"

这是怎样的可怜可爱的声音呵，鹤吉想。

鹤吉当动筷之前站起身来，走向神堂前面，对着小小的白木牌位行过一个单是形式的礼，顿然成了极凄凉的心情。因为心地太消沉了。便去旋开电灯，房里面立刻很明亮，阿哲也有些惊醒了，但也就这样的静下去，只是添上了凄凉。

阿末不开口，将哥哥的碗筷拿到水槽旁，动手就洗。说

268

明天再洗罢，也不听，默默的洗好了。回来时经过神堂面前，换了灯心，行一个礼，于是套上屐子，要走出店外去。

鹤吉无端的心动了，便在阿末后面叫。阿末在外面说道：

"因为在姊姊家里有一件忘了的事。"

鹤吉骤然生起气来：

"糊涂虫，何必这样的夜晚去，明天早上起床去，不就好么？"正说着，母亲因为要表示自己也在相帮，便接着说：

"只做些任性的事。"

阿末顺从的回来了。

三个人全都躺下之后，鹤吉想起来，总觉得"只做些任性的事"这一句话说得太过了，非常不放心。阿末是石头似的沉默着，陪阿哲睡着，脸向了那边。

在外面，似乎下着今年的初雪，在消沉一般的寂静里，昏夜深下去了。

九

果然，到第二日，在雪中成了白天。鹤吉起来的时候，阿末正在扫店面，母亲是收拾着厨房。阿哲在店头用的火盆旁边包着学校的书包。阿末很能干的给他做帮手。暂时之

269

后，阿末说：

"阿哲。"

"唔?"阿哲虽然有了回答，阿末并不再说什么话，便催促道，"姊姊，什么呢?"然而阿末终于不开口。鹤吉去拿牙刷的时候，看那镜子前面的橱，这上面搁着一个不会在店头的小碟子。

约略七点钟，阿末说到姊姊那里去，便离了家。正在刮主顾的脸的鹤吉，并没有怎样的回过头去看。

顾客出去之后。偶然一看，先前的碟子已经没有了。

"阿呀，母亲，搁在这里的碟子，是你收起来了么?"

"什么，碟子?"母亲从里间伸出脸来，并且说，并不知道怎样的事。鹤吉一面想道，"阿末这鸦头，为什么要拿出这样东西来呢?"一面向各处看，却见这摆在洗面台边的水瓮上。碟子里面，还粘着些白的粉一般的东西。鹤吉随手将这交给母亲收拾去了。

到了九点钟，阿末还没有回家，母亲又唠叨起来了。鹤吉也想，待回来，至少也应该嘱咐伊再上点紧，这时候，寄养在姊姊家里的那女孩子，气急败坏的开了门，走进里面来了。

"叔父，现在，现在……"伊喘吁吁的说。

鹤吉觉得滑稽，笑着说道：

"怎么了，这么慌张，……难道叔母死了么?"

"唔，叔父家的末儿死哩，立刻去罢。"

鹤吉听到这话，异样的要发出不自然的笑来。他再盘问一回说：

"说是什么?"

"末儿死哩。"

鹤吉终于真笑了，并且随宜的敷衍，使那女孩子回家去。

鹤吉笑着，用大声对着正在里间的母亲讲述这故事。母亲一听到，便变了脸相，跐着脚走下店面来。

"什么，阿末死? ……"母亲并且也发了极不自然的笑，忽而又认真的说，"昨晚上，阿末素斋也不吃，抱了阿哲哭………哈哈哈，哪会有这等事，哈哈哈。"一面说，却又不自然的笑了。

鹤吉一听到这笑声，心中便不由得异样的震动。但自己却也被卷进在这里面了，附和着说道：

"哈哈，那娃儿说些什么呢。"

母亲并不走上吃饭房去，只是憬然的站着。

其时那姊姊跐着脚跑来了。鹤吉一看见，突然想到了先

271

刻的碟子的事——仿佛受了打击。而且无端的心里想道"这完了",便拿起烟袋来插在腰带里。

十

这天一清早,阿末到过一回姊姊这里来。并且说母亲服粉药很难于下咽,倘还剩有孩子生病时候包药的粉衣,便给几张罢。姊姊便毫不为意的将这交给伊了。到七点钟,又拿了针蒨来,摊在门口旁边的三张席子的小房里。这小房的橱上是放着零星物件的,所以姊姊常常走进这里去,但也看不出阿末有什么古怪的模样,单是外套下面倒似乎藏着什么东西,然而以为不过是向来一样的私下的食物,便也不去过问了。

大约过了三十分,阿末站起来,仿佛要到厨下去喝水。没了孩子以来,将生水当作毒物一般看待的姊姊,便隔了纸屏呵斥阿末,教伊不要喝。阿末也就中止,走进姊姊的房里来了。姊姊近来正信佛,这时也擦着白铜的佛具。阿末便也去帮忙。而且在三十分左右的唪经之间,也殊胜的坐在后面听。然而忽然站起,走进三张席子的小屋里去了。好一会,姊姊骤然听得间壁有呕吐的声音,便赶急拉开纸屏来看,只见阿末已经苦闷着伏下了。无论怎么问,总是不说话,只苦闷。到后来，姊姊生了气，在脊梁上痛打了二三下，这才说是服了搁在家里橱上面的毒。而且谢罪说，死在姊姊的家里，使你为难，是抱歉的事。

跑进鹤吉店里来的姊姊，用了前后错乱的说法，气喘吁吁的对鹤吉就说了这一点事。鹤吉跑去看，只见在姊姊家的小房里铺床，阿末显着意外的坦然的脸，躺着看定了进来的哥哥。鹤吉却无论如何，不能看他妹子的脸。

想到了医生，又跑出姊姊家去的鹤吉，便奔到近地的病院了。药局和号房，这时刚才张开眼。希望快来，再三的说了危急，回来等着时，等了四十分，也不见有来诊的模样。一旦平静下去了的作呕，又复剧烈的发动起来了。一看见阿末将脸靠在枕上，运着深的呼吸，鹤吉便坐不得，也立不得。鹤吉想，等了四十分，不要因此耽误了罢，便又跑出去了。

跑了五六町之后，却见自己穿着高屐子。真糊涂呵，这样的时候，会有穿了高屐子跑路的人么，这样想着，就光了脚，又在雪地里跑了五六町。猛然间看见自己的身边拉过了人力车，便觉得又做了糊涂事了，于是退回二三町来寻车店。人力车是有了，而车夫是一个老头子，似乎比鹤吉的跑路还慢得多，从退回的地方走不到一町，便是要去请的医生

273

的家宅。说是一切都准备了等候着，立刻将伊带来就是了。

鹤吉更不管人力车，跑到姊姊的家里，一问情形，似乎还不必这般急。鹤吉不由得想，这好了。阿末一定弄错了瓶子的大小，吃了大瓶里面的东西了。大瓶这一边，是装着研成粉末的苛性加里的。心里以为一定这样，然而也没有当面一问的勇气。

等候人力车，又费了多少的工夫。于是鹤吉坐了车，将阿末抱在膝上。阿末抱在哥哥的手里，依稀的微笑了。骨肉的执着，咬住似的紧张了鹤吉的心。怎样的想一点法子救伊的命罢，鹤吉只是这样想。

于是阿末搬到医生家里。楼上的宽广的一间屋子里，移在雪白的垫布上面了。阿末喘息着讨水喝。

"好好，现就治到你不口渴就是了。"

看起来仿佛很厚于人情的医生，一面穿起诊察衣，眼睛却不离阿末的静静的说。阿末温顺的点头。医生于是将手按在阿末的额上，仔细的看着病人，但又转过头来向鹤吉问道：

"升汞吃了大约多少呢？"

鹤吉想，这到了运命的交界了。他惴惴的走近阿末，附耳说：

"阿末，你吃的是大瓶还是小瓶?"

他说着，用手比了大小给伊看。阿末张着带热的眼睛看定了哥哥，用明白的话回答道：

"是小瓶里的。"

鹤吉觉得着了霹雳一般了。

"吃，……吃了多少呢?"

他早听得人说，即使大人，吃了一格兰的十分之一便没有命，现在明知无益，却还姑且这样问。阿末不开口，弯下示指去，接着大指的根，现出五厘铜元的大小夹。

一见这模样，医生便疑惑的侧了头。

"只是时期似乎有些耽误了，……"

一面说，一面拿来了准备着的药。剧药似的刺鼻的气息，涨满了全室中。鹤吉因此，精神很清爽，觉得先前的事仿佛都是做梦了。

"难吃呵，熬着喝罢。"

阿末毫不抵抗，闭了眼，一口便喝干。从此之后，暂时昏昏的落在苦闷的假睡里了。助手捏住了手腕切着脉，而且和医生低声的交谈。

大约过了十五分，阿末突然似乎大吃一惊的张开眼，求救似的向四近看，从枕上抬起头来，但忽而大吐起来了。从

275

昨天早晨起，什么都未下咽的胃，只吐出了一些泡沫和粘液。

"胸口难受呵，哥哥。"

鹤吉给在脊梁上抚摩，不开口，深深的点头。

"便所。"

阿末说着，便要站起来，大家去扶住，却意外的健实起来了。说给用便器，无论如何总不听。托鹤吉支着肩膀，自己走下去。楼梯也要自己走，鹤吉硬将伊负在背上，说道：

"怎么楼梯也要自己走，会摔死的呵。"

阿末便在什么处所微微的含着笑影，说道：

"死掉也不要紧的。"

下痢很不少。吐泻有这么多，总算是有望的事。阿末因为苦闷，背上像大波一般高低，一面呼呼的嘘着很热的臭气，嘴唇都索索的干破了，颊上是涨着美丽的红晕。

十一

阿末停止了诉说胸口的苦楚之后，又很说起腹痛来了。这是一种惨酷的苦闷。然而阿末竟很坚忍，说再到一回便所去，其实是气力已经衰脱，在床上大下其血了。从鼻子里也流了许多血。在攫着空中撕着垫布的凄惨的苦闷中，接着是

276

使人悚然的可怕的昏睡的寂静。

其时先在那里措办费用的姊姊也到了。伊将阿末的乱麻一般的黑发，坚牢不散的重行梳起来。没有一个人不想救活阿末。而在其间，阿末是一秒一秒的死下去了。

但在阿末，却绝没有显出想活的情形。伊那可怜的坚固的觉悟，尤其使大家很惨痛。

阿末忽然出了昏睡，叫道"哥哥"。在屋角里啜泣的鹤吉慌忙拭着眼，走近枕边来。

"哲呢?"

"哲么，"哥哥的话在这里中止了，"哲么，上学校去了，叫他来罢?"

阿末从哥哥背转头去，轻轻的说:

"在学校，不叫也好。"

这是阿末的最后的话。

然而也仍然叫了哲来。但阿末的意识已经不活动，认不得阿哲了。——硬留着看家的母亲，也发狂似的奔来。母亲带来了阿末最喜欢的好衣裳，而且定要给伊穿在身上。旁人阻劝时，便道，那么，给我这样办罢，于是将衣服盖了阿末，自己睡在伊身边。这时阿末的知觉已经消失，医生也就任凭母亲随意做去了。

277

"阿阿，是了是了，这就是了。做了做了。做了呵。母亲在这里，不要哭罢。阿阿，是了。阿阿，是了。"母亲一面说，一面到处的抚摩。就是这样，到了下午三点半，阿末便和十四年时短促的生命，成了永诀了。

第二日的午后，鹤床举行第五人的葬仪。在才下的洁白的雪中，小小的一棺以及与这相称的一群相送的人们，印出了难看的污迹。鹤吉和姊姊都立在店门前，目送着这小行列。棺后面，捧着牌位的跛足的阿哲，穿了力三和阿末穿旧的高屐子，一颠一拐高高低低的走着，也看得很分明。

姊姊是揉着念珠默念了。在遇了逆缘的姊姊和鹤吉的念佛的掌上，雪花从背后飘落下来。

大正五年（一九一六年）一月《白桦》所载

注释：

1　尾上菊五郎是明治时代有名的俳优之一人。

2　日本的理发店多称床，犹如中国的多称馆。

3　将布帛之类洗过，加了浆糊，贴在板上晾干，他们谓之张物。

峡谷的夜

〔日〕江口涣

就现在说起来，早是经过了十多年的先前的事了。

当时的我，是一个村镇的中学的五年生，便住在那中学的寄宿舍里，一到七月，也就如许多同窗们一般，天天只等着到暑假。这确凿是，那久等的暑假终于到来了的七月三十一日的半夜里的事。

被驱策于从试验和寄宿生活里解放出来的欢喜，嚷嚷的像脱了樊笼飞回老窠的小鸟似的，奔回父母的家去的朋友们中，我也就混在这里面，在这一日的傍晚匆匆的离了村镇了。我的家乡是在离镇约略十里的山中。那时候，虽然全没有汽车的便，然而六里之间，却有粗拙的玩具似的铁道马车。单是其余的四里，是上坡一里下坡三里的山路。若说为什么既用马车走六里路，却在傍晚动身的缘由，那自然是因为要及早的回去，而且天气正热，所以到山以后的四里，是准备走夜路的。这是还在一二年级时，跟着同村的上级生每当放假往来，专用于夏天的成例。此后便照样，永远的做下去了。

　　托身于双马车上的我，虽然热闷不堪的夹在涌出刺鼻的汗和脂和尘土的气味的村人们，和尽情的发散着腐透的头发的香的村女们的中间，但因为总算顺手的完了试验的事，和明天天亮以前便能到家的事，心地非常之摇摇了。已而使人记起今天的热并且使人想到明天的热的晚霞褪了色，连续下来的稻田都变了烟草和大豆的圃田，逐渐增加起来的杂木林中，更夹着松林的时候，天色在不知不觉之间已经入了夜了。教人觉到是山中之夜的风，摇动着缚起的遮阳幔，吹进窗户中来，不点一灯的马车里，居然也充满了凉气。先前远远地在晚霞底下发闪的连山，本是包在苍茫的夜色中的，现在却很近，不是从窗间仰着看，几于看不见。一想到度过那连山的鞍部，再走下三里的峡谷路，那地方便是家乡，便不由得早已觉得宽心，不知什么时候将头靠着窗边，全然入了睡。

　　蓦然间，被邻人摇了醒来，擦着睡眼，走下铁道马车终点的那岭下的小小的站，大约已在九点上下了罢。叫马夫肩着柳条箱，进了正在忙着扫取新秋蚕的休憩茶店里，我才在这里作走山路的准备。用三碗生酱油气味的面条和两个生鸡子果腹，又喝上几条石花菜，并且为防备中途饥饿起见，又买了四个生鸡子。休息一回之后，将柳条箱交给茶店里，托他明天一早叫货车送到家里来，我是浴衣和鞋，裹腿，草帽的装束，将应用的东西用两条手巾担在肩头，拖着阳伞代作手杖，走出休憩茶店去了。

从扑人眉宇的耸着的连山的肩上，窥望出来的二十日左右的月，到处落下那水一般的光辉。层层叠叠的许多重排列着的群山的襞积，都染出非蓝非黑的颜色，好几层高高的走向虚空中。缀在那尖锐的襞积间的濡湿的夜雾，一团一团的横流着青白。那亘在峰腰的一团，是反射着下临的月光，白白的羽毛一般闪烁。仰看了这些的我，似乎觉得久违的触着了洁净的故乡的山气了。

到岭头的上行的一里，是一丈多宽的县道。因为要走货物车，所以道路很迂曲，然而因此上坡也就不费力了。既有月亮，又是走惯的路，我凭着沁肌的夜气不断的凉干了热汗，比较的省力的往上走。经过了不知什么时候已经关门睡觉的岭头的茶店前，到开始那三里的下坡路的时候，大抵早是十一点以后了。下坡的路，是要纡回于崭绝的相薄的峡谷中间，忽而穿出溪流的左岸，忽而又顺着那右岸的，因此自然也走过了许多回小桥。夹着狭窄的溪，互相穿插的两岸的山襞上，相间的混生着自然生长的褐叶树林和特意栽种的针叶树林，那红黑和乌黑的斑纹，虽在夜眼里也分明的看见。

281

这中间，也许是白杨的干子罢，处处排着剔牙签似的，将细小的条纹，在月光里映出微白。路旁的野草，什么时候已被夜气湿透了。早开的山独活模样的花，常从沾湿了的茂草中间，很高的伸出头来，雪白的展着小阳伞似的花朵。加以不知其数的虫声，比起溪流的声音来，到耳中尤其听得清彻，然而使峡谷的夜，却更加显得幽静了。

这之间，我看见雾块一团一团的在头上的空中，静静的动着走。撕碎了白纱随流而去似的雾气的团簇，逐渐增加起来了。或者横亘了溪流，软软的拂着屹立的笋峰的肩头，或者在乌黑的塞满着溪的襞积的针叶树林上，投下了更其乌黑的影，前进的前进的走向狭的峡谷的深处。每一动弹，雾的形状也便有一些推移，照着烟雾的月光，因此也不绝的变换着光和影的位置。于是许多雾块，渐变了雾的花条，那花条又渐次广阔厚实起来，在什么时候，竟成了一道充塞溪间的雾的长流了。以前悬在空中的月，披了烟雾来看流水，露面有许多回，但其间每不过只使烟雾的菲薄处所渗一点虹色的光辉，终于是全然匿了迹。和这同时，我的周围便笼上了非明非暗的颜色，只有周身五六尺境界，很模糊的映在眼里罢了。因此我便专心的看着路，只是赶快的走。

这么着，转过右边，跨向左边的，走着长远的峡谷，大约有一小时，雾气忽而变成菲薄，躲了多时的月的面，在虹霓一般闪动的圆晕中央，虽然隐约，却已看得见了。那时候，我无意中从对面的山溪那边，透了烟雾，听到一种异样的声音。虽然低，是抖着发响的声音。那声音，倒并没有可以称为裂帛的那样强，而且，也不如野兽卧地吼着的那样逼耳，单是，微微的有些高低，凄凉的颤抖着，描了波纹流送过来。而这时时切断似的杜绝了，却又说不出什么时候起，仍然带着摇曳。我暂时止了步，侧耳的听，然而竟也断不定是什么的声音。

这之间，道路正碰着一个大的山襞，声音便忽而听不见了。我想，这大半是宿在山溪里的什么禽鸟的夜啼罢，便也并不特别放在心上，还是照旧的在雾底下走。待到转出了那山襞，声音又听到了。比先前近得多，自然比先前更清楚。那声音只是咻咻的不绝的响。比喻起来，可以说是放开了喉咙的曼声的长吟，也可以说是用着什么调子的歌唱。而在其间，又时时夹着既非悲鸣也非呻吟的一种叫，尖而且细，透过烟雾响了过来。假使是鸟声，那就决不是寻常的夜啼了。或者是猴子罢。但如果是猴子，就应该是比裂帛尤其尖锐的声音，短促的发响。况且夜猿的叫，一定是要压倒了溪水的声响，发出悲痛的山谷的反应来的。而这不过是不为水声所

283

乱罢了，决没有呼起谷应的那么强大。倘使是鸟兽的声音，总得渐次的换些位置，然而那声音却始终在同一处所的山溪中间。我五步一次十步一次的止了步，许多次想辨别这声音。这样的夜半，这样的山中，不消说不会有人在唱歌，况且也没有唱歌的那样优婉，是更凄凉，更阴惨的声音。我被这有生以来第一回听到的异样的声音所吓，不安的阴影，渐渐在心上浓厚起来了。

这其间，道路又正当着一个山襞，就这样的转了弯，像先前一样，那声音又暂时听不见了。不知道绕出这山襞，是否要更近的听到刚才的声音？倘若隔溪，那倒没有什么，但不知道是否须听得接近的在路侧？倘这样，那么……这样一想，压不下的惨凛，便一步一步的增加上来。而一方面，则想要发见那本体的好奇心，也帮着想要从速的脱出了那威胁的希冀的心，使我全身都奇特的抽紧了。将搭着的什物从右肩换到左肩，捏着阳伞的中段的我，渐近山襞的转角时，也就渐渐的放轻了脚步走。

惴惴的转出了那山角的时候，从初收的烟雾间，月光又是青白的落在溪上了，然而这回却毫没有听到异样的声音。折出山襞，便是一丛郁苍的森林，从林的中途起，是三丈左右的并不峻急的坂。下了这坂，路便顺着溪流，不多时，即可以走到一个村落了。

总而言之，只要平安的出了这树林，以后便不会有这样吓人的事。什么都看没有声音的现在了。

这样的想着的我，捏好了阳伞，向了那漆一般黑的森林，用快步直踏进去。在坂上，路旁的略略向里处有一所山神的或是什么的小祠堂。向着这祠堂的半倒的牌坊的净水[1]里，不绝的流下来的水筧的水声，对于此时的我的心，也很给不少的威吓。然而我仍然决了意鼓勇的一气走下坂去。待到走了大半，脱了森林的黑暗，我望见沿溪的对面的道路，浴着月光，白皓皓向前展开，这才略觉宽心，逐渐的放慢了脚步。

这怎么不出惊呢，还未走完坂路的中途，那声音突然起于眼前了。起于眼前，而且是道路的上面的树里。我被袭于仿佛忽被白刃冰冷的砍断了似的恐怖，单是蓦地发一声惊怖的呻呼，便僵直了一般的立着。以为心脏是骤然冻结似的停止的了，而立刻又几乎作痛的大而且锐的鼓动起来。和这同时，从脚尖到指尖，也不期然而然的发了抖。

试一看，相隔不到三丈的道路上，从左手的崖间，横斜的突出着一棵大树。这树的中段正当道路上面的茂密里，站着一个六尺上下的白色的东西。在掠过树梢的烟雾的余氛，和苍茫的下注的月光中，能看见那大的白东西，从阴暗的叶阴里，正在微微的左右的摇动。声音确乎便是从这里来的。崖上的左手，是接着山腰，高上去的一级一级的坟地，坟地之后便连着急倾斜的森林。路的右手呢，不消说是啮了许多岩石而奔流的溪水，一面给月光游泳着，一面到处跳起雪白的泡沫，向对面远远地流行。当看着那树上的白色的东西，和连到山上的一级一级的坟地，和冲碎月亮的溪中的流水时，推测着那声音的本体，我竟全然为剧烈的恐怖所笼罩，至于连自己也不能运用自己了。其实是，向前不消说，连退回原路也做不到了。单是抖着发不出声音的嘴唇，屏住呼吸，暂时茫然的只立着。

于是先前的悲泣一般细细的发抖的那声音，突然间变了人的，而又是女人的耸入毛骨的嘻笑了。很像是格格的在肚底里发响的声音。宽阔的摇动着大气似的那笑反复了五六回，什么时候却又变了被掠一般的低声的啜泣。那呜咽的末尾又歌唱似的变了调，逐渐细长的曳下丝缕来。

那声音，自然是全不管我站在三丈左右的面前，却总在同一处所摇曳。为激动所袭的我的心，又跟着时间的经过渐次镇静下去了。跳得几乎生痛的心脏的鼓动也略略复了原，全身的筋肉便慢慢的恢复了先前的柔软和确实。然而膝髁的

286

颤抖很不肯歇。定神看时，捏着阳伞的中段的手掌，什么时候早被油汗沾濡了。然而明知道不至于顷刻之间便有危难临头的我，却终于决了心，从下面望进树的茂密里去。

在流进丛中去的月光里，分明看出了，那大的白东西，确乎是一个活着的女人。缠着白衣的裸体上，衣服几乎没有附体，欹斜的埋了青苍的前额的头发，解散了披在肩头。那女人用弯着的左手将一件东西紧紧抱在怀中，并且不住的摇动，右手却攀住树枝，站在横斜的杆子上。而一面站着，一面左右的摆动身子，始终反复着一样的声音。

这时女人忽然看见我，右手便静静的离了树枝，雪白的伸开，从上面向我招手了。苍白骨出的两颊上，既浮着雕刻一般的锋利的笑，而弓形的吊上的眼梢，和几于看见眼窠的圆圈的陷下的眼，以及兜转似的突出的嘴唇，接连的动个不住，都使那站在深夜中的树上的白衣的女人见得更其是凄厉的东西。女人仿佛是逗弄孩子一般，暂时摇动着抱在左手的物件，低微的发出也不像歌唱的叫声，终于又将脸压在抱着的东西上，呜呜咽咽的放声哭起来了。而且一面哭，一面又诉说似的，滔滔的说些没有头尾的事。刚这样，却忽而侧了脸，锋利的望着月亮；接着便撮了嘴唇，只向月亮吐唾沫。后来，又是，阴森森的格格的笑倒了。但是无论怎样发笑似的笑，而嘻笑时候现在颊上的深的皱襞，却总是生硬到近于伤心。从脸相和身样看来，衰惫是衰惫了的，然而年纪似乎并不大。

暂时之间，我仰望着那女人，但还没有很推敲怎样决定自己的态度。最初，想就回到原路的岭头的茶店去，只是已经到了再走一里多路便到家乡的地方，终不愿在这深夜中，倒回将近二里的山路，去宿在那不干净的茶店里。虽这样说，便能就此平平稳稳的前进么？那是一个狂人，所以经过下边的时候，说不定会跳下树来，拼死命的来扑取。即使进了坟地，绕过山腰去，而倘在坟地里被追着，那又怎么办呢？或者也许只能这样的互相注视着到天明罢。我将这些事，成串的想得要到劳乏，用同一处所颇站了不少的工夫。

无论过了几多时，也并没有得到好主意，我于是决了心，一定要突过那树下。只要平安的闯出，到村庄便不上二町了。这样的想定了的我，终于奋起了最后的勇气，一点一点的向前走。而且是一步一歇，一步一歇的。这样子，将阳伞和搭在肩头的物件都用力的捏得铁紧，整好了什么时候都能战斗的准备，我几乎看不出前进模样的，惴惴的走过去。

然而那女人，自然也不能不留心着我的态度。但最初，便走近些，也不过诧异的凝视我。待渐渐的进了大约不到二丈路，便又放下了捏着的树枝，招起手来了。就近处看见的女人的脸，比先前见得更阴森。不知道是因为两颊深下陷的缘故，还是下颏像刀削似的尖着的缘故呢，女人的脸竟显得完全是一个青白的三角。加以凌乱纷披的头发从左边的颞颥挂到肩上，拖作异样的漩涡。那发的黑色很强的映着月光，使脸的全部愈显出凄厉的形相。

这样的接近了的两人的距离，已不过一丈远近的时候，女人便一转那伸出的手，骤然间猛烈的摇起附近的枝条来。先前的雕出一般的笑脸，忽而变了喷火似的忿怒和憎恶的形状，仿佛是锁着的猿，现给那着了投石的看客的，很可怕的容貌了。而且，极端的突出了尖形的下颏，那雪白的外露的齿牙，上下格格的相打，发了尽着咙喉的呻唤，一面抖抖的摇头。又尖利的说些话，而且时时威吓似的尽力的顿足。然而我并不理会的只走去，女人便忽而停了呻唤。刹时之间，用两手捧了先前抱在左边的什么东西，很高的擎到头上，就要向我掷过来了。

我不由得吃惊，又跳回了五六尺。跳回之后，我便暂时蹲在地上，静静的看着情形。这时女人，似乎早已忘了适才自己所做的事，又复锋利的望着月亮，呵呵的狂笑起来。至于先前擎到头上去的东西，也早就抱在原来的胁肋里。此后

289

暂时之间，也仍是照旧一样，悲凉的唱些歌，又说些什么话，而终于又将脸贴在抱着的东西上，呜呜咽咽的出声哭起来了。"在此刻了，失了这一瞬息，就完了。"这样想了的我，便弯腰俯首，将全身的力都聚在两脚里，咄嗟间，直进过去，闯过了那女人的下面。那时候，仿佛是从女人的全身里迸涌出来似的惊骇和忿怒和憎恶的呻唤，用了吐血一样的猛烈，由头上的树里崩颓下来。刚这样想，就在这顷刻，我的领头发了一声沉重的响，有比冰还冷的一块，又大又重的落在颈子上面了。"着了手了"，刚这样想，心脏的鼓动和呼吸也就忽然的停留，我便不知不识的听凭身子向前倒。也竭力的想要支住身体，而膝髁却仿佛已经脱了节，所以我只将两手动扰了两三回，便脸向着下，扑通的倒在地上了。

此后几秒，几十秒，或者几分时，躺在那地方，我自己不知道。忽而甦来，在头上再听到先前一样的声音的时候，我已经全然身不由己，不得不直奔村庄里去了。最初的十五步或二十步，膝髁没了力，总不能如意的奔走。没有法，便只好使手和脚都动作，我似乎确凿像兽类一样，在道路上飞跑。待到觉得伸着腰，仰着头，总算单用了两条腿在那里专心致志的走的时候，是已经因了猛烈的苦痛，呼吸就要塞住了。

走到村口时，比较的还算快，于是放了心，这才转向逃来的那方面看。然而也并没有什么追赶过来。而且，便是以前所见的一级一级的坟地和崖上的树，也不知是因为隐在山荫里呢，或是包在雾的余氛的夜霭里呢，无论在什么处所，连看也看不见了。仰面看时，只见得愈深愈狭的折叠着的山溪的襞积，浴了水一般的月光，莽苍苍的重重叠叠的耸着。

我跌倒了的时候，抛了阳伞和搭在肩上的物件，是总须拾取回来的，加以想讨一杯水，来沾润这将近焦枯的喉咙，便去寻曾经见过的守望所。疏朗朗排着人家的细长的村庄，全都入了沉睡，连犬吠声也寂然。我用手巾拭着粘粘的流满了全身的油汗。走向村的中间，便在夜眼里，也屹然耸着的瞭火梯直下的守望所去。然而无论怎样的敲门，却总不容易起来。这之间，既有着深怕先前的女人重行追来的不安，而渐次又听得各处起了历乱的犬吠，我便更用了力，激剧的敲打了。每打一回，因了月光，在板门上照出自己的影的动弹，虽自己，也见得是拼命的模样。大约又叩了二三分，这才从深处发出很渴睡似的巡警的回答来：

"谁呀？这时候，胡乱叫人起来。"

"很劳驾，千万来一来罢。有了不得了的事情哩。"

"什么？有不得了的事情？你是谁？什么地方，有了什么事。强盗么？……"

因为不得了的事情这一句话，才受了激刺似的，巡警阁阁的响着，好容易抽了门闩。接着听得推开玻璃门的声音，又拉开一扇板门，巡警这才只穿一件寝衣，带一副瞌睡的脸，出现在昏暗里。但一看见学生模样的毫不相识的我，便显出似乎莫名其妙的眼色，目不转睛的凝视起来。

"所谓不得了的事是什么？这时候。……"

重行讯问的巡警，颇有些不以为然的神情了。

"所谓不得了的事，是狂人。刚才，在那边的坟地里。"

"什么？这时候，狂人。……"

"是的。是女的狂人。"

"唔，女的……那女的狂人在坟地里怎样？"

这样回问了的巡警的脸上，已消去了先前的不高兴，却渐次添出不安的影子来。我便简短的说了刚才遇到的事的一切，巡警默默的听，到末后，略略将头一歪，说道：

"那么，一定是糕饼店的阿仙了。这怎么好呢。这样的深夜里，给跑到坟地这类地方去……"他很有为难的情形了，但也便接着说，"所以我对着那里的男人和老婆子，不知道叮嘱过多少回。那样的性质不好的狂人，倘若不小心，说不定会做出什么事，如果不是好好的严重的监禁起来，是不行的，我几次三番的说。谁料男人还是全不管，老婆子又吝啬，虽然造了房牢，也不过用些竹栅栏之类来搪塞，所以终于出了这样的事了。"

这么说着的巡警的态度，宛然是抓住了绝不相干的我，在那里责备糕饼店的粗疏。我耐不住再等巡警说完话，一到这里，便插下话去了：

"总而言之，像刚才说过一样，因为是不意中跌倒的，所以我，将阳伞和东西都掉在那地方了，这可能请想一点法么？"

"教我替你拾去么？"

"不，自然一同去。"

没有法，我也只得这样说了。然而巡警还装着非常迟疑的脸，暂时不回答，只是想，但终于开口道：

"那是，比行李，比什么，都更要紧的是，第一，自然是捉住阿仙。因为就此放着，是不知道会做出什么事来的。可是真糟，这么晚的时候。"

"这实在很费神，但总要请劳一回驾。"

"自然，去是一定给你去一回的，但便是两人去，因为对手是狂人呵。说不定会做出什么事来呢。"

巡警非常之逡巡，任凭过了多少时，总不肯轻易说出一同去，我因此郑重的弯了腰，恳愿了许多回。这结果，竟涩涩的答应同去了，重复走进暗的里面的屋里去的巡警，便点起提灯来，脱下寝衣，换了制服。趁这时候，我便请他放进便门去，用那剩在铁釜里的温水，这才沾润了早就干到焦枯了一般的喉咙。

于是两人一先一后的走出带些村气的守望所去，巡警忽又站住了。

"两个人固然也不碍，但另外多带三四个少年去，一定愈加捉得快，就这么办罢。因为狂人这东西，是跑得飞快的。"

他独自说着既非解释也非商议的话，向着我那来路的反对方向走去了。我也默默的跟着走，不多时，巡警便走进一所大库房后面的一间守夜的小屋去。这守夜的小屋，是邻近各村中的少年们各尽义务的组织起来的。我在外面等，不多久，和里面的人们絮絮的说了些话的巡警，便带了四个少年出来了。少年的两个，拿着提灯和细绳，别的两个是拿着颇长的棍子。这就一共有了六个人，我和巡警都才有了元气，使四个少年居中，我们分在两旁。这样子，六人作了一横排，在夜的兰山村的道路上，迈开快步，奔向先前的坟地去。

在途中，听着大家交互的谈话，对于刚才，在坟地旁边吓了我的叫作阿仙的，那女人的身世，渐渐明白起来了。

阿仙者，便是可以称为"山间之孤驿"的，这村中的一家小糕饼店里的媳妇。两年以前，才从离此大约三里左右的川下的村庄里，嫁到这里来，但刚做新妇，便因为男人的不规矩，很吃了许多苦。加以男人的懒散和家计的艰难，又不断的受着生活的忧虑。既这样，自然和那住在一处的姑，也不合式起来了。这之间，去年的秋天可是怀了孕。倘若生了孩子，这便引转男人，静了心，同时和姑的关系，也就会变好罢，阿仙这么想着，只管将那将来生下来的孩子当做靠山，什么都熬着。于是到这六月里，平安的生了男孩子了，然而男人对付阿仙的态度，却丝毫没有改。不但没有改而已，在临产时候的前后，那男人，和他结婚以前曾有来往的也是这村里的女人，又有了各样的新闻了。而这些事，又常常传到在产褥上的阿仙的耳朵里。一结婚，便和那女人干干净净分手，这是男人曾经坚誓的，而竟再出了新闻，这从由外村嫁来的阿仙看来，实在比嫖妓更有猛烈的苦痛。这时候，阿仙仿佛是决计百事再不管，专为一个孩子活着自己的命似的。然而便是那孩子，也因为营养坏，终于在这七日前死掉了。那结果，可怜的阿仙便在下葬这一夜里，忽然发了

295

狂。发狂之后的阿仙的态度，不但说不定什么时候会自杀，而且每日许多次，无法可想的乱闹。因了村医的注意，终于造了房牢，监禁起来了。这到了正当首七的今夜或者想到了要上孩子的坟了罢，便偷偷的破了栏槛，跑出来了。

大家走出村外时，月亮比先前又稍稍东下了。且走且看的经过了涨满着如雨的虫声的大豆田，到了前回的溪谷的所在，那阿仙的阴森的声音的丝缕，又和先前一样，仍然在溪水上横流。于是转出一个不甚峻急的山襞去，坟地便在右手的眼前了。路的正前面，阿仙的上着的树，也受了月光，见得漆黑而且硕大。阿仙的声音不消说，便是阿仙的白色的形状，也能在枝条间看得分明。六个人走到坟地边，或者因为看见了三个排着的提灯的灯光了罢，在树上的阿仙的形相，便如白色的影子一般，急急的溜下横干来，以为飘然的轻轻的站在崖上了，却又直奔坟地中间去。

"呵。跑了。趁没有走进山里去，捉住伊！"

有人这样说，而大家都遵了接到崖间的小径，纷纷的走向坟地了。这时阿仙的形相，却如淡白的布或是什么飘在风中似的，浴着月光，跳上了斜面。待到大家走到阿仙所走的宽约三尺的坂下的时候，那已经走了七成的白色的形相，却忽地转了左，在墓碑间往来。大约走了五六丈，又突然失了踪影。

"躲了呵。喂，这回是说不定会从哪里出来，小心罢。"

巡警正这样说，少年们已经纷纷散开，对着不见了阿仙的方向，各人随意的穿过墓碑间，许多回曲曲折折的寻上去。我也跟在后面，竭力赶快的走。

不多时，大约大家已经走近了不见阿仙的地方的时候，从前面的排得宽约丈余的一堆坟荫里，忽然站起一个淡白的形相来；并且发出野兽似的很有底力的呻吟，一面胡乱的抓了泥土往外摔。然而不知道为什么，全没有想要逃走的情形。

"原来，逃进了自家的坟地里了。大约怕被人抢去了死孩子罢。"

有谁说着这些话的时候，大家便渐渐的将阿仙据守着的坟地包围起来。但阿仙毫不怕，无论是石，是泥，是木片，什么都随手的掷出来，待到知道自己完全被围住了，便忽而坐在一角的地面上。而且将全力用在两手上，不住的按地面，一面又如将捉住的饵食藏在腹下的豹一般，高耸的双肩里埋着紧缩的头，翻了眼，锋利的光溜溜的尽对大家看。颜色比先前更苍白，头发是抓乱似的披着，而且无论脸上，无论唇上，脸的全部都不住的凛凛的发着抖。这是从这之间，

297

正在夹杂着涌出恐怖和憎恶和愤怒来。暂时之间，大家简直无从下手，单是这样的默默的注视着阿仙的模样。

"阿呀，阿仙这东西，刨了孩子的坟了。看罢。泥土掘得这样。"

因为非常吃惊似的，巡警这样的叫喊了，便望进坟地里去，只见大约是送葬用的白灯笼和白旗，以及花朵和花筒，都和掘开的泥土散得满地。此外则白木的冥屋和塔婆的断片，也被摔出一般的飞散着。而且，阿仙蹲着的处所仿佛很低洼，膝髁的大部分是埋在泥土里的。忽而阿仙像是得了机会似的，偷偷的拿过旁边的一个碗来，立刻舀了眼前的泥土，飞快的塞到膝髁底下去，而其时也毫不大意，不绝的看着周围，时时用了絮语一般的低声，接连的说道：

"不行。不行，不行。"

然而倘有谁想略略走近，便发出尽力的叫喊，或者格格的磨着雪白的露出的齿牙，显了现就会扑过来，咬住喉咙的态度。大家无法可想，又是暂时之间，任其自然的只是看。

其时有一个在阿仙背后的少年，趁机会跳过了低低排着的墓碣，突然从胁下插进臂膊去，向上一弯，便捺下阿仙的领头，竭力的抱住了。一抱住，阿仙也同时站起来，骤然发了吐血一般的大声，哭着叫喊，而且拼命的挣扎。然而无论怎样叫喊，怎样挣扎，已经都无效。巡警当先，还有此外的三个少年，也都去帮忙，不管手上，脚上，身上，都密密的缚了细索子。

虽如此，也还要尽力挣扎的身体，好容易被三个少年协了力，前后提着运去了。于是巡警将提灯插在地面上，仔细的调查那掘开了的坟洞的周围。

"啊呀，这是棺桶呵。盖子全打破了。"

巡警这样的絮说着，用靴尖一踢墓碣下的一个蜜柑箱一般的箱子，这却意外的轻，在土上滑开去了。其中不消说，不像有孩子的尸体。这时候，我忽而想，以先被那女人从树上掷下来的沉重的东西，或者便是掘出了的孩子的尸体罢。这样一想，剧烈的恐怖便突然坌涌上来，立刻觉得指尖和脚尖都栗栗的发了古怪的冷。然而接着便看见那详细的检查着坟洞的底的巡警说：

"虽然掘了出来，却又就地埋了似的。很像这样。"一面又用棍子的头捣着洞底，我这才能够略嘘一口气。

那三个少年运了叫喊挣扎的女人，径下那中间坂路去，暂时又顺着崖上的小路走，此后便由眼底下的道路，回到村庄里去了。我和巡警和别一个少年，留在后面，去寻我那落掉的什物和阳伞，于是从中间的坂路，走到崖根，又略向

299

右，走下道路去，不多时便到了先前的大树下。什物和阳伞，自然是毫无异状的落在路旁的草窠中。我将这拾了起来，因为听得巡警很怪的声音说：

"啊呀，孩子的死尸！"

便不由得回过头去，只见那女人曾经上去过的树干的几乎直下的道路上，照在巡警的提灯里，横着一个乌黑的块。走近一看，正是生得不久的婴儿的死尸。既然很腐烂，又粘着许多泥，几乎辨不出眼鼻。然而我先前被掷着的，却的确是这东西了。事情一经分明，我便觉得脊梁的两边，有什么又冷又痛的东西，锋利的爬上去。同时从胁肋向了胸脯，又是那照例的讨厌的寒冷，刹时扩张开去了。我全身仿佛坚固的包着冰一般的东西，暂时毫不能动弹，单是默默的挺立着。

"总而言之，阿仙是将这掷了你了。背后没有怎样么?"

少年这样说，借了巡警的提灯，走到我的背后去。他即刻用了大声，说道，"呀，脏得很呢!"我不由得将手伸到领头，便有说不出是油是脓的东西，粘粘的沾满了指上了。因此我又感到了剧烈的战栗。这之间，又觉得从地上的黑块里，渐次强烈的涌起闭气似的可厌的臭味来。谁也不再说什么话。只是伫立在渐渐淡下去的月光，和浅浅的流着的溪水声和如雨的虫声中，三人都暂时没有动。

我在这时候，仿佛就在眼前，分明的看见了被弃于男人死别了孩子的女人，可以活下去的希望全被夺尽了的女人的，对于人类对于运命的可怕的复仇心，很以为阿仙的心，实在是非常惨痛的了。而和这同时，对于那复仇心偶然选我做了对象的恐怖，却还不如对于这样的虐待了阿仙的运命这一件东西的恐怖，尤为强烈的打动了我的心。

"这东西究竟怎么办才好呢。"

过了许久才开口的巡警的声音，很带些难于处置的模样了。

注释：
1　在神社之前，用以清净口与手的水。

三浦右卫门的最后

——————————————————〔日〕 菊池宽

是离骏河府不远的村庄。是天正末年[1] 酷烈的盛夏的一日。这样的日子，早就接连了十多日了。在这炎天底下，在去这里四五町[2] 的那边的街道上，从早晨起，就一班一班的接着走过了织田军。个个流着汗。在那汗上，粘住了尘埃，黑的脸显得更黑了。虽然是这样扰乱的世间，而那些在田地里拔野草踏水车的百姓们，却比较的见得沉静。其一是因为弥望没有一些可抢的农作物；即使织田军怎样卑污，也必未便至于割取了恰才开花的禾稼，所以觉得安心。其二，是见惯了纷乱，已经如英国的商人们一般，悟通了 business as usual（买卖照常），寂然无动于衷了。

府中的邸宅已经陷落的风说，是日中时候传播起来的，因为在白天，所以不能分明听出什么，但也听得呐喊，略望见放火的烟。百姓们心里想，府邸是亡了，便如盖在自己屋上的大树一旦倒掉似的，觉到一种响亮的心情，但不知怎样的又仿佛有些留恋。然而大家都料定，无论是换了织田或换了武田，大约总不会有氏康的那样苛敛，所以对于今川氏盛衰的事，实在远不及田里毛豆的成色的关心。那田里有一条三尺阔狭的路。沿这路流着一道小沟，沟底满是污泥，在炎暑中，时常沸沸的涌出泡沫。有泥鳅，有蝾螈，裸体的小孩子五六个成了群，喳喳的嚷着。那是用草做了圈套，钓着蝾螈的。不美观的红色的小动物一个一个的钓出沟外来，便被摔在泥地上。摔一回，身子的挣扎便弱一点，到后来，便是怎样用力的摔，也毫没有动弹了。于是又拔了新的草，来做新的圈，孩子们的周围，将红肚子横在白灰似的泥土上的丑陋的小动物的死尸，许多匹许多匹的躺着。

有俨然的声音道，"高天神城是怎么去的?"孩子们都显出张惶的相貌，看着这声音的主人。那是一个十七岁左右的少年。在平分的前发下，闪着美丽的眼睛，丈夫之中有些女子气，威武气之中有些狡猾气，身上是白绢的衬衣罩着绫子的单衫，那模样就说明他是一个有国诸侯的近侍。再一看，足上的白袜，被尘埃染成灰色了。因为除下了裹腿而露出的右腓上，带一条径寸的伤痕，流着血。

"高天神城是怎么样去的? 请指教。"少年有些心焦了，重复的说。然而孩子们都茫然。这时的孩子们，是还没有因为义务教育之类而早熟的，所以谁也不能明白的说话；倘若不知道，本来只要说不知道就是了，然而便是这也很不能够

303

说。都茫然，少年连问了三回，其中一个年纪最大的孩子才开口，说道：

"天神老爷？"一听到这声音，少年立刻觉得便是暂时驻足问路的事，也很不值得了，于是向孩子们骂一声"昏虫"，抽身便要走。不凑巧一个孩子却又仓皇的塞了少年的路，少年就踢了他。这孩子便跄跄踉踉的倾跌过去，坐在沟里面，哇的哭了。似乎并不怎样痛，又是裸体，也不会脏了衣服，原不必这样号咷的大哭，然而颇号咷大哭了。孩子们都愤然了。这时的孩子们，是与一切野蛮人的通性全一样，怯于言而勇于行的。一到争闹，势派便不同，蝎子似的直扑那少年。少年也一作势，要拔出腰间的刀来。这意志，当这时候，原是很适当的，然而竟不能实现。因为一个孩子猛然跳向前，将那捏着刀柄的少年的手，下死劲咬住了。别的孩子们也各各攻击他合宜的部位，少年便全不费力的被拖倒在这地方。孩子们都很得意，有如颠覆了专制者的革命党。

少年挣扎着想逃走。然而孩子们的数目，将近十人，而且都是有机的活动着的，所以毫没有法子想。

"给他吃蝶蜋啵。"一个孩子说出意见来；孩子们都嘻的交换了合着恶意的笑脸。但有一个老人来到这里，少年便没有吃蝶蜋的必要了。一看见这老人，孩子们都异口同声的告状，说是"踢了安阿弥哩"。老人只一瞥，便知道这少年是今川的逃亡人。对于现在的今川氏，固然不能没有恨，但对于先代的仁政的感谢，又总在什么处所还有留遗，而况既为美少年，又是逃亡人呢。老人便自然同情于落在孩子掌中的这少年，突然叱责了那些孩子了。这是和凡是自己的孩子，一与他人开了交涉的时候，即不问是非直曲，便将孩子叱责一顿的现在的父母们所取的手段，是一样的。少年显了羞愧和气忿的相貌，站起来了。这时候，孩子们怕报仇，都聚在五六丈以外的圆叶柳树下，准备着逃走；但却另换了村里的年青人五六个，围住这少年。站在最先头，眼睛灼灼的看着少年的，名叫弥总次，是一个专门弋获逃亡人的汉子。这汉子一听得有战事，一定从本村或邻村里觅了伙伴，出去趁着混乱，抢些东西，或者给逃亡人长枪吃。这回本也要去的，无奈一月以前受了伤，还没有好，至今左手还络着哩。他在早一刻，已经估计了这少年横在腰间的东西。那是金装的极好的物品。他到现在为止，虽然偷过二三百柄刀，但单是装饰便值银钱三四十枚的奇货，却从来没有见过。

少年不知道这样捣乱的人物就在面前。从他眼睛里淌下几滴恚恨的眼泪，声音发了抖，说出一句致命的独白来：

"竟使府里的三浦右卫门着了道儿了。"

305

鲁迅译作选

"你便是右卫门么!"在那里的人们一齐张口说。他是这样的驰名。世间都说他是今川氏的痈疽;说氏康的豪奢游荡的中心就是他;说比义元的时候增加了两三倍的诛求,也全因为他的缘故;说义元恩顾的忠臣接连的斥退了,也全因为他的缘故。今川氏的有心的人们,都诅咒他的名字。他的坏名声,是骏河一国的角落里也统流传。没有听到这坏名声的,恐怕只有他自己了。其实是右卫门本没有什么罪恶,只是右卫门的宠幸和今川氏的颓废,恰在同时,所以简单的世人,便以为其间有着因果关系的了。他其实不过一个孩子气的少年;当他十三岁时,从寄寓在京都西洞院的父母的手里,交给今川家做了小近侍,从此只顺着主人和周围的支使,受动的甘受着,照了自己的意志的事,是一件也没有做的。但是氏康对于他的宠幸,太到了极端,因此便见得他是巧巧的操纵着主人似的了。

弥总次一听到右卫门的名字,心里想,这等候着的好机会已经到了。料来无端的劫夺,旁人是不答应的,所以先前没有敢动手。他忽而大发其怒,骂道,"倘是右卫门,为甚么不殉难?"右卫门听到这话,便失了色,他委实是舍了主人逃走的;遁出府邸走了二三里,望见追赶他们的织田军的鍪兜,在四五町之后的街上发光的时候,他除了恐怖心之外，再没有别的思想了。他骑马是不熟手的，早就跟不住同伴，一想到倘被敌人赶上，最先给结果了的一定是自己，便觉得敌人的枪尖似乎已经刺透了背脊，不像是活着的心情了。他迟疑了几回，待到骑进左方的树林里，便下了马，只是胡乱的跑。因为他有这一点隐情，所以开不得口。

"剥下衣裳来示众罢！"弥总次怒吼说，这虽然是一个不通的结论，但在战国时代，则这般的说法，却还要算是讲理的了。于是三四个村壮，都奔向右卫门去。被孩子尚且拖倒，现在便自然更容易：兔一般的剥了皮。他的美艳的肉体，在六月的太阳底下，洁白到似乎立刻要变色。

"倘是右卫门，杀却也可以！"弥总次怒吼说。那时候，强者杀却弱者，是当然的事情。

"给百姓吃苦的便是这东西，绞一回！"弥总次说。一个村壮便扼住了倒在泥土里的右卫门的嗓子。右卫门很吃苦，大咳起来。这时老人又来拦阻了，说道：

"还不至于要他性命哩，饶了他罢。"村壮也没有什么不谓然；弥总次却上前一步，抬起右脚，搁在右卫门的肩头说：

"说来：要命，单是饶了命罢。不说，便不饶！"年青的村人们，以为即使怎样的稚弱，也应该吐一句武士相当的舍

307

身的口吻了。然而右卫门低声说：

"要命，单是饶了命罢。"

"叩头还欠低！"弥总次大声说。

右卫门低下头去，几乎触到泥土上。先前又已聚集了的孩子们都笑了。

"去，快滚罢！"被两三人推搡着，右卫门跄跄踉踉的站起身来，哭肿着美丽的脸，身上只穿着一条犊鼻裤，在夕阳之下，蹒跚的向西走去了。那些百姓们，都嗤笑这怯弱者。

右卫门到高天神城，是第二日的晚间了。城将天野刑部，三年前在今川氏为质的时候，右卫门曾经给他许多回的好意。那时候，刑部是两手抵了地，说这恩惠是没齿不忘的。右卫门信了这话，所以远远地投奔高天神城来。他到城的时候，自然已经不是裸体了；不知道他受了谁的帮助，虽然是粗恶的，却已穿着衣服。刑部一见这佳客的到来，仿佛起了多少兴味似的。况且，氏康的生死还未分明，倘使北条和武田都和氏康协了力，则克复骏河一国是十分容易的事。他想：倘如此，则于救了氏康宠臣的自己的位置，就该颇为有利的了。右卫门也能说普通的人们所说的谎。他用了巧妙的措辞，先叙述他在乱军之中和主人散失的不幸，以至因为要掩人耳目，所以自己抛去了东西。刑部对于这些也没有起疑的材料，便招在一间房子里，按照一到万一的时机不至于会被抱怨的程度，款待起来。

刑部是介在织田和今川之间的，也如欧洲战争中的希腊一般，乖巧的办得各不加入哪一面。他既然养着三浦右卫门，却又另去探听氏康的消息。于是便知道氏康遭了织田军的穷追，已经切腹[3]而死的事。这报告中还添着一段插话，说那氏康之宠萃于一身的三浦右卫门，当府中陷落这一日，早就弃了主君逃走了。一得到这报告，刑部所想到的政策，却是颇为常识的，就是斩右卫门头，献于织田氏，以明自己之无二心，他想，要杀右卫门，只要说是背主忘恩之罚，作为口实就是了。

右卫门忽然被绑上了。那时代，只要有绑人的力，是无须乎理由的。右卫门被牵到刑部的面前。刑部也如战争初起时候的欧洲文明国一般，暂借了正义来说：

"右卫门！你还记得背弃了府邸么？要砍下不忠不义者的头来，献向府邸去。"

这样冠冕的理由，在战国时代的杀人，是一件稀有的事。然而无论含着几多的理由，被杀者的苦痛总一样。有理由的被杀，有时候或反比无端的被杀更苦痛。总之右卫门是

309

不愿意被杀的，他很利害的发抖了，两三日以前几乎被村人所杀的时候，那些人虽然也曾加一点恫吓，但今日的宣言却真实而带着确乎的现实性了。他无论怎样想，对于死总觉得嫌恶。他的过去的生活，是充满了安逸与欢娱。他以为再没有别的地方，能比这世上更有趣了。他全身嫌恶死，当刑部说出"总八郎拿刀"的时候，他放声啼哭起来了。

"右卫门！要命么？"刑部嘲笑的说。

思索这一句答话的必要，在他是无须的。因为早就受了弥总次的教了。

"要命的，单是饶了命罢。"他说。刑部的家将们，看见人类中有这样贪生的东西，都意外的诧异。奋然而死的事，在他们算是一种观瞻；所以从幼小时候起，便如飞行家研究奇技一般，专研究着使别人吃惊的死方法。这时的武士道的问题，是只在怎样便可以轻轻的送命这一点。在他们，凡有生命以外的东西，是什么都贵重的；只有这生命，是无论和什么去交换，都在所不惜的。所以右卫门的哀诉，从他们看来实在是奇迹。他们一齐失笑了。刑部便想再来嘲笑一回看，说道：

"右卫门！要命么？倘要，便两手抵了地，说道要！"众人都想，既然是武士，未必会受了这样的侮辱还要命。然而想的却错了，右卫门淌着眼泪，两手抵地说：

"要命呵。"于是又引起了主从的嘲弄的笑声。刑部的心里，听了右卫门的哀诉，又生出再加玩弄的恶魔的心来。

"既然这样的要命，饶了也罢。只是不能就饶。得用一只手来兑命。倘愿意，便饶你的。"他说。刽手走近右卫门，说道：

"听到了大人的吩咐没有？愿意么？回答罢！"右卫门不开口，动一动缚着的左手。

"那就砍左手！"刑部说。刽手的刀只一闪，右卫门的手，便如在铃之森的舞台上，被权八砍掉的云助的手一般，切下来了。

"一只手也还要命么？"刑部重复讯问说。右卫门将可怕的苦闷显在脸上，点一点头。刑部主从又笑了。刑部又开口说：

"一只手也太便宜了，砍下两手来，便饶罢。"右卫门似乎懂得这话的意思了。刽手问他说：

"愿意么？"右卫门略略点头；刽手再扬声，他的右手，便带着血浆，飞向二丈远的那边了。

右卫门这模样，从我们看来，觉得颇也残酷了，但在战国时代，见了只这样的光景便生怜悯的人，却并无一个。刑

311

部又大声说：

"便是两手也还太便宜哩。要右脚。砍下右脚来，便单给饶了命罢。"

活土偶似的坐在血泊中的右卫门的脸，虽然全苍白了，却还是不住的哭。然而紧张了的神经，大抵是懂了刑部的话了。他继续的说道：

"单是饶了命罢。"

刑部主从又发了哄堂的嗤笑，侮辱了这人的崇高而且至纯的欲求。刽手伸出左手，抬起右卫门的身体，便削下他的右脚来；刀锋太进了，又截断了左脚的一半。

"右卫门，这样了也还要命么？"刑部说。但右卫门似乎已经无所闻了，刽手将嘴凑近他的耳边，说道：

"要命么？"右卫门翕翕的动着嘴。其时刑部使了一个眼色；刽手便第四次举起钢刀，咄的砍下头颅来。这头颅在沙上辗转的滚了二三尺，在停住的地方翕翕的动着嘴。倘使没有离了肺脏，还说道"单是饶了命罢"是无疑的了。

一读战国时代的文献，攻城野战的英雄有如云，挥十八贾[4]铁棒如芋梗的勇士，生拔敌将的头的豪杰，是数见不鲜的，但常 Miss（觉得有缺少）于"像人样的人"的我，却待到读了浅井了意的《犬张子》[5]，知道了"三浦右卫门的最后"的时候，这才禁不得"Here is also a man"（这里也有一个人）之感了。

注释：

1 天正止于十九年，即西纪一五九一年。

2 三百六十尺为一町，合中尺三十四丈；三十六町为一里。

3 用刀横剖腹部的自杀。

4 一贯约中国六斤四两。

5 本是玩具的名字，著者取为志怪的书名，元禄四年（一六九一年）印行。

复仇的话

———————————————————————————〔日〕菊池宽

铃木八弥当十七岁之春，为要报父亲的夙仇，离了故乡赞州的丸龟了。

直到本年的正月为止，八弥是全不知道自己有着父亲的仇人的。自己未生以前便丧了父，这事固然是八弥少年时代以来的淡淡的悲哀，但那父亲是落在人手里，并非善终这一节，却直到这年的正月间，八弥加了元服为止，是全然没有知道的。

元服的仪式一完毕，母亲便叫八弥到膝下去，告诉他父亲弥门死在同藩的前川孙兵卫手里的始末，教八弥立了复仇的誓词。八弥看见母亲的通红的眼；而且明白了自己的身上是负着重大的责任了。

从九岁时候起，便伴着小侯，做了将近十年的小近侍的八弥，这时还是一个不知世事的稚气的孩子。况且中了较大一岁的小侯的意，几乎成了友人，他一无拘忌，和小侯比较破魔弓的红心，做双陆的对手，驱鸟猎和远道骑马，也都一同去。至于和小侯共了席，听那藩中的文学老儒的讲义，坐得两脚麻痹之后，大家抱腹相笑的时候，那就连主从关系也全然消灭了。八弥住在姓城中的一个大家族里；他是比较的幸福，而且舒服的。直到十七岁加了元服时，这才被授予了一件应该去杀却一个特定的人的，又困难又紧张的事业。

宽文年号还不甚久的或一年的三月间，八弥穿起不惯的草鞋来，上了复仇的道了。在多度津的港里作为埠头的金比罗船，将八弥充了坐客的数，就那吹拂着濑户内海的春风张了满帆，直向大阪外，溜也似的在海上走去了。

他靠着船的帆樯，背着小侯所赐的天正祐定的单刀，一个人蹲着。渐渐的离了陆地，他的心中的激动也就渐渐的平稳起来，连母亲的严重的训诫，小侯的激励的言语，那效果也都梦一般的变了微漠，在他心里，只剩了继激昂之后而起的倦怠和淡淡的哀愁。他对于那与自己绝不相干的生前的事故，也支配着自己的生涯这一件事实，不能不痛切的感到了。他在先前，其实并没有很想着父亲的事。因为他的母亲既竭力的不使他觉得无父的悲哀，又竭力的在他听觉里避去"父亲"这词句，而且他自从服侍小侯以后，几乎感不到对于父亲的要求。因为他的生活是既幸福，又丰裕的。然而一

315

到十七，却于瞬息中，应该对于先前不很想到的父亲有人子之爱，又对于先前毫不知道的前川谁某有作为敌人的大憎恶了。这是他的教养和周围，教给他对于父母的仇人须有十分的敌意的。

八弥曾经各样的想象那敌人的脸。因为他的母亲是不甚知道这敌人前川的。前川和八弥的父亲，本来是无二的好朋友，但是结婚未久的新家庭，前川不敢草率，便少有来访的事了。

于是八弥不得不访问些知道前川的人，探问他的容貌去。恳切的人们便各样的绞出十七八年前的记忆来，想满八弥的意。然而这些人们所描的印象，无论怎样缀合，八弥也终于想不定仇敌的形容。于是八弥没有法，只好从小侯的藏书中，取了藩中画师所画的《曾我物语》里的工藤的脸作为基本，再加一些修改，由此想象出敌人的脸相来。他竭力的从可恶这一面想；因为他以为觉得可恶，便容易催起杀却的精神。但那脸相的惟一的特征，却只知道右脸上有一颗的黑痣。

船舶暂时循着赞岐的海岸走，但到高松港一停之后，便指了浪华一直驶去了。

敌人有怎样强，八弥是不知道。但他从幼小时候以来，便谨守着母亲的"修炼武艺，比什么都紧要"的教训，于剑法一端，是久已专心致志的。他那轻捷而大胆的刀路，藩中的导师早就称扬。八弥的母亲教他负了复仇的事情，也就因为得了这导师的保证。

他对于复仇这一件事，也夹着些许的不安，但大体却觉得在绚烂的前途中，仿佛正有着勇猛的事，美善的事。所谓复仇，固不测有怎样的难，然而这是显赫的不枉为人的事业，却以为是确凿的。他的心，也很使自己的事务起了狂热了。

一到安治川，他歇在船寓里，再出去一看浪华的街。所有繁华的市街，他都用了搜求仇敌的心情看着走。

大约一月之后到了京都的八弥，便历访京都的宏丽的寺院；走过了室町和乌丸通这些繁华的市街；每天好几回，经过那横在鸭川上面的四条五条三条桥，听得拟声游戏的笛音和大鼓。然而京都的名胜古迹处，并没有敌人。没有敌人的祇园和岛原和四条中岛，从他看来，都不过是干燥无味的处所罢了。

他从京都动身，是初夏的一日里。舍了正在鲜活的新绿的清晨中的京都，他向江户去了。

从京都经过大津，在濑田的桥边，他因为要午餐，寻到

317

了一个茶店。到正午本来还略早，但他觉得有些口干，所以想要歇息了。他吃些这里有名的鲫鱼。不管那茶店使女含着爱娇的交谈，他只是交了臂膊，暗忖着怎样才可以发见他的仇敌。忽而听到什么地方有和自己一样的带些赞岐口音的说话了。他早就感了轻度的兴奋，便向声音这方面看。这是从正对琵琶湖的隔离的屋子里出来的。照说话的口吻，总该是武士。赞岐口音的武士，这正是他正在搜寻的敌人的一个要件。他不由得将放在旁边的祐定的单刀拉近身边了。这其间，那武士骂着使女，莽撞的从离开的屋子来到店面里。已颇酩酊的武士用了泥醉者所特有的奇妙的步法，向着门外走，一面又忽然和八弥打了一个照面。武士的心里，便涌起轻微的恶意来。

"看起来，还是年青的武士，大约是初出门哩。哈哈哈……"他嘲笑八弥似的笑了。八弥愤然了扬起那美秀的眼睛，不转瞬的看着对手。

八弥不能不憎恶这武士了。颧骨异常之高；那鼻子，也如犹太人一般，在中途突出鼻梁来；而且那藏着恶意的眼色，尤其足够唤起八弥的嫌恶的心情。他想，自己的敌人也是这样的男子才好；他又想，倒不如这人便是前川孙兵卫就更好了。其实从口音上，已经很可疑。他用冷静的意志来镇

318

定了激昂，他想试探这武士看。

"实在是的。初出门，总有些不便可。"他驯良的回答说。

"一看那肩上带着木刀，该是武者修业罢，哈哈……也能使么?"他对于稚弱的八弥，要大加嘲弄的意志，已经很分明了。

八弥因为要知道对手的生平，格外忍了气。

"很冒昧，看足下像是赞岐的人……"八弥淡然的问。

"诚然是生驹浪人呵，因为杀人，出了国的。虽然是有着仇敌的身子，脑袋却还连在颈子上，即使有父母之仇，目下的武士倒也仿佛很安闲哩。这真是天下太平的世界了。哈哈哈……"他漏出侮辱一切有着仇敌的人们的嘲笑来。八弥想，若是生驹浪人，则也许便是自己的仇敌，用着这样的假名字。但对于出去复仇的人们的侮辱，却更其激动了他的心了。要将作为一种手段的沉静，更加继续下去，则八弥还是太年少。他看定对手，双瞳烂然的发了光。

"哈，脸色变了，看来你也有仇人罢，哈哈哈……用那细臂膊，莫说敌人，也未见得能砍一条狗。"一面说，武士在自己任意的极口的痛骂里，觉着快感似的，又大声哈哈的笑。

319

八弥已经不能忍了。他忘却了有着敌人的紧要的身体了。这男子，并不是自己的仇雠的孙兵卫，那是只一看颊上没有痣，早就知道了的，然而还缺乏于感情的节制的他，却不能使怒得发抖的心，归到冷静里去了。他左手拿了刀，柱起来叫喊说：

"哪，怎么说！一条狗能砍不能砍，那么，请教罢。"他的声音上，微微的带些抖。

那武士以为八弥的战栗因为恐怖，便愈加嗤笑了。

"有趣！领教罢。"他不以为意的答了话，一面从茶店里，跄跄踉踉的走到大路的中央。将那长的不虚发的佩刀，叫一声咄，便出了鞘。

好个八弥，居然很沉静。在檐下卸了背上的行囊，缚好了草鞋的纽，濡湿了祐定的刀的柄上的钉，就此亮着，走向敌手了。

那武士，最初是以微笑迎敌的，但八弥砍进一刀去的时候，那武士分明就狼狈了。他吃惊于这少年的刀风的太锐利。他后悔自己的孟浪了。而这样的气馁的自觉，又更使这武士陷入不利的地位去。他渐渐被八弥占了上风，穷追到濑田的桥的栏边，已经没有后退的余地了。感到了性命的危急的他，耸起身来，想跳过栏杆，逃到河里去；但实行了他的

320

意志的，却只有他的头颅。因为乘着要跳的空，八弥便给了从旁的一劈。

八弥完结了这杀人的事，回到故我的时候，他便已后悔起来。而对于敌人已想逃入水中，还要穷追落手的血气，尤其后悔了。但远远的立着旁观的人们却都来祝八弥的成功。其中几个怀着好意的人还来帮八弥结束，劝他乘村吏未到，事情还未纠缠之前，先离开了这处所。

八弥离开了濑田桥，走到草津的时候，最初的悔恨早经消失了。他很诧异杀人有这样的容易。他觉得先前以为重负的复仇，忽而仿佛是一件传奇的冒险了。因为觉得不过是上山打猎，追赶野猪似的，血腥的略带些危险的冒险。而且他对于自己的手段，也因此得了自信。他涌起灿烂的野心来，以为在路上再加修炼，则无论怎样的强敌，也可以唾手而得的了。他于是比先前更狂热于复仇，指着江户，强烈的走着东海道的往来的土地。

然而复仇的事，却并非如八弥最先所想象的灿烂的事情；这是一件极要忍耐的劳作。在这年的盛夏里，上了江户的他，一直到年底，留在江户，访求敌人的踪迹，但都不过是空虚的努力。第二年，下了中仙道到大阪，远眺着故乡的山，试进了山阳道向长州去。然而这些行旅，也只是等于追

321

鲁迅译作选

逐幻景的徒劳。第三年的春天，他连日在北陆的驿路中，结他客枕的夜梦，但到处竟不见一个可以疑是仇敌的人。他在仙台的青叶城下迎了二十岁的春季，已经是第四年了。他也常常记起故乡，想赶急报了仇，早得了归乡的欢喜。他看那杀却敌手，已没有些许的不安。四年间的巡行修业，早使他本领达了名人之域了。况且在冒险的旅行中，也有过许多斩夜盗杀山贼的事迹。他觉得无论敌人如何强，帮手怎样多，要取那目的的敌人，只是易于反掌的事罢了。

在具备了杀敌的资格的他，虽然想，愿早显了体面的行动，达到他的本怀，但有着惟一的问题，便是与那仇雠的邂逅。

二十一岁的春天的开头。八弥想从中仙道入信越，便离开江户，在上洲间庭的樋口的道场里，勾留了四五天，于是进了前桥的酒井侍从的城下。报仇的费用，是受着本藩的充足的供给的，所以他大抵宿在较好的客寓里。这一夜，也寓在胁本阵上野屋太兵卫的家中。

晚饭之后，他写了习惯了的旅行日记，然后照例是就寝。他刚要就寝，搁下日记的笔来，向着廊下的格子门推开了。回头去看，俯伏在那里的是一个按摩。

"贵客要按摩么?"他一面说，一面又低了头。这一天，八弥在樋口的道场里，和门人们交了几十回手，他的肩膀颇觉重滞了。

"阿阿，按摩么，来得正好，教揉一揉罢。"八弥说。盲人将他非常憔悴的身子，静静的近了八弥，慢慢的给他揉肩膀。指尖虽没有什么力，但他却很知道揉着要点的。而且这按摩，又和在各处客寓里所见的不相同，沉默得很特别。在主客的沉默中，盲人逐渐的揉得入神了。八弥有些想睡觉，因为祛睡，便和这盲人谈起话来。

"你很像是中年盲目似的。"

"诚然，三十三岁失明的。因为感觉钝，什么都不方便哩。"他用了分明的声音，极低的回答。八弥一听这，对于盲人的口音觉得诧异了。

"你的本籍是哪里呢?"八弥的声音有些凛然了。

"是四国。"

"四国的哪里?"

"是赞岐。"

"高松领么，丸龟领么?"八弥焦急起来了。

"丸龟领。"

"百姓，还是商人呢?"

"提起来惭愧煞人，本来也还是武士哩。"盲人在他的话里，闪出几分生来带着的威严来。

"是武士，那便是京极府的浪人了。"一面说，八弥仰起头，看定了盲人的脸。虽然是行灯的光，但在盲人的青苍的脸上，却清清楚楚的看见了仇敌惟一的目标的黑痣。

八弥伸出右手，搅住了盲人的手腕。

"你不叫前川孙兵卫么？怎的？"他说；用力一拉，盲人毫没有什么抵抗，踉踉跄跄的跌倒了。

"怎么，你不叫前川孙兵卫么，是罢？"他又焦急起来。

盲人当初有些吃惊，但也就归于冷静了。

"惭愧，你说的是对的。那么，你呢？"他的声音丝毫没有乱。

"招得好。我是，死在你手里的铃木弥门的独子，名叫八弥。觉悟罢，已经逃不脱了！"

盲人很惊骇；他暂时茫然了。在那灰色的无所见的眼睛里，分明可以见得动着强烈的感情。但是那吃惊，又似乎并不在自己切身的危险。

"怎么怎么，弥门君却有一个儿子么？那么，那时候，八重夫人是正在怀孕的了。……既这样，你今年该是二十一岁了罢。……要对我来复仇，我知道了。正是漂泊的途中，失了明，厌倦了性命的时候。我也居然要放临死的花了。"

盲人断断续续的说出话来，临末又添了凄凉的一笑。他那全盘的言语里，觉得弥满着怀旧的心绪，以及平稳的谦虚的感情。

八弥一切都出了意外。他愿意自己的敌手，是一个濑田桥畔所遇到一般的刚愎骄傲的武士的。愿意是一个只要看见这人，那憎恶与敌忾便充满了心中的武士。然而此刻在眼前访得的仇敌，却是一个半死的盲人。他不由得觉着非常之失望了。况且这盲人说到八弥父母的名字时，声音中藏着无限的怀念。他从来没有听到过称他父亲的名字时候，有人用了这样眷念的声音。八弥对着仇敌，被袭于自己全未豫料的感情，没有法，只是续着沉默。于是盲人又接下去说：

"死在弥门君的遗体的你手里，也就没有遗憾了。然而，在这里，却怕这照顾我多年的旅店要受窘；很劳驾，利根川的平野便在近旁，我就来引导罢。请，结束起来。"

盲人很稳静。八弥仿佛发了病似的，茫然的整了装束，茫然的跟着盲人。寓中的人们都抱着奇妙的好奇心，默送这两人的出去。到街上，两人暂时都无言。走了几步，盲人问讯道：

"冒昧得很，敢问令母上康健么?"

"平安的。"八弥回答说，那声音已不像先前一般严峻了。

"弥门君和我，是世间所谓竹马的朋友。什么事都契合，真好到影之与形一样的，然而时会招魔罢，而且那一夜，我们两人都酩酊了。有了那一件错失之后，我本想便在那地方自己割了腹，但因为家母的劝阻，只好去国了，这实在是我的一生的失策。直到现在，二十一年中，无一夜不苦于杀了弥门君的悔恨。弥门君没有后，以为复仇是一定无人的了，谁知道竟遇到你，给我可以消灭罪愆，那里还有此上的欣喜呢。……身为武士，却靠着商人们的情来度日，原也不是本怀。……这笛子也就无用了。"他说着，将习惯上拿在右手带来的笛子抛在空地里。

八弥在先前，便努力的要提起对于这盲人的敌忾心来，但觉得这在心底里，什么时候都崩溃了。他也将那转辗的遇着杀父之仇却柔软了的自己的心，呵斥了许多回。然而在他，总不能发生要绝灭这盲人的存在的意志。他想起自己先前在各样景况之下，杀人有那样的容易，倒反觉得奇怪了。

盲人当未到河畔数町的时候，说些八弥的父亲的事情。他似乎在将死时，怀着青年时代的回想。八弥从这盲人的口里，这才知道了父亲的分明的性格，觉得涌出新的眷慕来。

但对于亡父怀着新的眷慕，却决不就变了对于盲人的恶意。而且盲人最后说，不能一见八弥，这是深为遗憾的。

于是在这异样的同伴之前，现出月光照着的利根川的平野来了。盲人又抛下了他的杖，并且说：

"八弥君，很冒昧，请借给你的添刀罢。我辈也是武士，拱手听杀，是不肯的。"他借了八弥的添刀，摆出接战的身段。这只是对于八弥的好意的虚势，是明明白白的。

八弥只在心里想。杀一个后悔着他的过失，自己也否定了自身的生存的人，这算是什么复仇呢，他想。

"八弥君胆怯了么？请，交手罢！"

盲人大声的叫喊，这叫喊在清夜的河原上，传开了哀惨的声音。八弥是交叉着两腕沉在思想里了。

第二天的早晨，河原附近的人们在这里看见了一个死尸。然而这是盲人孙兵卫的尸体，却到后来才知道，因为那死尸是没有头的。而且那死尸，肚子上有一条挺直的伤，又似乎是本人的自杀。

八弥提着敌人的首级还乡了。而且还得了百石的增秩。但因为他在什么地方报仇，在什么时候报仇，没有说明白，

327

所以竟有了敌人的首级是假首级的谣言。甚而至于毁谤他是不能报仇的胆怯者。不知是就为此，或者为了别事，他不久便成为浪人了。延宝年间，江户的四谷坂町有一个称为铃木若狭的剑客，全府里都震服于他的勇名。有人说，这就是八弥的假名字。

鼻子

————〔日〕芥川龙之介

一说起禅智内供的鼻子，池尾地方是没一个不知道的。长有五六寸，从上唇的上面直拖到下颏的下面去。形状是从顶到底，一样的粗细。简捷说，便是一条细长的香肠似的东西，在脸中央拖着罢了。

五十多岁的内供是从还做沙弥的往昔以来，一直到升了内道场供奉的现在为止，心底里始终苦着这鼻子。这也不单因为自己是应该一心渴仰着将来的净土的和尚，于鼻子的烦恼，不很相宜；其实倒在不愿意有人知道他介意于鼻子的事。内供在平时的谈话里，也最怕说出鼻子这一句话来。

内供之所以烦腻那鼻子的理由，大概有二，——其一，因为鼻子之长，在实际上很不便。第一是吃饭时候，独自不能吃，倘若独自吃时，鼻子便达到碗里的饭上面去了。于是内供叫一个弟子坐在正对面，当吃饭时，使他用一条广一寸长二尺的木板，掀起鼻子来。但是这样的吃饭法，在能掀的弟子和所掀的内供，都不是容易的事。有一回，替代这弟子的中童子打了一个喷嚏，因而手一抖，那鼻子便落到粥里去

329

了的故事，那时是连京都都传遍的。——然而这事，却还不
是内供之所以以鼻子为苦的重大的理由。内供之所以为苦
者，其实却在乎因这鼻子而伤了自尊心这一点。

池尾的百姓们，替有着这样鼻子的内供设想，说内供幸
而是出家人；因为都以为这样的鼻子，是没有女人肯嫁的。
其中甚而至于还有这样的批评，说是正因为这样鼻子，所以
才来做和尚。然而内供自己，却并不觉得做了和尚，便减了
几分鼻子的烦恼去。内供的自尊心，较之为娶妻这类结果的
事实所左右的东西，微妙得多多了。因此内供在积极的和消
极的两方面，要将这自尊心的毁损恢复过来。

第一，内供所苦心经营的，是想将这长鼻子使人看得比
实际较短的方法。每当没有人的时候，对了镜，用各种的角
度照着脸，热心的揣摩。不知怎么一来，觉得单变换了脸的
位置，是没有把握的了，于是常常用手托了颊，或者用指押
了颐，坚忍不拔的看镜。但看见鼻子较短到自己满意的程度
的事，是从来没有的。内供际此，便将镜收在箱子里，叹一
口气，勉勉强强的又向那先前的经几上嗺《观世音经》去。

而且内供又始终留心着别人的鼻子。池尾的寺，本来是
常有僧供和讲论的伽蓝。寺里面，僧坊建到没有空隙；浴室
里是寺僧每日烧着水的。所以在此出入的僧俗之类也很多。

内供便坚忍的物色着这类人们的脸。因为想发见一个和自己一样的鼻子，来安安自己的心。所以乌的绢衣，白的单衫，都不进内供的眼里去；而况橙黄的帽子，坏色的僧衣，更是生平见惯，虽有若无了。内供不看人，只看鼻子，——然而竹节鼻虽然还有，却寻不出内供一样的鼻子来。愈是寻不出，内供的心便渐渐的愈加不快了。内供和人说话时候，无意中扯起那拖下的鼻端来一看，立刻不称年纪的脸红起来，便正是为这不快所动的缘故。

到最后，内供竟想在内典外典里寻出一个和自己一样的鼻子的人物，来宽解几分自己的心。然而无论什么经典上，都不说目犍连和舍利弗的鼻子是长的。龙树和马鸣，自然也只是鼻子平常的菩萨。内供听人讲些震旦的事情，带出了蜀汉的刘玄德的长耳来，便想道，假使是鼻子，真不知使我多少胆壮哩。

内供一面既然消极的用了这样的苦心，别一面也积极的试用些缩短鼻子的方法，在这里是无须乎特地声明的了。内供在这一方面，几乎做尽了可能的事。也喝过老鸦脚爪煎出的汤；鼻子上也擦过老鼠的溺。然而无论怎么办，鼻子不依然五六寸长的拖在嘴上么？

但是有一年的秋天，内供的因事上京的弟子，从一个知己的医士那里，得了缩短那长鼻子的方法来了。这医士，是从震旦渡来的人，那时供养在长乐寺的。

内供仍然照例，装着对于鼻子毫不介意似的模样，偏不说便来试用这方法；一面却微微露出口风，说每吃一回饭，都要劳弟子费手，实在是于心不安的事。至于心里，自然是专等那弟子和尚来说服自己，使他试用这方法的。弟子和尚也未必不明白内供的这策略。但内供用这策略的苦衷，却似乎动了那弟子和尚的同情，驾反感而上之了。那弟子和尚果然适如所期，极口的来劝试用这方法；内供自己也适如所期，终于依了那弟子和尚的热心的劝告了。

所谓方法者，只是用热汤浸了鼻子，然后使人用脚来踏这鼻子，非常简单的。

汤是寺的浴室里每日都烧着。于是这弟子和尚立刻用一个提桶，从浴室里汲了连手指都伸不下去的热水来。但若直接的浸，蒸汽吹着脸，怕要烫坏的。于是又在一个板盘上开一个窟窿，当做桶盖，鼻子便从这窟窿中浸到水里去。单是鼻子浸着热汤，是不觉得烫的。过了片时，弟子和尚说：

"浸够了罢。……"

内供苦笑了。因为以为单听这话，是谁也想不到说着鼻子的。鼻子被汤蒸热了，蚤咬似的发痒。

内供一从板盘窟窿里抽出鼻子来，弟子和尚便将这热气蒸腾的鼻子，两脚用力的踏。内供躺着，鼻子伸在地板上，看那弟子和尚的两脚一上一下的动。弟子常常显出过意不去的脸相，俯视着内供的秃头，问道：

"痛罢？因为医士说要用力踏。……但是，痛罢？"

内供摇头，想表明不痛的意思。然而鼻子是被踏着的，又不能如意的摇。这是抬了眼，看着弟子脚上的皲裂，一面生气似的说：

"说不痛。……"

其实是鼻子正痒，踏了不特不痛，反而舒服的。

踏了片时之后，鼻子上现出小米粒一般的东西来了。简括说，便是像一匹整烤的拔光了毛的小鸡。弟子和尚一瞥见，立时停了脚，自言自语似的说：

"说是用镊子拔了这个哩。"

内供不平似的鼓起了两颊，默默的任凭弟子和尚办。这自然并非不知道弟子和尚的好意；但虽然知道，因为将自己的鼻子当作一件货色似的办理，也免不得不高兴了。内供装了一副受着不相信的医生的手术时候的病人一般的脸，勉勉强强的看弟子和尚从鼻子的毛孔里，用镊子钳出脂肪来。那脂肪的形状像是鸟毛的根，拔去的有四分长短。

333

这一完，弟子和尚才吐一口气，说道：

"再浸一回，就好了。"

内供仍然皱着眉，装着不平似的脸，依了弟子的话。

待到取出第二回浸过的鼻子来看，诚然，不知什么时候已经缩短了。这已经和平常的竹节鼻相差不远了。内供摸着缩短的鼻子，对着弟子拿过来的镜子，羞涩的怯怯的望着看。

那鼻子，——那一直拖到下面的鼻子，现在已经诳话似的萎缩了，只在上唇上面，没志气的保着一点残喘。各处还有通红的地方，大约只是踏过的痕迹罢了。既这样，再没有人见笑，是一定的了。——镜中的内供的脸，看着镜外的内供的脸，满足然的眅几眅眼睛。

然而这一日，还有怕这鼻子仍要伸长起来的不安。所以内供无论唪经的时候，吃饭的时候，只要有闲空，便伸手轻轻的摸那鼻端去。鼻子是规规矩矩的存在上唇上边，并没有伸下来的气色。睡过一夜之后，第二日早晨一开眼，内供便首先去摸自己的鼻子，鼻子也依然是短的。内供于是乎也如从前的费了几多年，积起抄写《法华经》的功行来的时候一般，觉得神清气爽了。

但是过了三日，内供发见了意外的事实了。这就是，偶然因事来访池尾的寺的侍者，却显出比先前更加发笑的脸相，也不很说话，只是灼灼的看着内供的鼻子。而且不止此，先前将内供的鼻子落在粥里的中童子那些人，若在讲堂外遇见内供时，便向下忍着笑，但似乎终于熬不住了，又突然大笑起来。还有进来承教的下法师们，面对面时，虽然恭敬的听着，但内供一向后看，便屑屑的暗笑，也不止一两回了。

内供当初，下了一个解释，是以为只因自己脸改了样。但单是这解释，又似乎总不能十分的说明。——不消说，中童子和下法师的发笑的原因，大概总在此。然而和鼻子还长的往昔，那笑样总有些不同。倘说见惯的长鼻，倒不如不见惯的短鼻更可笑，这固然便是如此罢了。然而又似乎还有什么缘故。

"先前倒还没有这样的只是笑，……"

内供停了啐着的经文，侧着秃头，时常轻轻的这样说。可爱的内供当这时候，一定惘然的眺着挂在旁边的普贤像，记起鼻子还长的三五日以前的事来，"今如零落者，却忆荣华时"，便没精打采了。——对于这问题，给以解释之明，在内供可惜还没有。

——人类的心里有着互相矛盾的两样的感情。他人的不

335

幸，自然是没有不表同情的。但一到那人设些什么法子脱了这不幸，于是这边便不知怎的觉得不满足起来。夸大一点说，便可以说是其甚者且有愿意再看见那人陷在同样的不幸中的意思。于是在不知不觉间，虽然是消极的，却对于那人抱了敌意了。——内供虽然不明白这理由，而总觉得有些不快者，便因为在池尾的僧俗的态度上，感到了这些旁观者的利己主义的缘故。

于是乎内供的脾气逐渐坏起来了。无论对什么人，第二句便是叱责。到后来，连医治鼻子的弟子和尚，也背地里说"内供是要受法悭贪之罪的"了。更使内供生气的，照例是那恶作剧的中童子。有一天，狗声沸泛的嗥，内供随便出去看，只见中童子挥着二尺来长的木板，追着一匹长毛的瘦狗在那里跑。而且又并非单是追着跑，却一面嚷道"不给打鼻子喂，不给打鼻子"而追着跑的。内供从中童子的手里抢过木板来，使劲的打他的脸。这木板是先前掀鼻子用的。

内供倒后悔弄短鼻子为多事了。

这是或一夜的事。太阳一落，大约是忽而起风了，塔上的风铎的声音，扰人的响。而且很冷了，在老年的内供，便是想睡，也只是睡不去。辗转的躺在床上时，突然觉得鼻子发痒了。用手去摸，仿佛有点肿，而且这地方，又仿佛发了热似的。

"硬将他缩短了的，也许出了毛病了。"

内供用了在佛前供养香花一般的恭敬的手势，按着鼻子，一面低低的这样说。

第二日的早晨，内供照例的绝早的睁开眼睛看，只见寺里的银杏和七叶树都在夜间落了叶，院子里是铺了黄金似的通明。大约塔顶上积了霜了，还在朝日的微光中，九轮已经眩眼的发亮。禅智内供站在开了护屏的檐廊下，深深的吸一口气。

几乎要忘却了的一种感觉，又回到内供这里，便在这时间。

内供慌忙伸手去按鼻子。触着手的，不是昨夜的短鼻子了；是从上唇的上面直拖到下唇的下面的，五六寸之谱的先前的长鼻子。内供知道这鼻子在一夜之间又复照旧的长起来了。而这时候，和鼻子缩短时候一样的神清气爽的心情，也觉得不知怎么的重复回来了。

"既这样，一定再没有人笑了。"

使长鼻子荡在破晓的秋风中，内供自己的心里说。

337

罗生门

———————————————————〔日〕芥川龙之介

是一日的傍晚的事。有一个家将，在罗生门下待着雨住。

宽广的门底下，除了这男子以外，再没有别的谁。只在朱漆剥落的大的圆柱上，停着一匹的蟋蟀。这罗生门，既然在朱雀大路上，则这男子之外，总还该有两三个避雨的市女笠和揉乌帽子[1]的。然而除了这男子，却再没有别的谁。

要说这缘故，就因为这二三年来，京都是接连的起了地动，旋风，大火，饥馑等等的灾变，所以都中便格外的荒凉了。据旧记说，还将佛像和佛具打碎了，那些带着丹漆，带着金银箔的木块，都堆在路旁当柴卖。都中既是这情形，修理罗生门之类的事，自然再没有人过问了。于是趁了这荒凉的好机会，狐狸来住，强盗来住；到后来，且至于生出将无主的死尸弃在这门上的习惯来。于是太阳一落，人们便都觉得阴气，谁也不再在这门的左近走。

反而许多乌鸦，不知从哪里都聚向这地方。白昼一望，这鸦是不知多少匹的转着圆圈，绕了最高的鸱吻，啼着飞舞。一到这门上的天空被夕照映得通红的时候，这便仿佛撒着胡麻似的，尤其看得分明。不消说，这些乌鸦是因为要啄食那门上的死人的肉而来的了。——但在今日，或者因为时刻太晚了罢，却一匹也没有见。只见处处将要崩裂的，那裂缝中生出长的野草的石阶上面，老鸦粪粘得点点的发白。家将将那洗旧的红青袄子的臀部，坐在七级阶的最上级，恼着那右颊上发出来的一颗大的面疱，惘惘然的看着雨下。

著者在先，已写道"家将待着雨住"了。然而这家将便在雨住之后，却也并没有怎么办的方法。若在平时，自然是回到主人的家里去。但从这主人，已经在四五日之前将他遣散了。上文也说过，那时的京都是非常之衰微了；现在这家将从那伺候多年的主人给他遣散，其实也只是这衰微的一个小小的余波。所以与其说"家将待着雨住"，还不如说"遇雨的家将，没有可去的地方，正在无法可想"，倒是惬当的。况且今日的天色，很影响到这平安朝[2]家将的 Sentimentalism 上去。从申末下开首的雨，到酉时还没有停止模样。这时候，家将就首先想着那明天的活计怎么办——说起来，便是抱着对于没法办的事，要想怎么办的一种毫无把握的思想，一面又并不听而自听着那从先前便打着朱雀大路的雨声。

雨是围住了罗生门，从远处洒洒的打将过来。黄昏使天空低下了；仰面一望，门顶在斜出的飞甍上，支住了昏沉的云物。

因为要将没法办的事来怎么办，便再没有工夫来拣手段了。一拣，便只是饿死在空地里或道旁；而且便只是搬到这门里来，弃掉了像一只狗。但不拣，则——家将的思想，在同一的路线上徘徊了许多回，才终于到了这处所。然而这一个"则"，虽然经过了许多时，结局总还是一个"则"。家将一面固然肯定了不拣手段这一节了，但对于因为要这"则"有着落，自然而然的按上来的"只能做强盗"这一节，却还没有足以积极的肯定的勇气。

家将打一个大喷嚏，于是懒懒的站了起来。晚凉的京都，已经是令人想要火炉一般寒冷。风和黄昏，毫无顾忌的吹进了门柱间。停在朱漆柱上的蟋蟀，早已跑到不知哪里去了。

家将缩着颈子，高耸了衬着淡黄小衫的红青袄的肩头，向门的周围看。因为倘寻得一片地，可以没有风雨之患，没有露见之虑，能够安安稳稳的睡觉一夜的，便想在此度夜的了。这其间，幸而看见了一道通到门楼上的，宽阔的，也是朱漆的梯子。倘在这上面，即使有人，也不过全是死人罢了。家将便留心着横在腰间的素柄刀，免得他出了鞘，抬起登着草鞋的脚来，踏上这梯子的最下的第一级去。

于是是几分时以后的事了。在通到罗生门的楼上的，宽阔的梯子的中段，一个男子，猫似的缩了身体，屏了息，窥探着楼上的情形。从楼上漏下来的火光，微微的照着这男人的右颊，就是那短须中间生了一颗红肿化脓的面疱的颊。家将当初想，在上面的只不过是死人；但走上二三级，却看见有谁明着火，而那火又是这边那边的动弹。这只要看那昏浊的黄色的光，映在角角落落都结满了蛛网的藻井上摇动，也就可以明白了。在这阴雨的夜间，在这罗生门的楼上，能明着火的，总不是一个寻常的人。

家将是蜥蜴似的忍了足音，爬一般的才到了这峻急的梯子的最上的第一级。竭力的贴伏了身子，竭力的伸长了颈子，望到楼里面去。

待看时，楼里面便正如所闻，胡乱的抛着几个死尸，但是火光所到的范围，却比像想的尤其狭，辨不出那些的数目来。只在朦胧中，知道是有赤体的死尸和穿衣服的死尸；又自然是男的女的也都有。而且那些死尸，或者张着嘴或者伸着手，纵横在楼板上的情形，几乎令人要疑心到他也曾为人的事实。加之只是肩膀胸脯之类的高起的部分，受着淡淡的

341

光，而低下的部分的影子却更加暗黑，哑似的永久的默着。

家将逢到这些死尸的腐烂的臭气，不由得掩了鼻子。然而那手，在其次的一刹那间，便忘却了掩住鼻子的事了。因为有一种强烈的感情，几乎全夺去了这人的嗅觉了。

那家将的眼睛，在这时候，才看见蹲在死尸中间的一个人。是穿一件桧皮色衣服的，又短又瘦的，白头发的，猴子似的老妪。这老妪，右手拿着点火的松明，注视着死尸之一的脸。从头发的长短看来，那死尸大概是女的。

家将被六分的恐怖和四分的好奇心所动了，几于暂时忘却了呼吸。倘借了旧记的记者的话来说，便是觉得"毛戴"起来了。随后那老妪，将松明插在楼板的缝中，向先前看定的死尸伸下手去，正如母猴给猴儿捉虱一般，一根一根的便拔那长头发。头发也似乎随手的拔了下来。

那头发一根一根的拔了下来时，家将的心里，恐怖也一点一点的消去了。而且同时，对于这老妪的憎恶，也渐渐的发动了。——不，说是"对于这老妪"，或者有些语病；倒不如说，对于一切恶的反感，一点一点的强盛起来了。这时候，倘有人向了这家将，提出这人先前在门下面所想的"饿死呢还是做强盗呢"这一个问题来，大约这家将是，便毫无留恋，拣了饿死的了。这人的恶恶之心，宛如那老妪插在楼板缝中的松明一般，蓬蓬勃勃的燃烧上来，已经到如此。

那老妪为什么拔死人的头发，在家将自然是不知道的。所以照"合理的"的说，是善是恶，也还没有知道应该属于哪一面。但由家将看来，在这阴雨的夜间，在这罗生门的上面，拔取死人的头发，即此便已经是无可宽恕的恶。不消说，自己先前想做强盗的事，在家将自然也早经忘却了。

于是乎家将两脚一蹬，突然从梯子直蹿上去；而且手按素柄刀，大踏步走到老妪的面前。老妪的吃惊，是无须说得的。

老妪一瞥见家将，简直像被弩机弹着似的，直跳起来。

"哕，哪里走！"

家将拦住了那老妪绊着死尸踉跄想走的逃路，这样骂。老妪冲开了家将，还想奔逃。家将却又不放伊走，重复推了回来了。暂时之间，默然的叉着。然而胜负之数，是早就知道了的。家将终于抓住了老妪的臂膊，硬将伊捻倒了。是只剩着皮骨，宛然鸡脚一般的臂膊。

"在做什么？说来！不说，便这样！"

家将放下老妪，忽然拔刀出了鞘，将雪白的钢色，塞在伊的眼前。但老妪不开口。两手发了抖，呼吸也艰难了，睁圆了两眼，眼珠几乎要飞出窠外来，哑似的执拗的不开口。

一看这情状，家将才分明的意识到这老妪的生死，已经全属于自己的意志的支配。而且这意志，将先前那炽烈的憎恶之心，又早在什么时候冷却了。剩了下来的，只是成就了一件事业时候的，安稳的得意和满足。于是家将俯视着老妪，略略放软了声音说：

"我并不是检非违使³的衙门里的公吏；只是刚才走过这门下面的一个旅人。所以并不要锁你去有什么事。只要在这时候，在这门上，做着什么的事，说给我就是。"

老妪更张大了圆睁的眼睛，看住了家将的脸；这看的是红眼眶，鸷鸟一般锐利的眼睛。于是那打皱的，几乎和鼻子连成一气的嘴唇，嚼着什么似的动起来了。颈子很细，能看见尖的喉节的动弹。这时从这喉咙里，发出鸦叫似的声音，喘吁吁的传到家将的耳朵里：

"拔了这头发呵，拔了这头发呵，去做假发的。"

家将一听得这老妪的答话是意外的平常，不觉失了望；而且一失望，那先前的憎恶和冷冷的侮蔑，便同时又进了心中了。他的气色，大约伊也悟得。老妪一手仍捏着从死尸拔下来的长头发，发出虾蟆叫一样声音，格格的，说了这些话：

"自然的，拔死人的头发，真不知道是怎样的恶事呵。

344

只是，在这里的这些死人，都是，便给这么办，也是活该的人们。现在，我刚才，拔着那头发的女人，是将蛇切成四寸长，晒干了，说是干鱼，到带刀⁴的营里去出卖的。倘使没有遭瘟，现在怕还卖去罢。这人也是的，这女人去卖的干鱼，说是口味好，带刀们当作缺不得的菜料买。我呢，并不觉得这女人做的事是恶的。不做，便要饿死，没法子才做的罢。那就，我做的事，也不觉得是恶事。这也是，不做便要饿死，没法子才做的呵。很明白这没法子的事的这女人，料来也应该宽恕我的。"

老妪大概说了些这样意思的事。

家将收刀进了鞘，左手按着刀柄，冷然的听着这些话；至于右手，自然是按着那通红的在颊上化了脓的大颗的面疱。然而正听着，家将的心里却生出一种勇气来了。这正是这人先前在门下面所缺的勇气。而且和先前跳到这门上，来捉老妪的勇气，又完全是向反对方面发动的勇气了。家将对于或饿死或做强盗的事，不但早无问题；从这时候的这人的心情说，所谓饿死之类的事，已经逐出在意识之外，几乎是不能想到的了。

"的确，这样么?"

老妪说完话，家将用了嘲弄似的声音，复核的说。于是前进一步，右手突然离开那面疱，捉住老妪的前胸，咬牙的说道：

"那么，我便是强剥，也未必怨恨罢。我也是不这么做，便要饿死的了。"

家将迅速的剥下这老妪的衣服来；而将挽住了他的脚的这老妪，猛烈的踢倒在死尸上。到楼梯口，不过是五步。家将挟着剥下来的桧皮色的衣服，一瞬间便下了峻急的梯子向昏夜里去了。

暂时气绝似的老妪，从死尸间挣起伊裸露的身子来，是相去不久的事。伊吐出唠叨似的呻吟似的声音，借了还在燃烧的火光，爬到楼梯口边去。而且从这里倒挂了短的白发，窥向门下面。那外边，只有黑洞洞的昏夜。

家将的踪迹，并没有知道的人。

注释：

1 市女笠是市上的女人或商女所戴的笠子。乌帽子是男人的冠，若不用硬漆，质地较为柔软的，便称为揉乌帽子。

2 西历七九四年以后的四百年间。

3 古时的官，司追捕，纠弹，裁判，讼诉等事。

4 古时春宫坊的侍卫之称。

图书在版编目 (CIP) 数据

鲁迅译作选 / 鲁迅译 ; 王友贵编 . — 北京 : 商务
印书馆 , 2020
（故译新编）
ISBN 978-7-100-18435-9

Ⅰ . ①鲁… Ⅱ . ①鲁… ②王… Ⅲ . ①小说集—世界
Ⅳ . ① I14

中国版本图书馆 CIP 数据核字（2020）第 070829 号

权利保留，侵权必究。

故译新编

鲁迅译作选

鲁 迅 译

王友贵 编

商 务 印 书 馆 出 版
（北京王府井大街 36 号 邮政编码 100710）
商 务 印 书 馆 发 行
上海雅昌艺术印刷有限公司印刷
ISBN 978-7-100-18435-9

2020 年 8 月第 1 版　　　开本 787×1092 1/32
2020 年 8 月第 1 次印刷　　印张 11⅛

定价：56.00 元